Un dernier apéro

FIONA LEITCH

Traduit de l'anglais
par Fanny Montas

City
Roman

Publié pour la première fois en langue anglais par HarperCollins Publishers Ltd. sous le titre *The Cornish Wedding Murder 2, A Brush with Death.*
Illustration de couverture : Sébastien English
ISBN : 978-2-8246-2143-2
Code Hachette : 23 2987 8

Collection dirigée par Christian English & Frédéric Thibaud
Catalogues et manuscrits : city-editions.com

Dépôt légal : Janvier 2023

1

— En tout cas, il ne faut surtout pas appeler ça une « kermesse ».

Ma mère, Daisy et moi étions devant la mairie. L'été touchait à sa fin, il faisait bon en ce début de soirée et il y avait encore du monde en ville, ce qui n'allait pas durer. D'où la nécessité d'organiser un événement qui attirerait les vacanciers à Penstowan et les inciterait, avec un peu de chance, à prolonger leur séjour d'une semaine.

La kermesse (zut !) de Penstowan avait *toujours* existé. Enfin, depuis que j'étais gamine, au moins, et sûrement bien avant encore. Elle avait rythmé mon enfance avec ses manèges, ses stands de gâteaux, ses jeux désuets (une petite pêche à la ligne, mademoiselle ?) et ses stands de tir. J'ai même gagné une noix de coco, une fois. On arrivait en fin de journée, il n'y avait plus de prix dignes de ce nom à gagner (je parle de peluches de Snoopy mal rembourrées et de gadgets minables en plastique), alors on m'a refilé cette superbe récompense, très exotique, brune et sacrément poilue. Je l'ai ramenée à la maison et l'ai donnée à ma mère en pensant qu'elle allait l'ouvrir et qu'à l'intérieur il y aurait un Bounty ou quelque chose dans le genre, mais ma mère s'est contentée de la regarder, l'air intrigué, et au final la noix de coco est restée dans la coupe à fruits pendant environ trois mois, jusqu'au moment où ma mère en a eu marre de la dépoussiérer et a fini par la jeter. Et bien sûr, il y avait aussi les poissons rouges. Ah ! Tous ces poissons rouges qui barbotaient dans leur sac en plastique avant d'être balancés sans ménagement dans le grand saladier en verre de ma mère – car nous n'avions pas d'aquarium. Ils ne survivaient jamais assez longtemps pour que nous ayons le temps de filer en acheter un à l'animalerie de Barnstaple, de sorte que les pauvres bestioles finissaient systématiquement dans les toilettes. Et la mésaventure se répétait l'année suivante.

Mais une nouvelle ère s'annonçait. Le conseil municipal avait voté à l'unanimité en faveur d'« une démonstration de force pour montrer à ces propriétaires de résidences secondaires de quoi on est capable chez nous ». La ville allait organiser son propre festival d'art, sur une semaine entière, pour rivaliser avec celui, très réputé, de St Ives, un peu plus loin sur la côte des Cornouailles, un véritable repaire d'artistes et de riches propriétaires de maisons de vacances, qui s'achève par une journée de clôture grandiose. Il y aurait toujours des stands de tir, et de pauvres poissons rouges feraient probablement leur apparition le dernier jour, mais, non, non, il ne s'agissait en aucune façon d'une kermesse – compris ? Et moi, j'étais chargée du service traiteur de la soirée d'ouverture.

Je croisais les doigts pour que tout se passe bien. La dernière fois que j'avais proposé ce genre de prestation, à l'occasion du mariage de mon vieux pote Tony Penhaligon, la fête avait été gâchée par l'irruption d'un cadavre. Qui n'avait même pas son carton d'invitation. Et je vous vois venir ; non, ça n'avait rien à voir avec ce que j'avais servi à manger ce soir-là. Non mais !

L'hôtel de ville était un vieil édifice en pierre grise de la région, imposant, avec de grandes fenêtres cintrées, des vitrages en verre au plomb et des ornementations gothiques sur la façade. Le dernier étage était à colombages dans le style Tudor et il y avait même une (toute petite) tour crénelée sur un côté. Le conseil municipal s'y réunissait de temps à autre mais les affaires courantes de l'administration locale étaient débattues un peu plus loin dans la même rue, dans un affreux bâtiment en verre et en béton datant de la fin des années 1960, début des années 1970. À présent l'hôtel de ville était réservé aux mariages – le registre d'état civil était conservé là-bas – et aux grands événements de la vie locale. Comme celui-ci.

Derrière nous, légèrement moins majestueuse, se trouvait ma fidèle camionnette, la Masomobile – si elle s'appelait comme ça, c'est que je l'avais rachetée à un ancien vendeur de sous-vêtements coquins et, euh… d'*accessoires* pour le couple. Si la fourgonnette avait désormais changé de vie, des traces de son passé subsistaient car lorsque je l'avais achetée, la portière latérale arborait un sticker assez éloquent et l'autocollant était toujours là, sous la nouvelle peinture. En regardant sous un certain angle (le bon ou le mauvais, c'est selon le point de vue), on devinait ce fantôme évocateur des perversions d'une vie antérieure. C'est Daisy qui avait surnommé le véhicule la Masomobile et ce sobriquet, tout comme le sticker graveleux, était resté.

—Allez, venez, ai-je dit. On va décharger.

*

On a donc tout sorti de la camionnette – les paquets de saumon fumé, les blinis, les saucisses cocktail, les vol-au-vent, enfin tout ce que l'on sert à une soirée années 1970 – et déposé l'ensemble dans l'espace cuisine. J'avais tout préparé à la maison, il ne restait donc plus qu'à dresser les plats, planter des cure-dents dans les saucisses cocktail et *amuser* les *gueules* des invités. Lorsque tout a été en train de chauffer au four, de reposer sur le plan de travail ou de refroidir au réfrigérateur, je suis allée déplacer la camionnette pour éviter de choquer le gratin de la ville, sans parler des invités d'honneur, qui allaient bientôt arriver. En garant tranquillement la Masomobile en marche arrière derrière la salle de réception, je me suis dit que tout était fin prêt et allait forcément bien se passer. Mais quand je suis retournée dans la cuisine, il m'a suffi de voir la mine de ma mère pour que ce calme intérieur disparaisse en une fraction de seconde.

—Qu'est ce qui se passe ? lui ai-je demandé, pas certaine de vouloir entendre sa réponse.

—Joanie vient d'appeler. Elle a fait une chute, elle ne pourra pas venir.

Joanie, une dame charmante mais très âgée, servait des boissons chaudes et des biscuits au café le mercredi matin aux personnes âgées du coin. Nous lui avions demandé de venir nous aider à faire le service ce soir-là. Je dois avouer qu'à chaque fois que je la voyais s'approcher avec un plateau de tasses bouillantes, mon instinct me poussait à m'éloigner d'elle pour éviter de me trouver dans la zone à risque lorsqu'elle renverserait le plateau. Mais pour être honnête, aussi bancale et instable qu'elle fût, pas une seule fois elle n'avait fait valdinguer son plateau. Cela étant dit, j'étais soulagée qu'elle ne soit pas de service ce soir, même si ça nous faisait une serveuse en moins.

—Oh, pauvre Joanie, ai-je commenté en essayant de cacher mon soulagement. Tant pis, on va se débrouiller sans elle…

—Oui… Mais c'est dommage qu'Anthea ait dû annuler aussi.

Depuis que Daisy et moi étions revenues nous installer à Penstowan, ma mère m'avait présenté la plupart de ses amis, tous d'un certain âge. Seulement, je ne me souvenais pas de la moitié d'entre eux ; au bout d'un moment, ils se confondaient tous dans mon esprit en une masse homogène de cheveux blancs et de chaussures à semelles orthopédiques.

—C'est qui, déjà, Anthea ?

—Mais tu la connais bien, c'est celle avec les yeux…

Daisy a levé la main.

—Ah ouais, moi, je vois.

—Hum, zut alors, il va nous manquer des bras, ai-je dit en regardant Daisy, qui a tout de suite deviné ce que je pensais et a secoué la tête avec véhémence.

—Ah non, hein ! Pas moi. Je dois retrouver Jade et aller au cinéma, tu te souviens ? Je ne peux pas travailler, de toute façon, c'est illégal, je n'ai que douze ans. Tu n'as pas le droit de me faire bosser avant que j'en aie treize. Et puis il y aura de l'alcool, et…

—Bon, bon, d'accord, d'accord ! Mais tu exagères, ce n'est pas comme si je te demandais de monter dans le conduit d'une cheminée ou un truc dans le genre.

—Tu vas être obligée de t'y coller, ma fille, a tranché ma mère. Janet et moi, on ne va pas y arriver toutes seules. Surtout vu ce que tu nous payes… a-t-elle ajouté dans sa barbe.

—Mais je n'ai pas la tenue adéquate, ai-je dit en pensant : *Oh mon Dieu, ne m'obligez pas à faire ça...*

—Il me semble bien qu'on a l'uniforme de Joanie dans la camionnette, non ? a glissé Daisy, innocemment.

Inutile de dire qu'elle a eu droit à un regard moyennement aimable de ma part. Après tout ce que j'avais fait pour elle…

*

Moi, tout ce qui est *girly*, ce n'est pas mon truc. C'est notamment pour cette raison que j'avais voulu entrer dans les forces de police – mon ancien métier. Je n'ai jamais aimé porter des jupes ou des robes, à moins d'avoir à me rendre dans un endroit très chic, et même dans ce cas, je dois me faire violence pour me convaincre qu'un pantalon élégant ne ferait pas mieux l'affaire. Gamine, déjà, je détestais les froufrous et les petits rubans ; les salopettes, à la rigueur, les jeans, sans hésiter, mais les chemisiers avec un gros nœud devant, non merci.

Alors là, évidemment… J'arrivais à peine à boutonner l'ignoble corsage brillant en soie (Joanie avait de toute évidence une poitrine moins généreuse mais bien plus proche du sol que la mienne), et j'ai pesté en repoussant le nœud bouffant qui menaçait de m'étrangler.

Ma mère a tenu à ajuster le nœud infâme.

—Arrête donc de ronchonner, tu veux bien ? On dirait une ado qui boude.

Daisy était pliée de rire en voyant ce que je portais.

—Oh la vache !

—Range-moi ce téléphone, Daisy. Je te préviens, si ça finit sur Facebook, moi, je poste ta photo d'école de l'année dernière.

Daisy a vite remis son téléphone dans sa poche et a affiché un large sourire.

—Ça ne m'avait même pas traversé l'esprit…

*

Les invités ont commencé à arriver. Presque tous les plats étaient déjà posés sur la table du buffet recouverte d'une longue nappe. J'ai essayé tant bien que mal de me cacher derrière le buffet pour servir le champagne dans des coupes, tandis que ma mère et sa copine Janet distribuaient les verres. J'étais plus détendue ; si je connaissais de vue la plupart des invités, il ne s'agissait pas d'amis proches, donc ça ne m'inquiétait pas spécialement qu'ils me voient dans cet accoutrement ridicule. Toujours réticente à l'idée de quitter ma planque derrière le buffet, je me suis mise à peaufiner la disposition des amuse-gueules dans les plateaux.

—J'ai toujours rêvé de te voir dans ton uniforme de serveuse, mais je ne m'attendais pas à ça…

J'ai fait volte-face. Tony était là, devant moi, un grand sourire aux lèvres. Je l'ai vu baisser les yeux sur l'immonde nœud de mon corsage et son sourire s'est étiré jusqu'aux oreilles.

—Mais qu'est-ce que… Qu'est-ce que tu portes, là ? a-t-il bafouillé en se retenant visiblement d'éclater de rire. C'est… intéressant, ce look, sur toi.

J'ai souri gentiment.

—Ouais, ouais, vas-y, rigole. On verra si tu trouveras ça aussi drôle quand je t'enfoncerai cette saucisse cocktail dans le c…

—Ah, Jodie !

J'ai exécuté une sorte de pirouette en sursautant – mauvaise idée quand on n'est pas habituée aux jupes fourreau et aux talons – et me suis retrouvée face à face avec Maurice Holden, le maire de Penstowan.

À la télévision, les maires sont toujours de grands types, corpulents et joviaux, comme Alf Roberts dans *Coronation Street*[1]. Ils ont une poignée de main ferme, une voix tonitruante et un rire chaleureux, ils maîtrisent le salut secret de la loge maçonnique du coin (avec ourlet de pantalon relevé et un téton exposé), et doivent leur embonpoint aux nombreuses cérémonies et banquets officiels qu'ils président. Eh bien, notre maire n'était pas du tout comme

1. Feuilleton télévisé britannique diffusé depuis 1960 sur ITV.

ça : la soixantaine, grand, mince au point d'avoir l'air frêle, légèrement voûté. Quand il arborait les lourdes chaînes représentant sa fonction de maire, il me faisait penser à Jacob Marley[1] avec ses chaînes de fantôme. Mais Maurice Holden était toujours sympathique, plein d'enthousiasme pour sa ville, où il vivait depuis près de quarante ans avec Tim, son « bon ami » (comme l'appelait par euphémisme l'ancienne génération d'habitants de Penstowan).

J'ai baissé la saucisse à cocktail que je brandissais toujours avec agressivité et j'ai souri.

—Bonjour, Maurice. Il y a du monde, hein ?

—En effet. Voilà qui me réjouit. Je craignais qu'il nous reste un tas de billets invendus mais tout est parti ! Les gens sont venus pour rencontrer notre invité d'honneur, a ajouté Maurice en jetant des regards inquiets autour de lui. J'espère juste qu'il va venir…

---

1. Associé d'Ebenezer Scrooge dans *Un chant de Noël* (1843) de Charles Dickens.

2

Le maire n'avait pas d'inquiétude à avoir puisqu'à peine il avait prononcé ces mots que les lourdes doubles portes en bois de la salle s'ouvraient pour laisser entrer notre invité d'honneur – ou plutôt *nos* invités d'honneur. Maurice, main tendue, s'est précipité pour aller les saluer, sous les regards de l'assemblée.

Nos invités d'honneur n'étaient autres que le célèbre peintre Duncan Stovall et son épouse, manager et biographe, Geneviève Lorre. Stovall avait connu un début de carrière décoiffant : peu de temps après être sorti de son école d'art, il avait produit la fameuse série de Penstowan, une collection de tableaux *vaguement* abstraits, de *vagues* paysages, après un mois légendaire passé ici dans la débauche la plus complète, en compagnie de Geneviève et d'un autre ami artiste. Dire que ces toiles avaient eu du succès était un euphémisme. Elles avaient fait *exploser* le monde de l'art, réussissant le pari impossible de remporter l'adhésion des critiques et de ses pairs, ainsi que celle du grand public, qui ne connaît pas grand-chose à l'art mais qui sait ce qui lui plaît. Et les tableaux de Stovall avaient plu aux gens. La série – huit toiles en tout – s'était vendue, à l'époque, en 1990, pour 6,5 millions de livres sterling, tandis qu'un de ces tableaux ayant récemment changé de propriétaire, avait atteint cette même somme à lui tout seul. Et comme si tout cela n'était pas assez lucratif, plusieurs de ces toiles avaient même fait l'objet de tirages papier en série, qui s'étaient vendus comme des petits pains au milieu des années 1990. Même moi, j'avais acheté un poster de Stovall chez Ikea lorsque j'avais déménagé à Londres, pour ne pas oublier d'où je venais.

Penstowan était alors, brièvement, devenu un lieu de pèlerinage pour les amateurs d'art désireux de découvrir l'endroit qui avait inspiré ce créateur de génie, mais manifestement, le coin les avait moins émus que le travail de l'artiste en lui-même. L'explosion du nombre de touristes avait atteint un pic en 1991 et 1992, avant de retomber assez rapidement à des niveaux normaux.

Depuis, Stovall peignait peu, et si ses tableaux trouvaient encore acheteur, son travail ne semblait plus empreint de la même force. Les premières œuvres de Penstowan étaient lumineuses et les couleurs, flamboyantes, elles parvenaient toujours à saisir l'ambiance du bord de mer, de la plage et des falaises, même dans la brume d'un matin gris où la mer et le ciel semblent faits d'un même aplat terne, sans vie. Ses dernières toiles étaient certes sympathiques mais ressemblaient presque à un pastiche de son propre style. Cela dit, le gars avait plutôt bien géré sa carrière.

Maurice est donc allé accueillir le couple. Geneviève était une femme de petite taille, mince, avec cette élégance naturelle que semblent posséder les Françaises. Je regardais la scène en tripotant l'abominable nœud autour de mon cou, rappel, s'il en fallait, que je n'avais aucune ascendance française. Elle souriait à Maurice chaleureusement, l'air très détendu, ce qui n'était pas le cas son époux.

Duncan Stovall n'avait rien de l'artiste qui s'apprête à passer une soirée où tout le monde est venu pour trinquer, manger avec lui, et célébrer son génie créatif. Son expression était plus proche de celle du type qui va passer un examen de la prostate. Comme s'il devait subir ce grand raout au lieu de s'en réjouir. Peut-être était-il simplement timide, introverti, comme pas mal d'artistes. Mais si c'était le cas, il était mal tombé, ici. Les habitants de Penstowan – surtout après quelques pintes – n'ont jamais été enclins à l'introspection, et ils n'allaient pas s'y mettre ce soir-là.

Stovall devait avoir la cinquantaine, il était grand, bien bâti, avec d'épais cheveux bruns coupés court (le genre de cheveux qui ont tendance à friser si vous les portez trop longs, à mon avis), grisonnants aux tempes, et une barbe bien taillée. Il portait une vieille veste en tweed, ouverte sur un tee-shirt noir, et un jean ; à côté de sa femme éblouissante et du maire toujours tiré à quatre épingles (qui me faisait penser à Terence Stamp quand ce n'était pas à Jacob Marley), le peintre faisait tache. C'était peut-être pour cela qu'il n'avait pas l'air dans son élément. Pendant que Geneviève bavardait avec Maurice, Stovall balayait la pièce du regard. Ses yeux bleus perçants se sont arrêtés sur moi. J'ai pris deux verres de champagne et me suis avancée vers lui.

—Apportez-moi un whisky, m'a-t-il lancé d'un ton bourru.

Je l'ai dévisagé froidement, les sourcils levés, en pensant : *Je me fous de qui tu es, mon gars, mais tu ne me parles pas sur ce ton.* Visiblement, il a lu dans mes pensées car il s'est fendu d'un sourire puis s'est excusé.

—Pardon, mais je déteste ce genre de petite sauterie, avec tous ces gens que je ne connais pas, je ne suis pas à l'aise. Ce qui n'est pas une excuse pour oublier les bonnes manières, on est bien d'accord. Pourrais-je avoir un whisky, s'il vous plaît ? Ma femme boira du champagne, elle vous prendra même probablement les deux coupes…

Au moment où le peintre me prenait les verres des mains, sa femme s'est tournée vers moi. Elle a regardé ma tenue grotesque et, en l'espace de deux secondes, a réussi à me faire sentir aussi glamour que la bouse de vache dans laquelle ma chienne Germaine s'était roulée lors d'une de nos promenades à travers champs derrière chez nous.

—Merci, mon chéri, a-t-elle ronronné en prenant un verre et en se retournant *illico* vers Maurice, qui la fixait avec adoration.

—Ne faites pas attention, m'a dit Duncan Stovall comme pour excuser son épouse.

Et à nouveau, il a braqué ses yeux bleus sur moi, comme s'il me voyait vraiment pour la première fois. Hmm. Plutôt séduisant, le type, pour son âge…

—Alors… ce whisky ? a-t-il demandé.

Oh, ces yeux...

—Ah oui, bien sûr. Je reviendrai, ai-je dit de ma plus belle voix caverneuse, à la Arnold Schwarzenegger.

J'ai pris mes jambes à mon cou. Pourquoi avais-je cette impression de m'être couverte de ridicule ? Probablement parce que je n'étais pas une serveuse professionnelle et que ça se voyait. Je suis allée chercher le whisky au bar, au fond de la salle, puis, après l'avoir donné à Duncan, je suis retournée derrière le buffet où Tony se servait discrètement dans le plateau de vol-au-vent aux crevettes. Je lui ai tapé sur la main.

—Bas les pattes, sale voleur ! Pas encore.

—Je croyais que j'avais le droit de vérifier la qualité des produits. Je suis un ami de la cheffe cuisinière, voyez-vous, dit-il, les yeux constamment attirés par le nœud autour de mon cou.

—Plus pour longtemps si tu continues comme ça, ai-je grogné. De toute façon, qu'est-ce que tu fiches à traîner par ici ? Tu ne devrais pas plutôt aller discuter avec les autres ? Tu n'es pas venu seul, quand même ?

—La seule femme à qui je voulais demander de m'accompagner était occupée ce soir.

J'ai opiné d'un air compréhensif.

—Ah oui, ta mère a son cours de zumba le dimanche, c'est ça ?

Il s'est esclaffé.

—Quelque chose comme ça, oui.

On est restés une minute plantés là tous les deux, à regarder Maurice entraîner Geneviève plus loin dans la salle pour la présenter à d'autres invités. Duncan, qui avait l'air un peu plus détendu maintenant qu'il sirotait son whisky, leur a emboîté le pas. En passant devant nous, il a levé son verre dans ma direction. Tony a fait une drôle de grimace.

—Chapeau, la Fouine ! On dirait que tu as du succès dans ton beau chemisier. Il ne laisse pas l'invité d'honneur insensible, en tout cas.

—Oh la ferme, Tony.

J'ai dû pivoter pour me cacher le visage parce que j'ai senti le feu me monter aux joues. Mon Dieu, pour qu'une paire d'yeux bleus scintillants me fassent un tel effet, c'est que finalement, j'avais peut-être besoin d'un homme dans ma vie… Il faut dire que Stovall était vraiment très séduisant.

—Tiens, c'est Nathan là-bas, non ? Je ne savais pas qu'il allait venir, a dit Tony.

Mon cœur a loupé un battement à l'idée que l'inspecteur de police le plus sexy de Penstowan me voie dans cet accoutrement abominable. J'ai défait le nœud à la hâte et me suis retournée pour scanner la pièce du regard.

—Où ça ? Je ne le vois pas…

Tony me faisait un grand sourire.

—Ah non, j'ai dû me tromper.

Il a écopé d'un coup de poing dans le bras.

—Aïe !

Maurice a donné une série de petits coups cristallins sur sa flûte à champagne – à sa place, j'aurais beuglé : « EH ! OH ! » jusqu'à ce que tout le monde se taise, ce qui est probablement la raison pour laquelle je n'ai jamais percé en tant qu'oratrice – et progressivement le brouhaha dans la salle s'est évanoui. Il s'est adressé à l'assemblée avec un grand sourire.

—Je tiens à vous remercier d'être présents à cette soirée d'ouverture du tout premier festival d'art de Penstowan.

Salve d'applaudissements polis. Maurice s'est tourné vers Duncan Stovall.

—Et merci bien sûr à nos invités, le merveilleux artiste Duncan Stovall et sa charmante épouse Geneviève ! Vous faites un grand honneur à notre petite ville en étant parmi nous ce soir.

Maurice a levé son verre vers eux. Geneviève lui a adressé un sourire bienveillant en retour tandis que Duncan a lui aussi levé son verre, déjà vide, en direction du maire.

—Il nous tarde d'assister à votre conférence demain, Geneviève – tous les billets ont été vendus –, et nous avons hâte de découvrir le magnifique chef-d'œuvre que vous allez créer, Duncan !

Le visage de Duncan s'est figé en une grimace.

—Hein ? Quoi ?

—Un nouveau tableau ! s'est enthousiasmé Maurice en se tournant à nouveau vers le public. Chers amis, Duncan a accepté de vous ouvrir son atelier cette semaine. Les festivaliers pourront venir le voir peindre une nouvelle toile de Penstowan, qui sera vendue aux enchères à la fin de la semaine, et dont tous les bénéfices seront reversés à la ville pour l'acquisition d'un bateau de sauvetage flambant neuf !

Duncan a jeté un regard furieux à sa femme. Non, un regard *assassin.* La bouche pincée, elle s'obstinait à lui tourner le dos, préférant hocher la tête face à l'assemblée qui lançait des exclamations de joie et applaudissait à tout rompre. Duncan a porté son verre à sa bouche, s'est arrêté en plein mouvement parce que le verre était vide, puis il m'a cherchée du regard l'espace d'une seconde.

Ah ! Il ne s'attendait pas à ça, me suis-je dit cependant que Maurice terminait son bref discours de bienvenue. *Je ferais mieux d'aller lui chercher un autre whisky...* Ce que je n'ai pas eu besoin de faire puisque Duncan s'est immédiatement détaché du groupe et s'est dirigé droit vers le bar.

Maurice ayant déclaré le buffet ouvert à la fin de son speech, ma mère et Janet m'ont aidée à retirer les feuilles de papier aluminium qui protégeaient le contenu des plateaux et à m'assurer que personne ne se battrait pour les roulés de saucisses végétaliennes. Je me suis postée légèrement en retrait et j'ai observé les gens s'empiffrer, non sans fierté – j'ai toujours aimé nourrir les gens. Cependant, mon regard était constamment attiré par la silhouette au bar. Cet homme n'avait pas l'air content, pas content du tout. J'ai détourné le regard une seconde, puis en levant à nouveau les yeux vers lui j'ai frémi parce que nos regards se sont croisés pile à ce moment-là. Il m'a adressé un petit sourire, puis, l'air coupable, s'est tourné vers Geneviève qui venait vers lui. Il l'a prise par le bras – il l'a même « attrapée » par le bras, je dirais – et l'a entraînée dans un coin de la salle. Même s'il me tournait le dos, je voyais bien qu'il lui passait un savon ; ses épaules étaient immobiles comme s'il s'efforçait de se contenir, mais de temps en temps il ne se contrôlait plus et faisait un grand geste de colère. Quant à

Geneviève, son regard allait et venait sans cesse de son mari furibard au reste de la pièce. Son sourire forcé et immuable exprimait tout le contraire de ses yeux. À un seul moment elle a laissé tomber le masque et a fixé son mari dans une expression passant en une fraction de seconde de l'exaspération à, presque immédiatement, un rictus de dédain ; puis cette expression a disparu et tous deux se sont retournés, tout sourire, scrutant la foule pour voir si quelqu'un avait remarqué la fissure sur la façade. J'ai fait semblant de ramasser des miettes sur la nappe, je ne tenais pas à ce qu'ils comprennent que je les avais observés. J'ai balancé les miettes par terre et je me suis approchée de Duncan alors que sa femme s'éloignait pour continuer à s'entretenir avec Maurice. Que voulez-vous, on ne m'appelle pas Jodie la Fouine pour rien.

—On dirait qu'un autre whisky vous ferait le plus grand bien, lui ai-je dit tout de go.

Duncan m'a regardée de haut – normal, il était assez grand, 1,85 mètre ou 1,90 mètre – et m'a gratifié d'un sourire doux-amer.

—J'ai bien peur d'avoir atteint un stade dans ma carrière de buveur où un verre de plus n'aura guère d'effet.

—Votre « carrière de buveur » ? Tiens, c'est la première fois que j'entends ça.

—C'est ce qu'on dit quand on est d'origine irlandaise et sans emploi.

Des ancêtres irlandais, ai-je pensé. *C'est donc de là que viennent ses yeux bleus pétillants et ses* épais *cheveux bruns.*

—Ah, je vois... Je vais vous apporter la bouteille, alors.

Il a ri.

—Et ça, a-t-il commenté, ça s'appelle une excellente initiative.

J'ai exécuté une petite révérence.

—À votre service, m'sieur.

Ça l'a fait encore plus rire.

—À mon service, je ne crois pas. On parle depuis moins de deux minutes et je sais déjà que vous allez m'attirer des ennuis.

—Allons bon. C'est la référence de tout à l'heure à *Terminator* qui vous fait dire ça ?

—En partie, a-t-il répondu en me tendant la main. Moi, c'est Duncan, enchanté.

—Je sais. Jodie. Serveuse hors pair.

Sa main était chaude et douce, en phase avec son sourire doux, chaleureux, et… Ni lui ni moi n'étions pressés de lâcher prise. *Oh* là là, *Jodie, ressaisis-toi, bon sang* !

—Bon, eh bien… Il faut que je retourne travailler, ai-je baragouiné.

Il valait mieux fuir avant de me ridiculiser devant cet homme (franchement craquant) aux yeux hypnotiques, même si j'avais la nette impression qu'il était déjà trop tard. Au moins, j'avais réussi à me retenir de passer les doigts dans cette masse de cheveux, ce qui, en plus d'être affreusement gênant, aurait pu être un motif d'arrestation. J'ai lâché sa main et suis repartie vers le buffet quasiment en courant. Tony était en train de se goinfrer (encore) et ma mère le regardait avec un sourire maternel aux lèvres.

—Il nous faut d'autres serviettes, ai-je décrété. Elles sont dans la camionnette.

—Je vais les chercher si… s'est offert Tony, mais je lui ai coupé la parole.

—Non, j'y vais.

J'ai détalé avant qu'il ait eu le temps de réagir.

Dehors, j'ai ouvert la porte arrière de la camionnette et me suis assise sur le bord du véhicule. J'ai respiré profondément plusieurs fois en humant l'air frais de la nuit. J'étouffais à l'intérieur, même avant ma poussée d'hormones complètement inattendue, et le doux baiser de la brise du soir sur ma peau me faisait du bien. Mais qu'est-ce qui m'arrivait ? J'étais célibataire depuis un moment maintenant, et plutôt heureuse comme ça. Certes, Nathan me plaisait beaucoup, mais pas au point d'envisager de me jeter sur lui. Cela dit, j'avoue que si lui avait envie de se jeter sur moi, je me ferais un plaisir de… Bref. Quoi qu'il en soit, quelque chose chez Duncan me faisait repenser à toutes ces nuits où j'allais me coucher, seule, regrettant qu'il n'y ait personne à mes côtés. Et je ne parle pas de sexe (enfin pas *seulement* de sexe), mais de… de ne pas être toute seule, quoi.

—Tout va bien ?

En parlant du loup… Il était là, avec ses yeux bleus et un regard qui exprimait une véritable inquiétude.

—Je vous ai vue sortir en courant de la salle, je me suis dit que vous étiez peut-être malade… Ou alors c'est ce que je vous ai dit…

—Ah non, non, tout va très bien, merci.

J'ai à nouveau senti une bouffée de chaleur m'envahir. Duncan s'est assis à côté de moi. Je me suis déplacée pour lui faire de la place, mais il n'y avait pas beaucoup d'espace et moi, je ne voyais qu'une chose, c'est que nos cuisses se touchaient !

—Vous devriez être à l'intérieur, c'est vous, l'invité d'honneur.

Il m'a fait un petit sourire, un vrai, sincère.

—« D'honneur », certainement pas. Je ne pense pas avoir fait quoi que ce soit pour mériter ce titre. Tout le monde est très gentil avec moi, mais franchement, avant de vous parler, je passais une sale soirée.

—Ah ? Oh, eh bien, vous savez…

Je me suis creusé les méninges pour rebondir avec un petit commentaire drôle et intelligent, mais mon cerveau était en bouillie et je n'ai rien pu en tirer.

—Je vous assure, a poursuivi Duncan, j'ai toujours l'impression d'être une bête de foire dans ce genre de situation. Tout le monde est là à nous regarder, Geneviève et moi, comme s'ils attendaient quelque chose de nous. Elle, elle aime ça, bien sûr. Être le centre de l'attention, ça lui plaît. Mais moi, ça m'horripile. Je préfère avoir une vraie conversation, avec une vraie personne.

—Je suis bien vraie, moi, ai-je dit avec nonchalance et il m'a à nouveau dévisagée.

J'avais l'impression d'être observée à la loupe, ce qui me faisait me tortiller et minauder en même temps, parce que je sentais qu'il aimait bien ce qu'il voyait.

—Vous avez déjà ressenti ça ? m'a-t-il demandé. Quand on est avec plein de gens mais qu'on se sent quand même seul ?

Prise de court, la bouche soudain sèche, je l'ai regardé dans les yeux.

—Oui, ai-je dit d'un filet de voix, parce que j'avais en effet déjà ressenti ça, vraiment.

Quand on est flic et qu'on sort avec des potes qui ne sont pas de la police, on ne fait jamais pleinement partie de la bande. À moins qu'il ne s'agisse d'amis de longue date, comme Tony. Les autres, ils ne vous comprennent jamais véritablement ; c'est comme s'ils avaient peur de dire quelque chose de mal, quelque chose que j'aurais pu retenir contre eux. On se sent seul quand on n'est pas comme les autres. Duncan me dévisageait toujours avec une expression mélancolique dans les yeux. Comme ce serait facile de se pencher vers lui et de l'embrasser. Comme ce serait facile de ne plus me sentir seule, juste pour une nuit, sans la moindre conséquence puisqu'il serait reparti à la fin de la semaine.

—Ah ! Chéri, tu es là !

Sans crier gare, Geneviève a fait irruption devant nous. On s'est levés d'un bond, tous les deux. Elle m'a souri avec condescendance, puis a regardé son mari d'un air entendu.

—Je m'excuse d'interrompre votre petit tête-à-tête mais il est temps de rentrer à la maison, Duncan. Mademoiselle, vous remercierez le chef cuisinier pour ces délicieux amuse-bouche. Je ne me souviens pas de la dernière fois où j'ai mangé un vol-au-vent... aux champignons, ah ! Probablement en 1975.

—C'est moi, le chef cuisiner, ai-je dit en pensant très fort : *Non mais tu es qui, toi, pour te permettre de critiquer mes vol-au-vent* ? Ce soir je suis simplement venue prêter main-forte au personnel. Et pour l'ambiance, il s'agit d'un petit clin d'œil à *Abigail's Party.*

—Ah mais oui, absolument ! Et jusque dans votre tenue ! Très bien vu. Bon, on y va, chéri ?

Geneviève a tourné les talons et Duncan m'a regardée comme s'il s'apprêtait à dire quelque chose, mais finalement il s'est contenté d'un « Désolé », avant de suivre sa femme dans la nuit. J'ai poussé un gros soupir de soulagement mêlé de regret – soulagement de ne pas avoir fait quelque chose qui aurait pu sérieusement me compliquer la vie –, et je suis retournée dans la salle.

La fête, qui ressemblait désormais plus à la réunion d'un club très *select* qu'à une *rave party* délirante s'est terminée une heure plus tard. Tony est allé chercher Daisy au cinéma à ma place – Tony est un ami proche et Daisy l'aime bien, aussi – tandis que ma mère et Janet s'offraient enfin une bonne tasse de thé et une assiette de canapés (il restait un nombre incalculable de vol-au-vent aux champignons et j'ai bien dû admettre que j'avais peut-être commis une erreur). J'ai débarrassé les plateaux, aspiré les restes de friands à la saucisse végétalienne (qui se sont avérés exquis) et constaté non sans une pointe de regret que l'assiette où se trouvaient, en début de soirée, les mini-scones aux fruits et à la crème, était vide ; ceux-là, vous pouviez être sûr qu'ils allaient tous disparaître.

Après cinquante minutes passées à racler frénétiquement les plats et à ranger, ma mère, Daisy, Tony et moi-même nous sommes retrouvés devant la mairie à contempler le ciel de nuit. Il était assez tard mais il commençait tout juste à faire un peu frais. La chaleur de la journée s'élevait dans le ciel entièrement dégagé. Les étoiles scintillaient au-dessus de la mer noire, la lune se reflétait dans l'eau, les vagues ondulaient doucement sous une très légère brise. Daisy a frissonné et je l'ai prise dans mes bras pour la réchauffer (et parce qu'il faut saisir la moindre occasion d'enlacer son enfant quand celui-ci arrive à l'adolescence). Et là, entourée des personnes que j'aimais, toutes aussi fourbues que moi, dans ce silence partagé, avec cette vue magnifique, je crois que j'ai compris pourquoi Duncan Stovall avait trouvé l'inspiration à Penstowan toutes ces années auparavant.

3

Le lendemain matin, je suis sortie promener Germaine en ville. C'était le premier jour d'ouverture du festival en lui-même et je voulais y faire un petit tour pour voir les stands et les chapiteaux installés un peu partout dans Penstowan. Personnellement, je n'avais plus aucun rôle dans l'organisation du festival jusqu'aux enchères prévues samedi, le dernier jour, moment où les œuvres produites par les artistes présents seraient vendues : des CD de musique de groupes du coin qui allaient se produire dans la semaine, des livres signés par des écrivains gallois, et bien sûr, des tableaux, dont la nouvelle toile de Duncan Stovall. Enfin, *si* l'artiste en peignait effectivement une, parce que je n'avais pas oublié la tête de Duncan Stovall quand Maurice avait fait son annonce la veille.

Dans la vente aux enchères figurait également un gâteau que le conseil municipal avait réussi à me convaincre de faire : il s'agissait d'une représentation, sous la forme d'une génoise au citron, de l'un des tableaux les plus connus de Duncan à Penstowan, *La Plage à marée haute*. J'avais encore du mal à obtenir la bonne nuance de bleu pour mon glaçage fondant, et je me demandais si ajouter une mouette en pâte à sucre ne ferait pas basculer le gâteau dans le domaine des gâteaux d'anniversaire pour gosses, mais j'étais confiante, j'y arriverais bien le moment venu… Je croisais quand même les doigts chaque fois que j'y pensais parce que lorsque j'imaginais le créateur de la peinture originale (avec ses yeux bleus carrément irrésistibles) découvrir mon gâteau, ça me filait à moitié la nausée.

Germaine trottinait devant moi dans Fore Street, puis on a bifurqué vers la plage. Deux grands barnums avaient été montés sur la zone d'herbe qui s'étendait entre le parking et le sable. Les chapiteaux étaient d'ordinaire utilisés pour le salon de l'agriculture du coin et des remugles de vache flottaient dans l'air – odeur qui par ailleurs se mélangeait plutôt bien avec celle du bacon et des saucisses servis par une camionnette ambulante garée près de la plage. Germaine a marqué une pause devant la camionnette et a poussé un petit glapissement – je dois avouer que l'odeur de deux tranches de lard et d'un bon vieux sandwich au porc provoque toujours chez moi aussi un petit glapissement. Certes, j'avais pris un petit déjeuner un peu plus tôt, mais il était déjà – j'ai regardé ma montre –, bon, d'accord, il n'était que 10 heures du matin, un peu tôt pour la pause snack de 11 heures, et beaucoup trop tôt pour entrer dans la catégorie brunch, mais ça pouvait faire office de deuxième petit déjeuner… Germaine a tout autant que moi apprécié sa saucisse, mais elle n'a pas eu le droit de toucher à mon bacon.

Je me demandais si les chiens seraient autorisés sous le chapiteau abritant les peintures mais je me suis quand même acheminée vers l'exposition avec mon compagnon à poils blancs. Ayant hérité de Germaine de l'ex-femme de Tony, j'avais parfois l'impression qu'elle m'observait de tout là-haut pour vérifier que je m'occupais bien de son toutou. Pas besoin de me le dire deux fois ; outre le fait que Daisy m'aurait étripée s'il était arrivé quelque chose à Germaine, sans avoir jamais été spécialement attirée par les chiens, j'étais devenue complètement gaga de cette chienne.

Germaine a reniflé le rabat de la tente – de légers effluves d'*Eau de mouton* sur la toile cirée, peut-être – et décidé que oui, on pouvait entrer sans courir de danger, tant que je restais près d'elle pour assurer sa sécurité.

Des cloisons avaient été installées dans le chapiteau pour délimiter les zones dédiées aux différents clubs d'art qui exposaient leur travail. Les œuvres du club d'aquarelle pour débutants de Penstowan étaient aussi jolies que ce que l'on pouvait imaginer (c'est-à-dire très moches), tandis que l'exposition de l'école primaire de la ville avait quelque chose de mignon, même si, avouons-le, toutes les peintures d'enfants de cinq ans sont franchement nulles (même celles de *votre* enfant de cinq ans, admettez-le donc). Non, le ciel, ça n'est pas un trait bleu tout fin avec un grand vide blanc au milieu, jusqu'à ce que vous arriviez à l'herbe (un simple trait vert en bas) ; non, le soleil, ça n'est pas un gros truc jaune en forme d'araignée ; et si je ressemblais vraiment au monstre que Daisy avait peint de moi dans sa jeunesse, alors je serais un croisement entre Chewbacca et Marge Simpson. Certes, j'avais toujours religieusement accroché ses œuvres d'art sur le frigo, mais il était hors de question que je perde mon temps à regarder les dessins minables des enfants des autres.

Et pourtant, je m'y suis collée, parce que c'est vrai, j'ai un faible pour tout ce qui est mignon. Dans un deuxième temps, je suis passée aux artistes plus accomplis, ceux qui peignent depuis des années. Parmi eux, des artistes professionnels, des professeurs d'art ou des amateurs qui vendaient leurs petites aquarelles lumineuses de la ville et du port dans les nombreuses galeries de Fore Street, entre les sandwicheries et les boutiques d'accessoires et jeux de plage. La plupart de ces œuvres suivaient le même modèle : port gris, mer bleue, sable jaune, flotte de pêche blanche. Des œuvres tout à fait inoffensives, somme toute – certaines même assez bien réalisées –, mais aucune qui me fasse chavirer (sans jeu de mots). Elles étaient plaisantes à l'œil, dans un sens, mais quand on vit entouré de tous ces paysages, en vrai, on ne ressent pas vraiment le besoin d'en avoir un encadré et de l'accrocher chez soi.

—Je ne connais pas grand-chose à l'art, mais je sais ce que j'aime, a dit une voix derrière moi.

L'officier de police judiciaire de mon quartier, un type fort sympathique, était là, un grand sourire aux lèvres. J'avais eu quelques démêlés avec l'inspecteur-chef Nathan Withers (il faut dire qu'un jour il avait arrêté Tony pour un meurtre que ce dernier n'avait pas commis, ce qui ne m'avait pas plu du tout), mais comme il avait une bonne tête (et un joli petit cul aussi), je dois avouer que ça me faisait toujours plaisir de le croiser.

—Tu parles comme un vrai flic, ai-je dit, et il a ri.

—Ah, comme un gros ignare, donc ? Non, en fait, j'essayais juste de me montrer diplomate, au cas où un des artistes nous entendrait.

—Tu trouves que c'est nul, alors ?

—Oh non, je ne me permettrais pas de dire que toutes les œuvres sont sans intérêt, mais bon… Si je veux voir exactement à quoi ces paysages ressemblent en réalité, alors j'irai les voir en vrai. Ou je me procurerai une bonne photo. Si on se donne la peine de peindre un lieu, il faut que ça aille un peu plus loin qu'une simple copie fidèle de la réalité, non ? Tu vois ce que je veux dire ? Il faut que ça aille au-delà de l'apparence du sujet.

—Oui, oui, je vois ce que tu veux dire… Comme ces œuvres-là.

Je l'ai entraîné vers la zone réservée à l'invité d'honneur du festival et ses tableaux. Duncan n'était pas présent mais on avait exposé de grands posters de ses toiles les plus célèbres de Penstowan. Ses œuvres semblaient presque déplacées parmi les aquarelles d'amateurs. J'avais oublié à quel point ses peintures me plaisaient, surtout en les voyant reproduites dans leur format d'origine ; quel bonheur de voir les détails de près.

Nathan s'est approché pour examiner la plus grande toile, un mélange d'aplats bleus et verts avec un gris menaçant et un tourbillon doré sur un côté.

—Tu vois, ai-je dit, eh bien moi, j'aime beaucoup cette toile. Ça ne ressemble pas du tout à notre plage mais on a tout de même l'impression d'y être. On peut presque percevoir l'odeur du sel et sentir le vent.

—Exactement !

Nathan et moi nous sommes retournés pour découvrir Geneviève derrière nous. Elle devait donner une conférence un peu plus tard, dans la tente réservée aux spectacles et interviews.

—Un bon tableau, a-t-elle ajouté, c'est autant ce que l'artiste ressent que ce qu'il voit.

Nathan a eu droit à un sourire chaleureux. Ce policier avait le genre de minois (et de silhouette) qui provoquait systématiquement un sourire béat chez les femmes. Dans un deuxième temps seulement, Geneviève m'a avisée et son sourire est devenu hésitant ; j'ai compris qu'elle m'avait reconnue, même sans mon chemisier immonde.

—Duncan n'est pas là aujourd'hui ? ai-je demandé en feignant l'indifférence, et son sourire, car j'y ai eu droit moi aussi, m'a fait penser à celui d'un requin affamé quand il s'approche de la jambe d'un surfeur.

—Il a des petits soucis gastriques ce matin, a-t-elle expliqué. À cause de quelque chose qu'il aura mangé hier soir, probablement.

—Ah oui ? Pourtant la seule chose qu'il doive avoir du mal à digérer, ça ne peut être que… – *le fait qu'il ait appris hier soir qu'il avait accepté de peindre un nouveau tableau de Penstowan,* ai-je pensé très fort – la moitié d'une bouteille de whisky.

—Allez savoir. Bon, ce fut un plaisir de vous rencontrer, monsieur… ?

—Inspecteur-chef Nathan Withers, a dit Nathan en lui tendant la main.

J'ai été surprise qu'il lui donne son titre officiel, je ne pensais pas que Nathan était en service.

—Ah ! Un policier ! Merveilleux ! s'est exclamée Geneviève. Si vous voulez bien m'excuser, je dois aller me préparer pour mon petit speech. Voulez-vous y assister ? Je me sentirais tout à fait en sécurité de vous savoir dans le public.

Elle lui faisait un vrai numéro de charme. Et ça fonctionnait, Nathan avait l'air aux anges.

—Je ne manquerais ça pour rien au monde, a-t-il susurré.

Dans un sourire figé, il l'a regardée sortir du chapiteau et moi, sans véritable raison, j'ai immédiatement pensé : *Oh la salope.* Alors que je ne suis pas du tout du genre jaloux, je le jure.

—Elle est sympathique, non ? ai-je dit.

Nathan est revenu sur terre et a regardé autour de lui, comme étonné de se trouver là.

—Ce qui veut dire que tu ne la trouves pas du tout sympathique, c'est ça ? J'ai cru déceler une certaine tension entre vous.

Un petit rire sarcastique m'a échappé.

—Je comprends mieux pourquoi tu es devenu officier de police.

*

Nous avons gagné le chapiteau des conférences et spectacles. Là, un écrivain dont je n'avais jamais entendu parler (et dont je n'entendrais probablement plus jamais parler) faisait une lecture de son nouvel *opus*. C'était bondé, le type ne devait pas en revenir. Au vu de la prose imbitable qu'il livrait à l'assemblée, je pense que les gens n'étaient pas venus pour lui mais pour Geneviève, l'intervenante suivante.

Nathan et moi nous sommes faufilés et avons trouvé de la place au fond. Alors que nous écoutions la lecture, j'ai vu Debbie passer une tête à l'entrée de la tente.

Debbie, c'est la femme de Callum, mon ancien amour (non réciproque) de lycée et également témoin au mariage raté de Tony. Ils vivaient à Manchester, d'où Debbie était originaire, mais avaient décidé de revenir s'installer ici après les soucis de Tony et l'enquête sur le meurtre. Voilà qui me réjouissait ; Debbie parlait fort quand elle s'enthousiasmait pour quelque chose, d'une voix qui ressemblait à celle de Liam Gallagher sous hélium, mais elle m'amusait beaucoup.

Je lui ai fait un signe de la main. Ses yeux se sont agrandis quand elle a vu avec qui j'étais. Elle m'a décoché un sourire complice et nous a rejoints. J'avais beau lui répéter que j'étais très bien célibataire et que Nathan ne me plaisait pas du tout, elle refusait de me croire.

—J'espère que je ne vous dérange pas, hein, a-t-elle chuchoté en me donnant un petit coup de coude. Dis donc, j'en ai entendu de belles sur toi et ce Duncan hier soir, a-t-elle ajouté, juste assez fort pour que Nathan entende.

Il n'a pas cillé mais je sentais qu'il nous écoutait.

—Je t'assure qu'il ne s'est rien passé.

—Mouais. Ce n'est pas ce que dit Tony. Il dit que Duncan n'a pas arrêté pas de te reluquer.

Nathan écoutait attentivement, je voyais pratiquement ses oreilles se dresser.

—Écoute, il est marié, me semble-t-il, non ? Et sa femme est superbe, quoiqu'un peu…

J'ai laissé à Debbie le soin de trouver ce que Geneviève était « un peu ». Elle a pouffé.

—Ouais, Tony nous a raconté. Il a dit qu'elle était vraiment belle pour son âge, mais flippante.

—On peut dire ça comme ça…

—Chut !

Une femme vêtue d'un élégant tailleur-pantalon bleu marine (vraiment très joli d'ailleurs, tout à fait mon style, beaucoup plus chouette que n'importe quelle tenue avec un gros nœud devant), qui se tenait non loin de nous, a posé un doigt sur ses lèvres et a incliné la tête vers l'auteur sur scène. Je me suis fendu d'un « Pardon » en me rappelant que Duncan m'avait fait la même chose la veille.

Nous nous sommes donc tues et avons écouté l'écrivain lire son œuvre. Il portait de petites lunettes cerclées et un foulard en soie noué négligemment autour du cou dans un style pseudo-décontracté qui avait probablement nécessité des heures de pratique devant le miroir. Presque une caricature d'écrivain, en somme.

« Elle retira son peignoir et se campa devant le miroir de la chambre, examinant son reflet d'un œil critique. Elle admira ses seins, les petits globes roses rebondirent légèrement lorsqu'elle se tourna pour les observer d'abord de côté, puis de face. Elle approuvait leur vivacité provocante et leur refus de se plier aux lois de la gravité. Les aréoles rosées se resserrèrent dans la brise fraîche du matin, provoquant le durcissement des mamelons… »

Un frisson collectif d'écœurement a parcouru la gent féminine présente dans la foule. L'auteur a levé les yeux et promené son regard dans le public, puis il a passé la langue sur ses lèvres en tournant la page.

—Quelle horreur, a marmonné Debbie tandis que moi, je me disais que ce type ne devait jamais avoir vu de femme nue dans sa vie, sauf à la télévision.

Au terme de la lecture – qui n'en finissait pas –, il a refermé son livre et adressé un sourire magnanime au public.

—Merci de m'avoir accordé votre attention, a-t-il dit d'un air suffisant, et là j'ai vraiment eu envie de le baffer, ou peut-être de me baffer moi-même parce que par politesse, je n'étais pas partie après l'épisode des tétons durcis. Y a-t-il des questions, ou peut-être des commentaires ?

—Tellement de questions, ouais, a murmuré Debbie, et la première, ce serait : Pourquoi ?

Et moi, je me suis dit : *Oh et puis merde*, et j'ai levé la main.

—Mais, euh… Vous avez déjà rencontré des filles ?

Nathan a éclaté d'un rire sonore et les femmes présentes dans la salle ont tiqué, hochant légèrement la tête (*hum*).

—Parce que, ai-je continué sans me démonter, je peux vous dire qu'aucune d'entre nous ne s'est jamais mise devant son miroir pour admirer ses seins. Ils reçoivent assez d'attention non désirée comme ça. Le seul moment où je passe autant de temps à me regarder dans une glace, c'est quand j'essaie de voir si je peux me passer de me laver les cheveux un jour de plus.

J'ai tout de suite regretté d'avoir ajouté cette dernière partie : tout le monde s'est retourné et a fixé mes cheveux pour voir si je les avais lavés récemment. Quelle impudence, je vous jure ! Heureusement, en plus de l'après-shampooing, j'étais allée jusqu'à utiliser le sèche-cheveux la dernière fois.

L'auteur avait l'air totalement anéanti par mon intervention et, pendant quelques instants, je me suis sentie mal. Mais j'avais lu tellement de livres écrits par des hommes qui se délectaient de descriptions méchantes, sexistes et tout simplement à côté de la plaque concernant les femmes et leur comportement que mon sentiment de culpabilité n'a pas duré bien longtemps. Le monde n'avait vraiment pas besoin d'un énième bouquin avec un passage de ce genre. L'auteur a ouvert la bouche pour parler, mais juste à ce moment-là, Germaine (que j'avais presque oubliée) s'est mise à gémir à mes pieds. J'ai reconnu ce gémissement.

—Excusez-moi, ai-je enchaîné, il faut que je sorte ma chienne dehors avant qu'elle ne fasse ses besoins ici. Et je ne voudrais pas que vous interprétiez ça comme un commentaire sur votre livre.

J'ai déambulé pendant un moment à une bonne distance de la tente, un sachet à crottes à la main, attendant que Germaine se soulage. Le maudit animal reniflait des touffes de feuilles sans arrêt mais apparemment aucune n'était jamais de la bonne taille, de la bonne forme ou de la bonne couleur. Elle a fini par s'éloigner de plus en plus, et moi, par trépigner.

—Allez, bon sang, vas-y, Germaine…

Elle a fait le tour du barnum, je l'ai suivie, et j'ai failli entrer en collision avec deux hommes qui discutaient à voix basse. L'un était « un individu de taille moyenne » (je détestais cette description quand j'étais flic !), grassouillet, la soixantaine, habillé dans un style décontracté mais avec des vêtements de marque – j'ai reconnu le logo sur la poitrine de son polo. L'autre, petit, sec, nerveux, avec des cheveux roux coupés très court, avait un faciès figé dans une expression vaguement agressive. C'était le type au polo de designer qui parlait, mais quand le rouquin m'a vue, il a coupé la parole à son acolyte d'un : « OK, mon pote, ça marche. »

J'ai fait quelques pas sur le côté sans perdre Germaine de vue. Peut-être qu'un petit coup de pied au derrière l'aiderait à faire sa crotte sans tarder.

—Bonjour. Vous êtes du coin ?

C'est à moi que s'adressait le rouquin. Il avait un accent écossais prononcé et un grand sourire aux lèvres, le seul truc authentique chez lui, à première vue. Il a fait un signe de tête en direction de son acolyte au polo de designer, qui s'éloignait déjà.

—Je lui ai demandé mon chemin mais il ne savait pas. Pas de bol, je me suis adressé à un autre touriste, a-t-il précisé avec une moue d'autodérision.

Je ne le sentais pas, ce type.

—Ah. Eh oui, c'est toujours mieux de demander à quelqu'un du coin.

—C'est sûr. Vous connaissez Bosun's Guest House ? J'ai un pote qui m'attend là-bas.

—Oui, c'est très facile d'ici. En sortant du parking vous prenez à droite, ensuite vous suivez la route jusqu'à Calenick Street et c'est sur la droite.

—Super. Merci, m'dame.

Il a tourné les talons et est parti en sifflotant gaiement. Je m'en suis voulu d'avoir été méfiante. C'était simplement un touriste, et il était écossais, donc probablement ivre… Germaine s'est mise à pleurnicher, probablement pour me faire payer la façon dont je venais de plaquer un vieux cliché minable sur un pauvre touriste. Je me demandais si, maintenant que Germaine s'était fait remarquer à l'intérieur de la tente, on me laisserait encore participer à la conférence de Geneviève. Et juste à ce moment-là, j'ai aperçu Daisy et sa copine Jade. Les deux filles adoraient la chienne, j'en ai profité pour la leur confier.

En retournant sous le chapiteau, j'ai croisé la femme au tailleur-pantalon qui nous avait fait signe de nous taire tout à l'heure. Elle discutait avec Geneviève, qui avait l'air on ne peut plus détendue ; si elle avait le trac avant de monter sur scène, elle cachait drôlement bien son jeu. Maurice, le maire, était là lui aussi, mais il paraissait mal à l'aise ; il essayait de faire la conversation à la quatrième personne du petit groupe, le type au polo de designer, en personne, qui n'avait d'yeux que pour Geneviève. J'ai ralenti le pas pour ne pas les dépasser, et aussi (je dois l'avouer) pour essayer d'entendre ce qu'ils se disaient. Malheureusement j'étais trop loin et je ne tenais pas à être repérée. J'ai vu l'homme prendre le bras de Geneviève et l'accompagner dans la tente, puis Maurice les a suivis. La femme restée seule tirait une dernière et longue bouffée de sa cigarette électronique quand elle a levé les yeux vers moi et m'a vue. Je me suis approchée.

—Excusez-moi pour tout à l'heure, à l'intérieur. Je crois que j'ai été un peu dure avec ce pauvre écrivain.

Elle a eu un petit rire.

—Oh, ne vous excusez pas, je vous en prie ! C'était atroce, cette lecture. Et dire que c'est sa première tentative de fiction. En tant que lectrice, je prie pour que ce soit sa dernière et qu'il retourne sans tarder au journalisme. Mais bon, il y a un marché pour ce genre de littérature, vous savez. Dieu sait pourquoi ou comment, mais il y en a un.

—Je sais bien que c'est lui qui a sollicité notre avis, mais tout de même je n'aurais pas dû m'en prendre à lui comme ça…

Je ne sais pas trop pourquoi je tenais à m'excuser étant donné qu'au fond de moi, je maintenais tout ce que j'avais dit. La femme a souri, secoué la tête puis m'a tendu une main.

—Lauren Fulstrop. Je suis son agent. Et s'il a obtenu cette lecture, c'est uniquement parce que je représente aussi Gen. Il va s'en remettre, ne vous en faites pas.

—Vous êtes agent ? Ça doit être sympa, comme job.

Elle a fourré sa cigarette électronique dans sa poche.

—Détrompez-vous, les écrivains sont *in-gé-rables*. Ils disent qu'ils veulent des retours alors que tout ce qu'ils cherchent vraiment, c'est que vous leur disiez que leur travail est génial et qu'ils n'ont pas perdu un an de leur vie à écrire un ramassis de conneries. Mais vous m'excuserez, mon autrice vedette va prendre la parole d'un instant à l'autre. On y va ?

4

J'ai suivi Lauren dans la tente et suis allée rejoindre Nathan. Debbie s'était dégoté une place assise et je me suis demandé si elle n'essayait pas de prendre ses distances avec la grande gueule et son clebs…

—Je promets de bien me tenir, ai-je chuchoté à Nathan.

Il m'a regardée en souriant généreusement, ce qui m'a donné une légère bouffée de chaleur.

—Ne te retiens pas pour moi. C'est beaucoup plus rigolo quand tu te laisses aller.

Sur l'estrade, Maurice remerciait une fois encore tout le monde d'être là ; je pense qu'il avait eu très peur que personne ne vienne, et c'est lui qui avait eu l'idée de ce festival d'art. Il a enfin laissé la place à Geneviève, qui est montée sur scène sous des applaudissements nourris.

Cette femme était presque aussi célèbre que son mari. Elle avait étudié l'histoire de l'art au Goldsmiths College à la fin des années 1980, où elle avait rencontré Duncan. Ils étaient ensemble depuis cette époque – mais pas forcément *heureux* ensemble, si l'on en jugeait par leur petit différend de la veille –, et elle s'était fait un nom et de l'argent en tant que directrice commerciale et biographe de Duncan. Quelques années auparavant, elle avait publié un livre sur sa vie avec un artiste célèbre, ouvrage qui relatait également l'histoire des tableaux les plus illustres de son mari, la fameuse série de Penstowan.

Je la regardais, au centre de la scène, accueillant modestement les applaudissements, et il fallait bien admettre qu'elle était belle. Elle me faisait penser à Isabella Rossellini, ou encore à une star française des années 1960. Il n'y avait pas à tortiller, elle était mille fois plus glamour que moi. Mais je ne m'expliquais par pour autant pourquoi elle avait été si désagréable avec moi la veille. D'accord, j'avais brièvement envisagé d'embrasser son mari (je n'y peux rien, il y avait quelque chose dans l'air), mais elle pouvait difficilement me considérer comme une menace pour son couple. Et critiquer mes vol-au-vent, mine de rien ! Ça, je n'avais pas du tout apprécié.

J'ai scruté la foule pour voir si Duncan était venu écouter sa femme. D'un côté je ne pouvais pas nier qu'il me plaisait bien, et de l'autre, je dois dire que leur relation m'intriguait. Il n'était pas là. Tous les yeux étaient braqués sur elle, et visiblement elle adorait ça.

Pas tous les yeux. À côté de moi, Nathan observait la première rangée de sièges. Qu'étudiait-il de si près, ou qui ? Je me suis rehaussée sur la pointe des pieds pour essayer de voir au-dessus des têtes des spectateurs, puis j'ai suivi son regard ; il observait attentivement l'homme au polo d'une certaine marque que j'avais croisé tout à l'heure en train de parler à Geneviève et Lauren Fulstrop à l'extérieur. Je lui ai filé un petit coup de coude.

—C'est qui, ce type ?

—Tu ne le reconnais pas ? C'est Charles Harper.

Qui ça ?

—Ah.

J'ai acquiescé sans rien ajouter. Nathan m'a regardée, un sourire moqueur aux lèvres.

—Tu ne sais pas qui c'est, hein ?

—Jamais entendu parler.

—C'est juste l'un des hommes les plus riches de Grande-Bretagne. Il a fait un paquet de d'investissements en Bourse très fructueux et a retiré tous ses fonds juste avant le lundi noir, comme s'il savait que la Bourse allait s'effondrer.

Là, Nathan a bien vu que je ne pigeais toujours pas.

—Le grand *krach* boursier de 1987, ça ne te dit rien ?

—Je n'avais que sept ans à l'époque, lui ai-je fait remarquer, un peu vexée.

Il a lâché un petit rire.

—Ah oui ? Et moi j'avais deux ans… Mais si je le sais, c'est parce que je viens de me renseigner, ma chère. Et c'est louche, tout ça. Après le *krach*, il a commencé à investir dans l'art, à acheter les œuvres d'artistes émergents, et il a ouvert une galerie. Il a été le premier collectionneur à parier sur le travail de Stovall. Geneviève Lorre s'est même associée à sa galerie, ils sont donc très « proches », m'a-t-on dit.

La façon dont Nathan avait dit « proches » laissait entendre qu'il y avait entre eux plus qu'une relation de simples associés.

—Ah, je vois…

Sur l'estrade, Geneviève était d'un naturel désarmant. Elle échangeait avec le public en toute simplicité et racontait des anecdotes de sa vie avec Duncan. D'un coup, j'ai décidé que je ne pouvais vraiment pas la piffer, et pas seulement parce qu'elle n'avait pas aimé mes amuse-gueules.

—Et pourquoi la police judiciaire de Penstowan s'intéressait-elle tant à Harper et Lorre ? On n'enquête pas sur de sombres affaires trente ans après les faits.

—Non, en effet, et ce n'est pas raison pour laquelle je suis là. Mais quelqu'un ne lui a pas pardonné.

Nathan a jeté des petits regards furtifs autour de lui, puis s'est penché vers moi pour que personne d'autre que moi ne l'entende. J'ai senti son souffle sur ma joue, qui s'est mise à chauffer toute seule sur-le-champ. *Concentre-toi, bon sang, Jodie* !

—Apparemment, il reçoit des menaces de mort. Et ça dure depuis des années. Probablement des investisseurs mécontents. Tu vois le gars, là-bas, en costume noir ?

Il a fait un signe de tête vers un type bâti comme une armoire à glace, engoncé dans des fringues ultra-tendues sur un corps ultra-musclé. Les boutons de sa chemise étaient mis à rude épreuve par l'assaut de pectoraux proéminents. Ça fait pareil *avec mes chemises*, ai-je pensé, sauf que moi, c'était uniquement parce que j'avais pris du poids au niveau du ventre après avoir quitté la police, et que je refusais de l'admettre et d'acheter des vêtements d'une taille (ou deux) au-dessus. Le type tout en muscles se tenait près de l'entrée du barnum, à quelques mètres seulement de l'endroit où Charles Harper était assis, l'air parfaitement à l'aise et nonchalant.

—Son garde du corps ?

Nathan a acquiescé.

—Oui. Et un peu voyou sur les bords, aussi. Harper n'a pas déposé de plainte officielle pour les menaces de mort – il dit qu'il en reçoit tout le temps, de toute façon – mais visiblement, il les prend quand même au sérieux, d'où notre homme à la porte. D'ailleurs ce gars est mal barré s'il comptait passer inaperçu. La police a ouvert un dossier sur les menaces de mort et a demandé à Harper de les tenir informés de tous ses déplacements, pour qu'ils puissent relayer l'information au niveau des commissariats locaux. Et c'est pour ça que je suis ici.

—Mais tu surveilles Harper ou son garde du corps ?

—Les deux, mon commandant, a répondu Nathan en souriant.

Geneviève racontait l'histoire de sa première rencontre avec Duncan. Elle était drôle et charmante, elle incarnait à merveille son rôle d'épouse encore totalement éprise de son mari après toutes ces années. Mais moi, je n'y croyais pas une seconde. Duncan n'avait pas l'air d'un homme heureux la veille, même avant d'apprendre cette histoire d'atelier ouvert. Ou est-ce que j'allais un peu trop loin parce que j'étais tout bonnement flattée qu'il ait choisi de me parler à moi pour échapper aux autres ?

Au premier rang, les gens ont commencé à se mouvoir pour faire une place à un nouveau venu qui se dirigeait droit vers le siège à côté de celui de Harper, celui que Geneviève avait laissé vacant.

—Qui est-ce ? a murmuré Nathan.

J'ai tendu le cou.

—Personne, juste un écrivain minable, ai-je dit en grimaçant légèrement.

Pauvre type. J'étais surprise qu'il n'ait pas sauté dans le premier train pour quitter les Cornouailles avant d'être lynché par la foule.

J'ai jeté un coup d'œil à l'affiche à côté de la scène qui dressait la liste de tous les intervenants de ce lundi et ai vu que cet auteur s'appelait Robert Holmes. Je l'ai ensuite vu se tourner vers la personne assise de l'autre côté, son agente et celle de Geneviève, Lauren. Il s'est mis à lui parler mais elle lui a fait un bref signe de tête – une rebuffade en règle. Le type a insisté et a continué à parler. Alors elle a pivoté plus franchement vers lui. Je ne voyais pas le visage de Lauren, mais d'après sa posture (pour autant que je puisse en juger d'où je me trouvais), l'agente semblait tendue et agacée. Autour, d'autres têtes ont commencé à se tourner vers Robert Holmes, qui parlait de plus en plus fort. Nathan et moi avons échangé un regard ; ça devenait intéressant. J'ai perçu quelques bribes.

—… connaître la vérité ! … tout faire péter !

À côté de lui, Charles Harper a fait un signe au Musclor en costume posté près de la porte, qui a immédiatement fendu la foule pour aller attraper Holmes par le col de chemise. J'ai fait un pas en avant, prête à bondir. L'écrivain était peut-être en train de s'énerver mais rien ne justifiait une telle brutalité. Nathan a délicatement tendu un bras pour m'arrêter dans mon élan.

—C'est mon boulot, je te signale, pas le tien.

Nathan s'est frayé un chemin vers l'altercation tandis que Holmes tentait de se libérer de l'emprise du garde du corps. L'écrivain, furieux, a fini par se dégager et est resté debout devant Harper et Lauren, bien décidé à en découdre avec eux.

—Restez assis ! a-t-il beuglé. Vous allez m'écouter !

—Pas ici, non, est intervenu Nathan en se plaçant devant l'homme enragé, obligé de reculer vers la scène derrière lui. Venez, M. Holmes, je pense que nous devrions aller dehors avant que quelqu'un ne soit blessé.

—Vous me menacez, c'est ça ? s'est indigné Holmes.

—Moi, non, mais lui, oui.

Nathan a fait un geste vers le garde du corps qui s'approchait à nouveau avec la ferme intention d'empoigner le type. Nathan a sorti sa carte de flic et l'a mise sous le nez du malabar.

—Désolé, mon gars, va falloir te contrôler.

Presque toutes les femmes (et probablement quelques hommes) présentes sous la tente ont poussé un petit : « Oooh… » de pâmoison devant un tel acte d'héroïsme, et j'ai dû me retenir d'en faire autant. Debbie a pivoté sur son siège, m'a regardée et a fait semblant de s'éventer en articulant : « Waouh ! » Le garde du corps, contrarié, a battu en retraite et Nathan est sorti de la tente avec Holmes.

Je suis restée sans bouger quelques secondes, à observer le public tout retourné. Sur scène, Geneviève s'est adressée à l'assemblée avec un grand sourire.

—Des hommes qui se battent pour moi, à mon âge ? Je suis extrêmement flattée, a-t-elle dit avec élégance, et les gens ont ri, oubliant déjà l'interruption.

Ils étaient à nouveau prêts à lui manger dans la main. J'ai haussé les épaules et je suis sortie.

*

Nathan avait conduit Holmes dans un endroit tranquille, loin de la tente. Je l'ai regardé poser une main ferme sur la poitrine de l'écrivain, lui parler doucement, le forcer à rester immobile et à se calmer. *Des trucs de manuels scolaires*, ai-je pensé, tout en approuvant. Je voulais à tout prix aller savoir ce qui se passait, mais Nathan m'a aperçue et a fait un petit « non » de la tête. Il me connaissait bien, le bougre…

Je suis restée en retrait sans trop savoir quoi faire. Devais-je attendre que Nathan se libère pour que l'on puisse tranquillement poursuivre le festival tous les deux ? Ç'aurait été bien ; je n'avais jamais passé beaucoup du temps avec lui hors du cadre de ses fonctions officielles, en tant qu'amie. Cela dit, ce n'était pas comme si nous avions décidé d'assister à cette conférence ensemble. Il ne pensait probablement pas que j'allais l'attendre pour continuer à profiter du festival. Et d'ailleurs, si je l'attendais, il trouverait peut-être ça un peu bizarre. Daisy et sa copine sont revenues avec le chien, ce qui m'a permis de ne pas prendre de décision. Je les ai soulagées de leur rôle de *dog-sitter* et suis allée me dégourdir les jambes avec Germaine.

5

Ma balade m'a amenée vers le sommet des falaises, non loin d'une belle maison assortie d'une grande véranda qui donnait sur l'océan. Maison qui, pure coïncidence (bah tiens), se trouvait également être celle où Duncan Stovall et Geneviève Lorre logeaient durant la semaine du festival. Et c'est là que l'atelier ouvert avait été installé, dans la véranda.

Sur le chemin qui menait à la maison, il n'y avait aucun visiteur, ce qui m'a étonnée ; l'intérêt de cet atelier ouvert était que les gens pouvaient venir observer l'artiste au travail, en pleine création d'un nouveau chef-d'œuvre.

Je n'ai pas suivi les panneaux qui indiquaient la porte d'entrée, grande ouverte, préférant faire le tour par le jardin pour me présenter directement devant l'atelier. Pour je ne sais quelle raison, j'étais mal à l'aise à l'idée d'entrer par la maison, comme si j'allais prendre Duncan par surprise, alors qu'en arrivant par la véranda, il aurait plus de chances de me voir approcher avant que je le voie, moi.

C'était ma théorie, en tout cas. J'ai donc contourné la maison pour arriver devant la véranda et j'ai jeté un coup d'œil à l'intérieur. Une grande toile avait été posée sur un chevalet, positionnée de manière que l'artiste puisse à la fois peindre et profiter de la vue. À côté, sur une grande table, il y avait des tubes de peinture, des pinceaux, et tout ce dont un artiste avait besoin pour créer sa prochaine œuvre d'art. Il ne manquait qu'une chose : l'artiste.

Le nez écrasé contre la vitre, j'ai balayé la véranda du regard. Y avait-il quelque chose de suspect dans cette pièce ? Mon instinct d'ancienne flic, que je n'avais pas perdu, se manifestait parfois par des petits picotements… D'ailleurs était-ce un picotement que je ressentais ? Les yeux rivés sur le carrelage de la véranda, je…

—AAAAH !

Le cri m'a fait faire un bond en arrière. Duncan avait surgi dans la véranda, il me fixait, tétanisé. Il tenait un verre d'eau à la main et d'après la façon dont il l'a posé sur la table et s'est ensuite essuyé la main sur son jean, je pense qu'il en avait renversé une bonne partie. Il s'est vite repris et s'est mis rire, puis il est venu m'ouvrir la porte de la véranda.

—Vous m'avez fichu une de ces trouilles ! Je vais dans la cuisine pour prendre un verre, il n'y a personne, et trente secondes après, je reviens et il y a ce visage collé contre la vitre…

J'ai esquissé un sourire gêné.

—Excusez-moi, désolée de vous avoir fait peur. Vous êtes seul ?

—Il y a eu quelques visiteurs tout à l'heure, mais bon…

Il a fait un geste las vers la toile. Je me suis approchée du chevalet pour admirer son travail en cours ; la toile était vierge. Duncan a eu un petit sourire amer avant de poursuivre.

—Combien de temps les gens ont-ils envie de rester à regarder un artiste en mal d'inspiration en train de fixer sa toile blanche d'un œil morose ?

—Ça dépend de comment il est, cet artiste, et s'il est entièrement vêtu ou non, ai-je dit, regrettant immédiatement mes paroles.

Ma bouche sort parfois des trucs sans consulter le reste de mon être. Duncan a ri.

—Ah, vous faites manifestement partie des visiteurs très exigeants. J'aurais bien voulu vous donner quelque chose de plus intéressant à voir, mais voilà…

Il est allé s'asseoir sur un canapé en face du chevalet et j'ai pris place à côté de lui. Nous avons fixé la toile quelques instants et, juste à ce moment-là, Germaine a reniflé les pieds du chevalet et a levé une patte. J'ai bondi du canapé.

—Ah oui, j'ai oublié de vous dire que mon chien est critique d'art. Il faut qu'on vous laisse…

Duncan s'est levé à son tour. Il était vraiment très grand ; le haut de ma tête arrivait juste sous son menton, de sorte que je me suis retrouvée les yeux au niveau de son large torse, tout près de lui. J'ai senti son après-rasage ou son déodorant, un parfum pas trop envahissant, juste une odeur de propre, légèrement boisée… Tout ça commençait à faire un peu bluette d'Harlequin. Dans un effort surhumain, j'ai réussi à me reconcentrer sur l'urgence de sortir la chienne avant qu'elle n'aggrave mon cas en pissant sur la toile (même entièrement blanche).

—On allait faire un tour sur les falaises, ai-je dit. Vous voulez venir avec nous ?

*

À côté de moi, le regard perdu dans l'océan, Duncan respirait à pleins poumons. Germaine, débarrassée de sa laisse, fourrait sa truffe dans le gazon d'Espagne et les ajoncs qui poussaient en abondance dans ces contrées.

—Je suis bien content que vous ayez proposé de vous balader « sur les falaises ». C'est plus prudent que « le long » des falaises, a fait remarquer Duncan en se tournant vers moi, sourire aux lèvres.

—Germaine n'est pas assez bonne en escalade pour prendre ce risque.

J'ai regardé vers le bas, même s'il faut bien avouer que je n'aime pas trop m'approcher du bord. Sous nos pieds, la mer s'écrasait contre les rochers et sans raison apparente, j'ai pensé au mot « torride ». Là, avec Duncan à mes côtés qui souriait et sentait bon, et toute cette histoire plus ou moins « torride », j'avais l'impression qu'on avait quitté l'ambiance Harlequin pour atterrir dans *Poldark*[1]. Ma poitrine allait bientôt commencer à se soulever si je ne faisais pas gaffe.

—Et elle n'est pas très douée en natation non plus.

Nous avons continué à cheminer au soleil, accompagnés du bourdonnement des abeilles qui s'affairaient autour des fleurs jaunes des ajoncs et des haies sauvages de mûriers. Dans quelques semaines on pourrait cueillir les mûres, j'utiliserais ma nouvelle sorbetière pour faire des glaces à la crème. Ou je les mélangerais avec de la compote de pommes dans un crumble.

Duncan s'est arrêté pour admirer le paysage une nouvelle fois.

—Merci, Jodie. J'avais grand besoin de sortir de cet atelier.

—Ça ne doit pas être facile de peindre sur commande.

Et j'ai repensé à la tête qu'il faisait lors de la soirée de la veille. Il y avait un banc niché dans les buissons, à l'abri du vent qui d'ordinaire fouettait les falaises – seule une légère brise soufflait ce jour-là. Le banc surplombait Elephant Rock, qu'on appelait comme ça parce que le bout des falaises ressemblait à un éléphant dont la trompe s'avançait dans la mer – si vous les regardiez sous le bon angle,

---

1. NdT : Série télévisée britannique qui se passe dans les Cornouailles au XVIIIe siècle, tirée de l'œuvre littéraire éponyme de Winston Graham (1908-2003).

après avoir picolé et en plissant un peu les yeux. Duncan m'a suivie et nous nous sommes assis.

—Non, en effet…

Il semblait sur le point d'en dire plus mais s'est ravisé.

—J'espère que ça ne vous dérange pas que je vous dise ça, mais… Vous avez eu l'air surpris quand Maurice a annoncé que vous alliez peindre un nouveau tableau. Et pas spécialement enchanté.

Duncan a soupiré longuement, comme s'il attendait depuis un moment l'occasion d'avouer la vérité à quelqu'un.

—Non, en effet, je n'étais pas au courant et je n'aurais pas accepté si on m'avait consulté.

—Qu'est-ce qui a fait croire à Maurice que vous étiez d'accord, alors ?

—C'est ma femme.

—Ah.

Duncan s'est mis à gigoter nerveusement.

—Je n'arrive pas à peindre quand on me le demande. Il ne suffit pas d'appuyer sur un bouton pour que ça marche.

—Vous avez besoin d'être inspiré.

Il m'a regardée quelques secondes puis m'a lancé un sourire ravageur.

—C'est ça. J'ai besoin d'une muse…

Ses yeux bleus m'ont décoché un clin d'œil et d'un coup j'ai trouvé qu'il faisait drôlement chaud dans cet endroit. Du bras, j'ai embrassé le paysage devant nous.

—La voilà, votre inspiration, ai-je dit avec nonchalance en pensant très fort : *Mon Dieu, faites qu'il arrête de me dévisager, c'est trop bon mais il est marié.*

Il s'est enfin tourné vers la mer et nous sommes restés en silence un moment. Au bout de quelques minutes, j'ai eu envie de reprendre notre conversation.

—C’est tout de même un peu gonflé de la part de votre femme de vous engager à faire ça sans vous le dire, non ? Elle devait bien savoir que ça ne vous plairait pas.

—Son livre va bientôt sortir, voyez-vous. Un nouveau tableau de Penstowan, ça serait bon pour booster ses ventes.

Soudain, dans un soupir, il a plongé ses yeux dans les miens.

—Je vous aime bien, Jodie, la serveuse hors pair.

Mon cœur a failli imploser.

—Je vous aime bien aussi, Duncan, le peintre…

—Je sens chez vous cette énergie, cette *attitude*. Quand vous êtes venue me voir hier soir, dans cet affreux corsage que… (Il s’est arrêté.) Rassurez-moi, ce n’est pas votre chemisier préféré, au moins ? Ah, tant mieux. Eh bien, vous vous êtes approchée de moi et vous m’avez regardé avec cet air de défiance qui disait : « Oui, je sais, il est moche, ce haut, mais je te mets au défi de me faire la moindre remarque. »

J’ai ri de bon cœur.

—À croire que vous lisiez dans mes pensées.

Bon sang, il avait vraiment un beau sourire… Sans crier gare, il s’est penché vers moi et m’a pris la main.

—Laissez-moi vous peindre.

—Hein ? Quoi ? Mais pourquoi ?

Il m’a tout de suite lâché la main et a esquissé un mouvement de recul, les sourcils froncés.

—Pourquoi ? Parce que… Eh bien, je ne sais pas pourquoi, en fait. Je ne m’attendais pas à cette réaction de votre part.

Nous nous sommes regardés à nouveau, puis nous avons éclaté de rire. Germaine a sorti son museau du buisson où elle fouinait et nous a observés avec curiosité.

—Votre chienne doit se dire que nous sommes devenus fous, a dit Duncan.

J'ai hoché la tête. J'avais remonté mes lunettes de soleil sur mon crâne pour maintenir mes cheveux en arrière, mais le mouvement de ma tête les a délogé, elles ont glissé et ont atterri sans la moindre élégance sur le bout de mon nez, ce qui m'a forcée à renverser la tête en arrière d'un coup sec pour les empêcher de glisser complètement. Duncan a ri et a tendu la main pour les rattraper. Ses doigts chauds ont effleuré ma joue et j'ai pensé : Ça *y est, je suis foutue.* J'ai bien cru qu'il allait se pencher sur moi et m'embrasser, mais il ne l'a pas fait. Un voile de tristesse est passé sur son visage. Il m'a rendu mes lunettes.

—Je suis désolé, je n'aurais pas dû... Je ne pourrais jamais quitter Geneviève.

Il regardait ses chaussures à présent. *Mais je ne t'ai rien demandé, moi* ! me suis-je indignée intérieurement, même si je comprenais ce qu'il voulait dire. Rien ne pourrait se passer entre nous, même si nous le désirions tous les deux, parce que ça se terminerait forcément en chaos indescriptible.

—Mais si vous n'êtes pas heureux... me suis-je permis de dire puisque de toute évidence il était tout sauf heureux.

—Je sais bien. Et je pense qu'elle non plus n'est pas heureuse. Mais elle sait où les cadavres sont enterrés...

—Quoi ?

—C'est juste une expression pour dire que nos vies, nos carrières, et à peu près tout le reste, sont étroitement liées. Ce serait impossible de la quitter. Non, ce qui serait bien, ce serait de foutre le camp, de recommencer quelque part à zéro.

Ma femme ne me comprend pas mais je ne peux pas la quitter pour autant. Ah ! La réplique typique de l'homme marié. Mais au fond de moi, je savais bien que ce n'était pas une simple excuse. Ce qui m'intéressait avant tout, c'était comprendre ce qui subsistait entre Geneviève et lui. Une fois de plus, ma curiosité allait me conduire à ma perte. Alors quand il m'a regardée droit dans les yeux, au lieu de prendre mes jambes à mon cou comme j'aurais dû le faire, c'est moi qui me suis légèrement penchée vers lui, et à ce signal tacite, nous nous sommes embrassés langoureusement…

*

J'ai dévalé la colline. Germaine avait du mal à me suivre. Mais qu'est-ce que j'avais fait ? Duncan était marié, et certes malheureux, mais marié quand même…

On s'était quittés sans avoir le souffle coupé et sans haleter, enfin rien de tous ces trucs qu'on lit dans les romans d'amour. On n'était pas dans un bouquin Harlequin, après tout. Au contraire, c'était la timidité qui nous avait saisis après ce baiser. Duncan avait marmonné quelque chose pour me faire comprendre qu'il devait retourner à l'atelier, et moi j'avais marmonné autre chose pour lui faire comprendre que je devais ramener le chien à la maison. On s'était levés, un peu gênés, il m'avait enlacée. Son étreinte était chaude et j'avais bien aimé me sentir entièrement enveloppée, me blottir contre sa poitrine ; par le passé, j'étais plutôt attirée par des physiques sveltes et musclés, du type, euh, je ne sais pas, Nathan, par exemple. D'ailleurs, je ne savais plus trop quoi penser de Nathan. Je le connaissais (et je flirtais gentiment avec lui) depuis quelques mois mais il ne s'était toujours rien passé entre nous, alors je ne voyais pas pourquoi il continuait à m'occuper l'esprit.

En descendant la colline j'ai croisé l'écrivain Robert Holmes. J'ai tressailli, priant le ciel pour qu'il ne me reconnaisse pas, mais il n'a même pas tourné la tête vers moi et a poursuivi son ascension de la colline, à toute allure malgré sa respiration d'asthmatique, vers l'endroit d'où je venais. À ce stade, Germaine haletait presque autant que lui alors je me suis arrêtée pour qu'elle se repose un instant et j'ai observé Holmes s'engager sur le sentier qui menait à la résidence de Duncan. Allait-il voir Duncan, ou, si Geneviève était rentrée à présent (je me suis sentie un peu mal en pensant à elle), était-il venu pour s'excuser de la scène qu'il avait provoquée la veille ?

Germaine a tiré sur la laisse, interrompant mon flot de pensées. On a continué notre chemin vers la ville.

6

J'ai passé le reste de l'après-midi en pilote automatique, évitant soigneusement de penser à Duncan (soigneusement mais sans y parvenir vraiment). J'ai décidé de me lancer dans la préparation du gâteau destiné à la vente aux enchères du gala de samedi. J'avais prévu de faire une génoise au citron, classique – en gros, un gâteau éponge auquel j'allais ajouter du jus et du zeste de citron pour lui donner un peu de piquant –, légère et moelleuse, avec un goût suffisamment délicat pour supporter les 400 tonnes de glaçage fondant dont j'allais avoir besoin pour recréer *La Plage à marée haute*. Mais peut-être vaudrait-il mieux envisager un gâteau aux fruits ? Quelque chose de costaud pour supporter ce glaçage, comme un gâteau de mariage. Quoi qu'il en soit, il finirait de toute façon en petites tranches servies aux enchérisseurs présents (Maurice n'avait pas exactement *truqué* les enchères mais il avait laissé entendre que l'un des conseillers à la mairie le « gagnerait » et en ferait immédiatement don au stand des rafraîchissements afin de récolter un peu plus d'argent). Et si je faisais plutôt un gâteau au chocolat, ça aurait peut-être plus de succès ? Avec un glaçage royal au lieu d'un glaçage fondant, peut-être ? Peut-être que je devrais…

Peut-être que je devrais m'en tenir à mon idée d'origine et arrêter de me prendre la tête ! J'*adore* préparer la génoise. Battre le beurre et le sucre pour les monter en crème est un excellent exercice pour les bras, et suivre une recette (on ne peut pas faire de pâtisserie au pifomètre ; il faut respecter les proportions exactes de beurre et de farine, et tout le reste) libère l'esprit. Ça va me détendre, me suis-je dit, *la pâtisserie, c'est mon truc.* Étape suivante : décider de la taille exacte du gâteau. Plus il serait gros, plus il serait facile à décorer – tous les détails seraient *de facto* agrandis et donc moins complexes à réaliser. Mais cela signifiait qu'il fallait faire un *prorata* de toutes les doses indiquées dans mes recettes habituelles et trouver le plus grand moule à gâteau possible, ou faire plusieurs gâteaux et les assembler avec du glaçage ou de la crème au beurre, ou peut-être de la crème au citron, pour une génoise au citron…

J'ai lu et relu la recette des dizaines de fois, en calculant le nombre d'œufs, la quantité de beurre et de farine dont j'aurais besoin, puis finalement j'ai changé d'avis et me suis dit qu'un gâteau aux fruits serait *sûrement* mieux. Ma mère et Daisy ont suivi mes atermoiements de loin et ont sagement décidé de ne pas s'en mêler.

En fin de journée, il a bien fallu que je m'arrête pour me préparer à sortir. L'entreprise familiale de Tony – le grand magasin de la ville, Penhaligon's – sponsorisait le chapiteau dédié aux concerts qui allait ce soir-là accueillir toutes sortes de groupes, dont celui du père de Tony, un monsieur plus tout jeune. Tony devait y aller pour faire plaisir à sa famille mais c'était sans le moindre enthousiasme. J'avais accepté de l'accompagner.

*

Nous étions convenus de nous rejoindre devant l'entrée du chapiteau à 17 h 30. Comme son père Malcolm et ses copains étaient les premiers à jouer, à 19 heures, Tony m'avait proposé un rendez-vous un peu plus tôt pour avoir le temps d'aller manger un morceau avant. Étrangement, il était tout seul quand je suis arrivée, par-derrière, tout doucement. Je lui ai sauté sur le dos.

—COUCOU !

Le pauvre a fait un bond de trois mètres.

—Merde, Jodie, tu veux me filer une crise cardiaque ?

—Oh, dis donc, t'es sur les nerfs ou quoi ? Ils ne sont pas là, Callum et Debbie ?

—Non. J'avais envie qu'on soit tous les deux pour changer. À chaque fois qu'on se voit, il y a plein de monde et on n'a jamais le temps de discuter.

—Oh là, ça va être sinistre, je sens que tu as quelque chose à me dire, toi…

Il a rigolé.

—Non, pas du tout. Je voulais juste t'avoir un peu pour moi tout seul.

On est allés chercher un *fish & chips* qu'on a mangé sur la plage puis on a mis le cap sur la tente qui abritait le bar. J'avais fait en sorte de bien manger avant parce que le cidre artisanal du coin était plus fort que du carburant à fusée, et bien connu pour rendre aveugles tous ceux qui en abusaient, donc en buveuse avertie, je m'étais rempli l'estomac avant l'assaut du jus de pomme. C'était mon excuse, en tout cas. J'en ai généralement deux ou trois toutes prêtes dès qu'il s'agit de justifier que je me suis empiffrée.

À ma grande surprise, le chapiteau réservé aux concerts était bondé. J'ai regardé autour de moi pour voir qui était là ; pas de Duncan ni de Nathan. Je ne savais pas si j'étais soulagée ou déçue de leur absence mais de toute façon Debbie et Callum n'ont pas tardé à arriver et en une fraction de seconde j'ai complètement oublié ces deux hommes. J'étais venue pour passer un bon moment avec mes meilleurs amis, rien de plus. Debbie m'a prise par la main et m'a entraînée sur la piste de danse. Les garçons ont suivi, mais plus lentement.

Malcolm et ses acolytes chanteurs ont fait leur entrée sur scène d'un pas mal assuré. Ils avaient tous plus de soixante ans et l'un d'eux, un accordéon apparemment très lourd dans les bras, regardait son instrument comme s'il s'agissait d'une loutre crevée depuis deux semaines. Pas très prometteur, tout ça…

Tony s'est approché de moi, par-derrière, très près, et m'a beuglé à l'oreille :

—BONSOIR, PENSTOWAN !

Évidemment, j'ai sursauté. *Voilà, c'*était sa petite vengeance pour *tout à l'heure.*

—Bonsoir, Penstowan ! a lancé Malcolm, ce qui nous a fait glousser, Tony et moi. Nous sommes la chorale des Pêcheurs.

J'ai reconnu un dentiste, un flic (le sergent Adams, une des recrues de mon défunt père, policier), plusieurs commerçants, ainsi que le type qui contrôlait les tickets de parking et signalait les dépassements de stationnement à la mairie pendant la saison estivale (ce n'était pas son véritable métier mais il vouait une véritable haine aux vacanciers). Les pêcheurs brillaient donc par leur absence. Après une petite pause au cours de laquelle l'accordéoniste a sorti quelques pets de son instrument, les pêcheurs qui n'en étaient pas se sont mis à chanter.

Et ô surprise, ils étaient plutôt bons. Ils ont entonné quelques ritournelles de marins entraînantes, et lorsqu'ils ont commencé « The Wild Rover », le public a tapé des mains en rythme, des pieds, et a même repris le refrain avec le groupe. Lorsque la chanson a été terminée, Malcolm et ses camarades de chorale avaient l'air totalement sidérés par la réaction du public.

—Merci à tous ! Est-ce que quelqu'un a une demande particulière ? a demandé l'accordéoniste.

Tony m'a donné une petite bourrade.

—Vas-y, toi, demande-leur un morceau.

J'ai réfléchi deux secondes.

—Vous connaissez une chanson de Duran Duran ?

Tony a pouffé mais Malcolm nous a fusillés du regard. J'ai eu un peu honte de moi, mais comme j'étais pompette, pas trop non plus.

*

Tony et moi sommes sortis du chapiteau en trébuchant, hilares, suivis de Debbie et Callum. Personne ne me fait rire comme Tony ; depuis nos huit ans il a le don de me dérider. Quand on tombe sur quelqu'un qui nous fait rire à en avoir mal au ventre, à pleurer, à faire pipi dans sa culotte, il faut le chérir, c'est un don du ciel.

—Non mais tout ce que j'ai dit, c'est que je donnerais cher pour entendre « Hungry Like the Wolf » à l'accordéon, c'est tout, a expliqué Tony devant nos mines amusées.

—Allez, je paie ma tournée de cidre, a déclaré Callum.

Debbie et moi avons fait « non » de la tête. Boire des pintes de cidre, c'était trop pour nous, et nous savions déjà que nous finirions par passer la moitié de la nuit dans les toilettes sèches du festival si nous continuions à boire. Les garçons sont allés au bar, et nous, nous nous sommes affalées sur la pelouse.

—Alors, petite cachottière, a commencé Debbie, encore en train de rire. On dirait que vous vous entendez drôlement bien, Tony et toi…

J'ai fait rouler mes yeux dans leurs orbites.

—Arrête d'essayer de me caser avec quelqu'un, tu veux ? Tu es pire que ma mère.

Elle s'est allongée dans l'herbe.

—Je veux juste te voir heureuse…

—Mais je suis heureuse ! ai-je protesté vivement.

Elle s'est appuyée sur un coude et m'a dévisagée un moment. J'ai soudain eu l'impression qu'elle savait ce que j'avais fait tout à l'heure, même si théoriquement elle n'avait aucun moyen de le savoir.

—C'est dommage que Duncan soit marié. C'est un beau gosse pour un homme de son âge. Et Nathan, alors ?

—Quoi, Nathan ?

Je l'ai regardée en feignant l'innocence, mais elle savait que je bluffais.

—Bon d'accord, ai-je abdiqué, d'accord, il est super sexy et on s'entend bien, c'est vrai. Mais ça fait des mois qu'on se tourne autour et il n'a toujours pas fait la moindre tentative. De toute façon je ne me sens pas prête à recommencer à sortir avec quelqu'un. Daisy et maman sont ma priorité en ce moment. Le type qui acceptera de sortir avec moi devra être capable de gérer trois générations de femmes sous le même toit. Quatre si on compte le chien.

—Tony gère ça très bien. Ta mère l'adore.

—Avec Tony c'est différent, on se connaît depuis l'école primaire. Non, non, je reste célibataire. Tous les hommes qui m'attirent sont trop compliqués. Duncan avec son mariage désastreux, Nathan qui s'est séparé de sa fiancée à Liverpool il y a seulement six mois, et Tony qui ne s'est pas encore remis de Cheryl…

—Ah ! Donc Tony t'attire aussi, si je comprends bien ?

—Hein ? Mais non, je voulais juste dire que…

J'ai soupiré et me suis mise à arracher distraitement des touffes d'herbe.

—J'ai embrassé Duncan cet après-midi, ai-je soudain avoué à Debbie.

—Waouh ! Mais pourquoi tu n'as pas commencé par ça ? En voilà, une bonne nouvelle !

—Non, c'est pas bon du tout. Je ne veux pas m'engager dans une relation avec un homme marié, même s'il n'est pas heureux dans son couple. J'ai déjà donné, merci bien.

Le père de Daisy, Richard, était marié quand je l'avais rencontré, et ça avait tourné au vinaigre. J'aurais dû retenir la leçon.

—C'était rien, de toute façon, juste un petit baiser sans conséquence, ai-je tenu à préciser.

—Ah oui ? Eh bien tu devrais voir ta tête, te voilà devenue toute rêveuse.

Debbie a roulé sur le dos, comme si elle venait de s'évanouir.

—Oh, Duncan, tu es si beau, et si riche, a-t-elle murmuré.

Je lui ai jeté de l'herbe en riant.

—Oh, arrête un peu !

Elle s'est redressée.

—Tu dois tout me dire, Jodie. Absolument tout. Comment ça s'est passé, exactement ? Il n'est vraiment pas heureux avec elle ou c'est juste une énième ordure qui trompe sa femme ? Et est-ce que…

Tout ce qu'elle s'apprêtait à me demander a soudain été noyé dans un vacarme assourdissant de sirènes en provenance de Fore Street. Nous nous sommes regardées et nous sommes levées pour essayer de voir ce qui se passait. On distinguait mal combien de véhicules fonçaient vers la colline, s'il s'agissait de la police, d'ambulances ou de pompiers. Tony et Callum, verres à la main, ont émergé de la tente du bar.

—C'est quoi, ces sirènes ? a voulu savoir Tony quand ils sont arrivés à notre hauteur.

Davey Trelawney, qui se trouvait dans la tente, a été appelé. Davey – ou « le vieux Davey » comme on le nommait (c'est une longue histoire) – avait lui aussi travaillé avec mon père dans les forces de police, et désormais il faisait partie des secouristes bénévoles de la commune.

—On vient de me dire qu'il y a eu un accident près d'Elephant Rock.

Je me suis sentie défaillir ; c'est là que j'étais allée l'après-midi même.

—Qu'est-ce qui s'est passé ? ai-je demandé, sans vraiment vouloir connaître la réponse.

—C'est l'artiste, Duncan machin truc. Apparemment il est tombé de la falaise.

7

Sans attendre une seconde de plus, je suis partie ventre à terre vers la falaise. Derrière moi, j'entendais courir Tony, et derrière lui encore, Debbie ; quant à Callum, pas vraiment du genre à piquer un cent mètres avec son physique enrobé, il s'est arrêté après quelques mètres.

—Jodie ! haletait Tony. Attends-moi !

Je l'ai ignoré, il fallait que j'aille voir sur cette falaise…

La nuit n'était pas encore entièrement tombée – le soleil se couche vers 21 ou 22 heures ici en été – mais avec le nombre impressionnant de gyrophares et lumières clignotantes sur place, j'aurais tout aussi bien pu repérer la scène de l'accident dans le noir complet. Mes poumons me brûlaient et j'avais une pointe de côté fulgurante – cidre et sprint en montée ne font pas bon ménage, et du reste, j'étais loin d'être aussi en forme qu'à l'époque où je faisais partie des forces police –, mais je ne me suis arrêtée qu'une fois arrivée près de l'attroupement. Des policiers, des médecins et des pompiers se tenaient au bord de la falaise.

J'ai joué des coudes pour me frayer un chemin, à la recherche d'un visage familier, mais la plupart de la vieille garde de l'époque de mon père n'était pas de service ce soir-là, ils avaient pris leur soirée pour pouvoir assister au concert du sergent Adams et de sa joyeuse bande de pêcheurs. Deux pompiers étaient en train de scruter les rochers irréguliers en contrebas tandis que Davey enfilait son équipement de sauvetage, prêt à descendre le long de la falaise. J'ai eu un instant d'hésitation : j'avais besoin de savoir si Duncan était au pied de cette falaise, mais avais-je vraiment envie de regarder par-dessus et de voir son corps écrabouillé sur les rochers ?

—Jodie !

J'ai entendu une voix derrière moi et me suis retournée. Duncan était là, assis à l'arrière d'une ambulance, enveloppé dans une couverture en aluminium.

—Vous êtes là ? ai-je dit un peu bêtement, car bien sûr qu'il était là puisque je le voyais, là devant moi.

Mes jambes, qui n'avaient pas eu un tel effort à fournir sur ce genre de distance depuis bien longtemps, se sont mises à flageoler. Duncan est sorti de l'ambulance, a passé son bras sous le mien et m'a fait asseoir sur le marchepied du véhicule, près de lui. Il était blême et avait l'air épuisé.

—Ils ont dit que… Enfin, j'ai cru que vous étiez en bas de la falaise…

—J'y étais bien, en effet. Mais je suis comme votre chien, vous savez, pas très bon en escalade.

Je l'ai regardé, interdite.

—Vous êtes descendu en escaladant les rochers ? De votre plein gré ? Mais pourquoi ?

Il a pris une grande inspiration et s'est passé la main dans les cheveux.

—Il y avait quelqu'un… J'ai entendu des gémissements, j'ai regardé en bas et là, sur les rochers…

Une folle pensée m'a traversé l'esprit : *Mon Dieu, il a poussé Geneviève de la falaise !*

—Et c'était qui ? Pas…

Je n'ai pas pu finir ma phrase, j'avais trop peu d'avoir vu juste.

—Je ne sais pas, un type que je ne connais pas.

Les hommes se sont agités au bord de la falaise.

—Dégagez, ils arrivent ! Ils ont réussi à l'avoir !

Nous nous sommes approchés et avons regardé l'équipe de secours remonter une civière hissée par des cordes. Le corps sur le brancard était inerte, d'une pâleur mortelle, désarticulé, exactement comme j'avais imaginé trouver le cadavre de Duncan.

—Il est mort ? s'est enquis Duncan.

—Oui, a confirmé l'un des sauveteurs. On est arrivés trop tard. Il n'est pas du coin, cet homme. Quelqu'un reconnaît-il ce pauvre bougre ?

Duncan et moi avons échangé un regard et fait un pas en avant. J'en ai eu le souffle coupé : moi, je l'ai reconnu, le pauvre bougre. Je l'avais quelque peu malmené le matin même et j'étais là aussi quand il avait fait un esclandre à la conférence de Geneviève. La dernière fois que je l'avais croisé, Robert Holmes se dirigeait vers la maison où habitait l'homme qui se tenait à côté de moi.

*

Duncan et moi étions encore assis tous les deux lorsque Tony et Debbie sont arrivés. Tony a levé les sourcils en nous voyant et m'a jeté un drôle de regard mais n'a rien dit. Quelqu'un avait réussi à dégoter du thé – ne me demandez pas comment, mais ici au Royaume-Uni, on trouve toujours du thé en situation de crise. Duncan et moi sommes restés en silence avec nos gobelets en carton tandis que mon vieux copain se mordait la langue et ravalait toutes les questions qu'il mourait d'envie de me poser.

Soudain Nathan s'est matérialisé devant nous.

—Monsieur Stovall. Comment vous sentez-vous ? Inspecteur-chef Withers. Je vais avoir besoin de votre déposition.

On aurait dit que Nathan avait également quelques questions à me poser et je me faisais déjà une joie de lui répondre. À cet instant, Geneviève a surgi derrière Nathan et s'est ruée sur son mari.

—Duncan ! Oh, mon chéri !

Je me suis éloignée à bas bruit de deux ou trois mètres, précaution inutile puisque Geneviève m'a complètement ignorée.

—Ça va, ça va, a répondu Duncan en la repoussant doucement, avant de s'adresser à Nathan. Oui, bien sûr, je répondrai à toutes vos questions, inspecteur.

—J'étais morte d'inquiétude ! s'est exclamée Geneviève. On a accouru dès qu'on a appris que tu étais là.

—« Nous » ? suis-je intervenue.

—Charles et moi procédions à quelques petites modifications à l'exposition. Je n'étais pas entièrement satisfaite de l'accrochage de certaines toiles, a-t-elle expliqué à Duncan, en désignant Harper, qui était arrivé sur place mais se tenait un peu à l'écart.

Cette explication n'était que moyennement convaincante mais je n'étais guère en mesure de juger de sa véracité.

—Madame Lorre, a dit Nathan, j'aimerais parler à votre mari. J'ai cru comprendre que vous logez à Lowenna Cottage, je vous propose de l'attendre là-bas. Il aura sûrement besoin d'un bon bain chaud après cette épreuve.

Geneviève a déclaré qu'elle préférait rester près de Duncan mais celui-ci lui a coupé la parole d'un ton ferme, quoiqu'aimable.

—Et moi, je préférerais que tu rentres. Pas la peine de rester là à m'attendre.

Geneviève a pris sa voix doucereuse :

—Bon, si c'est vraiment ce que tu veux, chéri. Messieurs-dames, laissons l'inspecteur faire son travail.

Nous avons tout commencé à nous éloigner, je me suis levée pour suivre Tony et Debbie, mais Nathan m'a arrêtée d'un signe de tête.

—Je voudrais de te parler à toi aussi, Jodie.

—Pourquoi ? Je n'étais pas là quand c'est arrivé.

—Pour une fois dans ta vie, fais ce qu'on te dit, je te prie, a-t-il rétorqué non sans une pointe d'agacement.

Ce ton vexé, je l'avais perçu chez lui plusieurs fois lors de ma dernière enquête sur un meurtre, à laquelle il avait participé (bien qu'il eût sans doute dit que c'était moi qui avais participé à *son* enquête, et qu'au final on pouvait légitimement se demander si je l'avais aidé ou plutôt gêné). Duncan me regardait avec un petit sourire aux lèvres.

—Alors comme ça, vous êtes connue des services de police ?

Nathan l'a entendu.

—Elle *se prend* pour la police.

Les deux hommes m'ont jeté des regards entre exaspération et admiration, ce qui m'a mise très mal à l'aise.

L'un des jeunes officiers de l'équipe de Nathan s'est approché. Je l'ai reconnu mais je ne connaissais pas son nom.

—Patron ! Ah, tiens, ça va, Jodie ?

Nathan lui a lancé un regard noir et le jeune officier s'est empressé de s'adresser uniquement à son supérieur hiérarchique. Il tenait un sac en plastique à la main.

—On a trouvé ça près de la falaise, patron.

Nathan a pris le sac et l'a ouvert. À l'intérieur se trouvait un smartphone, un modèle haut de gamme. Duncan a tendu le cou pour regarder.

—C'est mon téléphone ! J'ai dû le perdre quand… tout à l'heure.

J'ai tout de suite compris ce qu'il voulait dire par « tout à l'heure » : quand il était sur les falaises avec moi cet après-midi. Mais pourquoi s'était-il mis à bredouiller comme ça ? On aurait dit qu'il avait quelque chose à se reprocher.

—Je suis venu ici me promener, cet après-midi, et j'ai dû le faire tomber en prenant des photos de la vue. Alors je suis ressorti tout à l'heure, justement pour le chercher, et c'est là que j'ai entendu des cris.

—En bas de la falaise ?

—Oui. Au début, j'ai cru que c'était un chien ou une autre bestiole… Alors j'ai regardé et j'ai vu ce pauvre homme, sur les rochers, en bas.

—Pourquoi n'êtes-vous pas retourné à la maison pour appeler la police ? a demandé Nathan.

Il avait adopté la bonne voix de l'enquêteur qui n'accuse pas directement, le genre de voix qui vous fait vous sentir coupable même si vous ne l'êtes absolument pas. Plus d'un hors-la-loi avait dû essayer de se justifier en répondant aux questions de Nathan. *Les flics doivent vous apprendre ça en formation*, ai-je pensé.

Duncan a secoué la tête

—C'est ce que je voulais faire, mais la marée montait et le type était juste au bord des rochers. J'avais peur qu'il soit emporté par les vagues. Je me suis dit que je pouvais descendre et l'éloigner du bord d'abord, et qu'après, je remonterais chercher de l'aide.

—Sauf que vous êtes resté coincé. Vous avez eu de la chance qu'un des pêcheurs qui rentrait au port vous ait vu sur la falaise et ait appelé les garde-côtes. Cela aurait pu très mal se terminer pour vous.

Nathan le fixait d'un air sévère.

—Je sais, dit Duncan d'un filet de voix, prenant seulement conscience à cet instant qu'il l'avait vraiment échappé belle.

—Quels étaient vos rapports avec la victime ?

—Inexistants, je ne le connais pas du tout, ce type.

—Votre femme et lui ont le même agent. Et il s'est fait remarquer lors de son discours, ce matin.

Duncan a haussé les épaules.

—Ah bon ? Je n'étais pas là. Je ne vois toujours pas qui est cet homme. Je peux avoir mon téléphone ?

—Pas encore. Si vous nous donnez le code de sécurité, nous vous le rendrons plus rapidement.

Duncan a eu l'air contrarié.

—Pourquoi avez-vous besoin de mon code de sécurité ? Qu'est-ce que vous comptez trouver dans mon téléphone ? Qu'est-ce que c'est que cette histoire ?

J'ai posé une main sur le bras de Duncan pour le tranquilliser.

—C'est une procédure normale, Duncan. Vous n'avez rien à cacher, laissez-les faire leur travail.

Mon Dieu, faites qu'il n'ait réellement rien à cacher.
Il s'est calmé.

—Non, je n'ai rien à cacher, mais j'aimerais bien récupérer mon téléphone…

—À quelle heure êtes-vous venu vous promener ici ? a poursuivi Nathan.

Duncan m'a jeté un regard à la dérobée puis a détourné les yeux. J'ai soupiré.

—À quelle heure ? La première fois…

Je suis intervenue.

—C'était après 13 heures. Nathan, tu m'as vue quand je suis partie, après le discours de Geneviève. Germaine avait besoin de faire un tour, alors je suis venue ici et j'ai décidé de faire un saut à l'atelier ouvert de Duncan d'abord, et ensuite il nous a accompagnées en balade. Il devait être 13 h 30 ou 13 h 45, je pense. On a dû rester ici une trentaine de minutes et après chacun est rentré chez soi.

—Je me suis rendu compte que mon téléphone avait disparu vers 19 heures, a précisé Duncan. J'ai fouillé chez moi en premier et après je me suis dit que j'avais dû le perdre dehors, alors je suis sorti et je me suis mis à chercher du côté des falaises. Il devait bien être 20 heures.

Nathan avait noté le moindre détail dans son calepin. Il n'avait plus de questions – pour le moment. Après avoir donné à Duncan un reçu pour son téléphone, il l'a congédié. Duncan m'a regardée sans trop savoir comment me saluer, se contentant finalement d'un « Au revoir » hésitant. Une fois Duncan parti, Nathan s'est tourné vers moi.

—Tu peux me dire ce que tu fous, là ?

Il avait l'air exaspéré. Son réglage par défaut quand il était avec moi.

—Comment ça ? On est simplement allés faire un petit tour ensemble…

—Il y a autre chose, sinon tu n'aurais pas accouru comme ça quand tu as cru qu'il était en danger.

—Ça ne serait pas bon pour l'image du festival que notre invité d'honneur tombe d'une falaise, c'est tout, ai-je rétorqué d'un air détaché.

En réalité, moi-même, je ne savais pas trop pourquoi je m'étais précipitée comme ça. Certes, nous nous étions embrassés, mais j'étais bien décidée à ce que ça n'aille pas plus loin. Nathan a secoué la tête, il perdait patience.

—Il est marié, Jodie.

À mon tour, j'ai senti la colère me gagner. Nathan et moi, on se tournait un peu autour depuis quelques mois, mais jamais il n'avait essayé d'aller plus loin. De quel droit se permettait-il de me dire avec qui je pouvais ou non avoir une relation amoureuse ?

—Pardon, mais il faut que je te demande la permission à chaque fois que je me fais un nouvel ami, c'est ça ?

Nathan a pouffé de rire au mot « ami », et ça, ça m'a vraiment irritée au plus haut point.

—Et oui, je sais très bien qu'il est marié. Il ne s'est rien passé entre Duncan et moi. Et quand bien même… On ne choisit pas toujours de qui on s'éprend.

—Certes, mais on peut choisir de passer à l'acte ou non, a-t-il riposté en me coulant un regard entendu.

J'ai eu envie de hurler tellement ce type m'énervait.

—Ah oui ? Tu crois vraiment que c'est comme ça que ça se passe ? Parce que selon moi, si on choisit délibérément de mettre de côté ses sentiments pour quelqu'un, c'est peut-être que les sentiments n'étaient pas si forts que ça depuis le début.

Il me fixait intensément, je me demandais s'il était simplement contrarié ou carrément furieux.

—Parce que toi, c'est bien connu, a-t-il ironisé, tu es le genre de personne qui ne se lance pas dans quelque chose sans y avoir mûrement réfléchi au préalable.

Non mais je rêve ! Mais qu'est-ce qu'il voulait dire par là ? Est-ce qu'on était encore en train de parler de moi et Duncan ou d'autre chose ? L'expression de son visage était devenue totalement indéchiffrable. Impossible de savoir ce qu'il pensait vraiment, il avait soudain retrouvé son faciès neutre d'inspecteur de police.

—Désolé de t'avoir retenue. Tu peux y aller.

Sur ces entrefaites, il a tourné les talons et m'a plantée là. Les larmes aux yeux. J'ai bien failli le rappeler, mais je me suis dit : *Oh et puis merde, s'il tient à* être comme ça, ça ne m'*intéresse pas.*

Je suis redescendue comme une furie de la colline en empruntant le chemin de Lowenna Cottage. Les lumières de la ville en contrebas avaient commencé à s'allumer et j'entendais la musique provenant du chapiteau des concerts, portée dans le vent. En essayant de me calmer je me suis rendu compte que je n'avais pas dit à Nathan que j'avais vu Robert Holmes sur la colline, plus tôt dans la journée. J'ai bien failli faire demi-tour mais je me suis souvenue de ce que j'avais pensé à ce moment-là : qu'il se dirigeait vers Lowenna Cottage.

Il était allé voir Duncan, et il était mort…

8

Le lendemain matin je me suis réveillée dans un état léthargique, avec une sensation de gueule de bois, alors que la quantité d'alcool que j'avais bue la veille ne justifiait en rien cet état. Après avoir quitté Nathan, très remontée, j'étais rentrée directement chez moi. Je ne tenais pas à affronter d'autres questions de Tony ou même de Debbie. Je devais d'abord mettre mes pensées, et mes sentiments à l'égard de Duncan au clair.

Je ne voulais qu'une chose, rester au lit, la tête enfouie sous la couette, à me dire que tout allait bien dans le meilleur des mondes, ce qui, entre nous soit dit, était le cas la plupart du temps. Mais évidemment j'ai tout de suite repensé au baiser de la veille et au dernier voyage de cet écrivain insupportable, au pied des falaises, après, qui sait, être passé par la maison de Duncan. Aujourd'hui, j'avais promis de donner un coup de main à ma mère au stand des rafraîchissements. Joanie, la dame au chemisier à gros nœud et à la hanche défectueuse, n'avait toujours pas récupéré de sa chute de l'autre jour et j'avais accepté de la remplacer. Au moins, aucune obligation de porter à nouveau cet horrible haut.

Je me suis levée à contrecœur et ai plaqué un sourire forcé sur mon visage, par égard pour Daisy (« forcé » au début, mais très vite, comme toujours, ma fille a réussi à me mettre de bonne humeur sans le vouloir). J'ai enfilé un short et un tee-shirt et on est parties toutes les trois pour le festival, fille et chienne à la traîne derrière moi.

Daisy a pris Germaine et est allée rejoindre quelques copines sur le chemin de la plage. En les regardant partir j'ai pensé à ma propre jeunesse, ça m'a fait sourire. Pendant les vacances d'été, il faisait toujours chaud, le soleil brillait (à tout le moins dans mon souvenir), et on aurait dit que cette période durait plusieurs mois. J'avais passé presque chaque jour de mes vacances sur cette même plage avec mes copains à moi : Tony et Callum, Nina Falconer, Louise Gifford, Lily Swann… On était libres de traîner dans Penstowan comme bon nous semblait et pourtant jamais on ne faisait de véritables bêtises ; il faut dire que mon père était inspecteur-chef de la police de Penstowan, il aurait été furieux à la moindre incartade. On s'arrangeait toujours pour que quelqu'un sache où l'on se trouvait, et il n'était pas question de rentrer à la maison après l'heure du dîner.

Ma mère était déjà là, en tablier – elle était partie de la maison avant que je me réveille –, en train de disposer des scones sous des cloches de verre posées sur une longue table à tréteaux. Elle a levé un sourcil en me voyant arriver.

—On dirait que tu as fait la bringue hier soir, toi…

Je n'étais pas rentrée très tard la veille mais elle et Daisy étaient toutes deux épuisées après cette longue journée et étaient déjà couchées à mon retour.

—C'est pour ça, ma fille, a-t-elle ajouté, qu'il ne faut jamais boire de cidre artisanal à moins d'avoir le reste de la semaine de congé.

—*Primo*, je n'ai pas bu tant que ça et *deuzio*, si je ne m'abuse, toi, tu as bu du Baileys pour ton anniversaire, alors tu es mal placée pour me donner des leçons en matière d'alcool, ai-je contre-attaqué en attrapant un autre tablier avant de le nouer autour de ma taille.

—Oh, on est un tantinet susceptible ce matin, hmm ? Tu as vu Tony ? Il te cherchait tout à l'heure.

J'ai fait une grimace involontaire. Il m'avait envoyé environ huit millions de SMS depuis hier soir et je les avais tous ignorés. Je n'étais pas d'humeur à me farcir un sermon de sa part (celui de Nathan m'avait suffi, merci bien).

—J'irai le voir tout à l'heure, ai-je dit en sortant des assiettes.

—Pas besoin, je suis là, a dit Tony en surgissant derrière moi.

Zut. Je me suis retournée ; il me regardait d'un air préoccupé.

—Je peux te parler, Jodie ?

Je l'ai accompagné dehors. On est allés s'asseoir à une table de pique-nique qui avait été installée un peu plus loin. Enfin, lui s'est assis, mais moi, je suis restée debout, et je l'ai toisé de toute ma hauteur.

—Bon, écoute, je ne veux pas de leçon de morale, compris ? ai-je commencé.

Il a levé les yeux au ciel.

—C'est pour ça que tu as ignoré mes textos ?

—Quels textos ? Je n'ai rien vu.

Je me suis assise sans croiser son regard. Je savais qu'il savait que je mentais. Et il savait que je le savais. Il s'est marré.

—Ouais, ouais, c'est ça... Dis, on se connaît depuis combien de temps tous les deux ? Combien de mauvaises décisions avons-nous prises, tous les deux, depuis tout ce temps ? Je ne t'ai jamais fait la morale, me semble-t-il, et ce n'est pas aujourd'hui que je vais commencer. Regarde-moi, bon sang, la Fouine !

J'ai levé les yeux vers lui. Il me souriait gentiment. D'un seul coup j'ai eu envie de le prendre dans mes bras. Mais je n'ai pas bougé d'un iota parce que je m'étais jetée sur suffisamment d'hommes depuis deux jours.

—Je voulais juste savoir si ça allait, a poursuivi Tony.

—Ça va, ai-je répondu dans un soupir. Qu'est-ce que Debbie est allée te raconter ?

—Assez pour que je m'inquiète. De toute façon, ça sautait aux yeux. L'autre soir, j'avais déjà remarqué qu'il te plaisait. Et lui n'avait d'yeux que pour toi.

Je me suis sentie rougir. Se dire que Duncan était marié à une femme magnifique, séduisante, mais qu'il n'avait d'yeux que pour moi n'était pas désagréable – même si ses yeux avaient surtout été attirés par l'infamant chemisier que je portais.

—C'est dingue, ai-je admis. Ça fait seulement deux jours que je le connais, donc autant dire que je ne le connais pas.

Tony a soupiré à son tour. Il a mimé une explosion avec les mains et j'ai dodeliné de la tête ; c'était un peu ce que j'avais ressenti, hier sur la falaise. Duncan avait posé son regard sur moi et *BOUM* ! Des picotements partout. Et maintenant c'est Tony qui me regardait, mais au lieu de sentir des frissons, j'avais l'impression d'être enveloppée d'une couverture douillette.

—Que veux-tu, la Fouine, ce sont des choses qui arrivent, parfois. Et d'autres fois encore, c'est plus comme une combustion lente, il faut prendre le temps d'apprendre à connaître quelqu'un.

—Comme avec toi, ai-je dit.

Il a eu l'air confus.

—Avec moi ?

—Quand tu as rencontré Cheryl. Tu m'as dit que c'était une sale petite prétentieuse au début, avant d'avoir appris à la connaître.

Il a souri avec nostalgie, puis s'est tu pendant un moment. Il avait l'air de choisir soigneusement les mots qu'il allait prononcer.

—Oui, c'est vrai. Le problème, c'est que Duncan est marié…

—Je croyais qu'on avait dit pas de morale, ai-je râlé.

—Non, non, je ne te fais pas la leçon, je t'assure. Bon, écoute, je sais que ça ne sert à rien de te dire que s'engager dans une relation…

—Je ne suis pas « engagée dans une relation », ai-je rectifié, avant d'ajouter pour moi-même : *Mais c'est vrai que...*

—Ce n'est pas moi qui vais te dire de ne pas te lancer si tu en as vraiment envie. Moi, il y a des trucs que j'aurais aimé faire, et que je n'ai jamais faits, et maintenant c'est probablement trop tard, mais… Mais fais quand même attention à toi, Jodie, et souviens-toi que si ça part en sucette, je serai là pour sécher tes larmes, évidemment, mais je ne manquerai pas de te rappeler que je t'avais prévenue.

—Compris, chef.

Il a souri et s'est levé.

—Bien. Alors ma mission du jour est accomplie.

Tony a pivoté, prêt à repartir. Il fallait que je dise quelque chose, mais je ne savais pas trop quoi, et finalement c'est sorti tout seul.

—Je crois que c'est lui qui a poussé ce type de la falaise.

*

Le problème avec les cottages isolés au sommet des falaises, c'est qu'ils sont, eh bien, isolés, quoi. J'avais certes vu Robert Holmes monter la colline en titubant, et il m'avait eu tout l'air de se diriger vers le chemin qui menait à Lowenna Cottage, mais ce que je n'avais pas vu, c'était s'il était effectivement allé jusqu'au cottage. Si c'était le cas,

Duncan l'avait forcément vu arriver ; et l'endroit où j'avais croisé Duncan en haut de la falaise était bien plus proche du cottage que celui où Holmes, le souffle court, m'avait dépassée. Donc Duncan devait être sur place au moment où la future victime du meurtre était arrivée. Et pourtant, il avait bien dit à Nathan (et par extension à moi) qu'il ne connaissait pas Holmes.

—Tu devrais peut-être lui poser la question toi-même, a suggéré Tony en fronçant les sourcils. Il pourrait y avoir une explication toute simple.

—Peut-être, mais l'explication simple, ça pourrait également être qu'il ment. Et il peut très bien persister dans le mensonge. Comment veux-tu que je le sache, moi ?

Tony s'est levé et a fait quelques pas de côté, le regard perdu vers les falaises.

—Hmm…

—Quoi, « hmm » ?

Il s'est retourné vivement, un air triomphal sur le visage.

—Tu te souviens quand tu t'es moqué de moi, quand je t'ai dit que j'allais observer les oiseaux avec mon grand-père ?

—Moi ? Me moquer de toi ? Jamais de la vie ! ai-je protesté, alors que bon, ce n'était pas entièrement faux.

Tony s'est esclaffé.

—Menteuse, va. En tout cas, grâce à mes tendances de voyeur, j'ai peut-être une solution à te proposer, a-t-il dit en regardant sa montre. Retrouve-moi au pub à 12 h 30.

*

Il avait l'air très content de lui en partant. Quant à moi, je suis retournée dans la tente. Le mardi du festival serait plus calme que la veille, les organisateurs ayant tout misé sur le programme de la journée d'ouverture du lundi. En comparaison, ce mardi faisait pâle figure. Cependant, il y avait toujours la queue au stand de restauration rapide. Ma mère avait l'air de s'éclater : assurer le service dans cette tente lui permettait de s'adonner à ses deux grandes passions : bavarder et manger des gâteaux. Elle n'était pas censée grignoter tout le temps pendant qu'elle s'occupait des clients, mais ça n'avait l'air de déranger personne… Je suis allée lui prêter main-forte pour faire avancer plus vite la file d'attente. Ensuite, je suis restée là à traîner, l'air vaguement désœuvré et maussade, à retirer, avec les doigts et la langue, le glaçage au chocolat collé sur la lame d'une pelle à gâteau. Et avant que vous me fassiez une réflexion sur les normes sanitaires, non, je n'allais pas réutiliser ce couteau sans l'avoir préalablement lavé.

—Je préfère *nettement* ce chemisier.

J'ai relevé la tête et Duncan était là, tout sourire. Mon cœur a fait un bond, mon estomac s'est noué, comme quand une gamine un peu niaise a le béguin pour un garçon. Ce qui n'avait rien de surprenant vu que c'était exactement ce que je ressentais.

—Ce n'est pas un chemisier, c'est un tee-shirt, l'ai-je corrigé avec une pointe d'arrogance. Monsieur désire une part de gâteau et une tasse de thé ? J'ai bien peur que nous ne servions pas de whisky.

—Je ne bois plus de whisky, a-t-il déclaré. Je ne bois pas quand je travaille.

Je lui ai souri.

—Ce qui veut dire que vous vous êtes mis à peindre ? Super !

Il a eu l'air très heureux de ma réaction.

—À vrai dire, je n'ai pas encore commencé à peindre ; je suis en train de réaliser quelques croquis préliminaires.

Malheureusement, ce n'est pas un « tableau de Penstowan » en tant que tel.

—Ah non ? Je suis sûre que ça ne les dérangera pas, du moment que ça part aux enchères…

Il m'a regardée avec un petit sourire en coin. Complètement craquant, ce sourire. Cet homme n'avait pas pu pousser quelqu'un du haut d'une falaise.

—Vous savez, je ne pense pas que j'accepterai de proposer celui-là aux enchères.

—Hum, le mystère s'épaissit, ai-je commenté.

—Pas vraiment. Je me suis dit que je passerais ici pour prendre un thé, faire une petite pause, et accessoirement essayer de convaincre une des dames du coin de venir se balader avec moi.

Ma mère, qui n'avait pas perdu une miette de la conversation sans même faire semblant de ne pas écouter, a sauté sur l'occasion.

—Moi, je suis toujours partante pour faire un peu d'exercice en compagnie d'un bel homme, est-elle intervenue avec un clin d'œil malicieux. Moi, c'est Shirley, je suis la maman de Jodie, au cas où vous vous demanderiez d'où elle tient ça.

Duncan a ri, même s'il avait l'air un peu décontenancé.

—Monsieur, ai-je dit, je ne connais pas cette femme. Ne faites pas attention à ce qu'elle dit, c'est une croqueuse d'hommes.

Duncan m'a gratifiée d'un sourire grivois qui sous-entendait que c'était moi, en réalité, la croqueuse d'hommes… Dans un flash, je l'ai vu me basculer sur la table à tréteaux pour me ravir, faisant valdinguer tous les scones au passage. Heureusement, cette fois, mon cerveau est intervenu pour censurer ce que je m'apprêtais à dire. J'ai retiré mon tablier et l'ai posé sur le dossier d'une chaise, ignorant superbement ma mère, dont l'expression à cet instant était bien plus drôle que celles de tous les portraits accrochés dans le chapiteau d'exposition. J'ai entraîné Duncan à l'extérieur.

*

Nous avons marché jusqu'à la plage, où je me suis arrêtée pour enlever mes sandalettes. J'aimais bien sentir le sable entre mes orteils. Duncan a souri, puis il s'est penché et a délacé ses chaussures, retiré ses chaussettes et retroussé le bas de son pantalon.

—Vous avez aussi le mouchoir noué aux quatre coins à mettre sur la tête ? l'ai-je taquiné.

—Mince alors, je l'ai laissé à la maison…

La marée descendait, laissant derrière elle entre les rochers de petites mares qui finiraient par s'assécher. Nous nous sommes approchés du bord, les pieds dans l'eau. Duncan poussait des petits gloussements car l'eau froide s'infiltrait dans les jambes de son pantalon, qu'il n'avait pas assez remontées.

Nous sommes tombés sur un massif de rochers à l'abri du soleil (et des regards indiscrets) près d'une falaise et nous nous sommes assis pour profiter de la vue – et Duncan en a profité pour essorer le bas de son pantalon à pinces en tissu léger. Un beau moment que je ne voulais pas gâcher, et pourtant, il le fallait bien. J'ai pris une grande inspiration.

—Hier, sur la falaise… ai-je commencé.

—Je sais, m'a-t-il interrompue. Je n'aurais pas dû vous embrasser, je suis désolé. Mais je… Enfin j'ai cru sentir que… Vous êtes tellement… J'ai du mal à trouver les mots justes, vous savez, je suis meilleur avec des images.

Il m'a souri et là, re-*BOUM* ! Pff, il ne me facilitait pas la tâche.

—Non, non, ai-je répondu en grimaçant légèrement. Je ne parlais pas du fait qu'on s'est embrassés. Je voulais parler du gars qui est mort. Je l'ai vu remonter la colline, après vous avoir laissé.

Une ébauche de froncement de sourcils a traversé son visage à la vitesse de l'éclair.

—Ah oui ? Et vous l'avez dit à la police ?

Il fallait que je fasse très attention à ce que j'allais dire.

—Non, je n'y ai pensé qu'après. Le fait est que, de là où j'étais, on aurait dit qu'il se dirigeait vers votre cottage. Et je me suis demandé comment vous auriez pu ne pas le voir s'il allait vers votre maison. Vous avez dû arriver en même temps que lui…

Duncan s'est tourné vers la mer et a soupiré.

—Bien vu. Je ne suis pas rentré directement à la maison.

Tony avait bien dit qu'il devait y avoir une explication simple, et j'allais peut-être enfin l'entendre.

—C'est-à-dire ?

—Après vous avoir quittée, j'ai rebroussé chemin, mais en route je me suis dit : « Qu'est-ce qui t'attend, dans cette maison ? Rien. » Alors j'ai fait demi-tour, parce que j'espérais que vous seriez encore là, parce que je voulais vous embrasser à nouveau.

J'en suis restée bouche bée. Il s'est mis à rire.

—Et si vous ne vous êtes pas décroché la mâchoire, je vous préviens que je vais encore vous embrasser.

J'ai refermé la bouche *illico*, il s'est penché vers moi mais j'ai posé une main sur sa poitrine pour l'arrêter.

—Peut-être, mais je n'étais plus là. Il ne vous aura pas fallu bien longtemps pour vous en rendre compte et finalement rentrer chez vous.

—Quand j'ai vu que vous n'étiez plus là, j'ai continué à marcher. À marcher et à réfléchir. Et à prendre des photos du paysage. C'est à ce moment-là que j'ai dû faire tomber mon téléphone.

Je scrutais son visage souriant. Il avait l'air complètement sincère. Et moi, j'aurais tout donné pour le croire. Alors je l'ai cru. Enfin, presque…

—Et à quoi pensiez-vous ? À part à m'embrasser, j'entends.

—Eh bien, je dois avouer que la question de notre baiser occupait presque toutes mes pensées…

Lentement, j'ai retiré ma main de sa poitrine et l'ai laissé s'incliner lentement vers moi. Pendant quelques minutes, les mouettes, les cris de joie des enfants qui barbotent dans la mer, et tous mes doutes sur Duncan Stovall se sont évanouis.

9

Duncan a fini par se décider, à contrecœur, à me laisser sur la plage. Il devait retourner travailler à son atelier. Avant de nous séparer cependant, nous sommes convenus de nous retrouver plus tard. Je savais bien que je devais mettre un terme à tout ça avant que ça aille plus loin, mais voilà douze ans que j'étais devenue une adulte raisonnable et responsable, et maintenant que j'étais de retour dans la ville où j'avais grandi, quelque chose en moi avait envie de redevenir une adolescente stupide, une gamine qui ne dirait pas non à une amourette de vacances. De toute façon, apparemment, rien ne semblait m'arrêter.

J'ai remonté la plage et ai traversé la ville pour arriver au Kings Arms. Il était presque 12 h 30 et j'avais rendez-vous avec Tony. Je me demandais ce qu'il mijotait. Il était déjà arrivé au pub, il sirotait un grand Coca-Cola.

—Quoi ? Pas de cidre ? me suis-je étonnée en me hissant sur le tabouret de bar à côté de lui.

Il m'a décoché un large sourire.

—Nan. Je sais que j'ai l'air en forme maintenant, mais je t'assure que ce n'était pas le cas ce matin. On se fait vieux, la Fouine.

—Probablement trop vieux aussi pour continuer à utiliser nos petits surnoms de jeunesse, Morvaunez.

Il a pouffé.

—Tu n'as pas tort. Bien que je ne m'essuie presque plus jamais le nez sur la manche depuis un bon moment, alors que toi, tu te mêles toujours autant de ce qui ne te regarde pas…

J'ai commandé un verre de jus d'orange à Brendan, le patron, et ai pivoté sur mon tabouret pour regarder autour de nous.

—Alors, tu en es où ? Qu'est-ce que tu as inventé comme idée de génie ? ai-je demandé à Tony.

Il a montré la porte du doigt.

—À 12 h 45, tous les jours, Bandy Ron vient ici pour déjeuner depuis que sa femme est décédée. Et tu sais ce qu'il aime faire de son temps libre ?

—Je ne sais pas, mais quelque chose me dit que c'est observer les oiseaux.

Tony a opiné du bonnet.

—Affirmatif. Avec un petit faible pour le crave à bec rouge.

—Comme je le comprends…

Tony m'a filé une petite bourrade dans les côtes.

—On arrête les commentaires sarcastiques, mademoiselle, je vous prie. Tiens, le voilà.

Ron Quick, ou Bandy Ron comme on l'appelait affectueusement, avait eu une longue carrière de jockey couronnée de succès, et encore à ce jour, alors qu'il n'avait pas posé un pied sur un hippodrome, ni une fesse sur un canasson depuis vingt ans, il marchait comme s'il venait de descendre de cheval. Il avait sillonné tout le pays pendant sa carrière, puis, après avoir raccroché les bottes, il était revenu s'installer à Penstowan avec sa femme, Doris. C'était un homme de petite taille, soigné, qui donnait toujours l'impression de porter du tweed, même quand ce n'était pas le cas. Par tous les temps il était coiffé d'une casquette, avec laquelle il devait probablement dormir. On était en droit de se demander si les trois enfants de Quick, aujourd'hui adultes, n'avaient pas été conçus sans que leur père eût ôté son couvre-chef.

Ron s'est avancé vers le bar en se dandinant.

—Ça baigne, Ron ? lui a lancé Tony.

—Ça va ça va. Et toi, mon gars, la forme ? s'est enquis Ron en lui souriant chaleureusement.

Tony était une pipelette, pire que ma mère, il connaissait tout le monde en ville. Si ça m'irritait au plus haut point chez ma mère, avec lui je trouvais ça vraiment mignon et rassurant.

—Tiens, tu te souviens de Jodie ? La fille de Shirley, qui était partie à Londres ?

Tony m'a désignée et j'ai souri à Ron, à défaut de lui faire des courbettes ou quelque chose dans ce style. Ron m'a avisée de haut en bas et m'a fait un grand sourire, mais je crois qu'il ne se souvenait pas vraiment de moi ; j'avais quitté Penstowan peu de temps après le retour des Quick.

—C'est marrant, a poursuivi Tony, j'étais justement en train de lui parler de tes craves.

Ron a pris sa pinte – Brendan lui avait servi sa boisson habituelle sans qu'on lui demande quoi ce soit –, a balayé la salle d'un regard conspirateur, puis nous a fait signe d'aller nous installer avec lui à une table un peu en retrait du bar. Tony m'a adressé un clin d'œil et nous avons suivi l'ancien jockey. Il s'est glissé sur la banquette, on s'est installés en face de lui. Il a de nouveau regardé autour de lui, puis s'est mis à chuchoter.

—T'as entendu la rumeur, mon petit Tony ?

J'ai étouffé un rire ; tout cela avait l'air bien secret… Sous la table, la main de Tony m'a serré le genou pour me rappeler à l'ordre.

—Ouais. J'ai entendu dire qu'il y a un couple reproducteur sur les falaises. Dans le bosquet, près de Lowenna Cottage.

—Voyez-vous ça… s'est émerveillé Ron d'un air songeur, s'imaginant probablement qu'il se donnait l'air de quelqu'un qui découvrait la nouvelle, alors que si Tony était au courant, il l'était forcément lui aussi.

—Mon grand-père disait toujours que les craves reviendraient, a dit Tony, non sans une pointe d'émotion. J'aimerais bien les montrer à Jodie.

Ron a pris sa pinte de bière.

—Ton vieux papy était un brave homme. Dommage que ton père ne tienne pas de lui. Mais on peut pas tous aimer les mêmes choses, pas vrai ? Alors, Jodie, ce p'tit gars essaie de faire de vous une femme à oiseaux, si je comprends bien ?

—Oh, je ne sais pas, mais ce serait chouette d'aller voir les craves, ai-je dit.

Ron s'est mis à rire.

—Aller les voir ? Eh oui, un peu que ce serait chouette, mais interdiction de s'approcher du nid, ma belle, faut pas les déranger quand ils ont des petits. Non, non, moi je connais d'autres moyens si on veut les observer…

*

La maison de Ron était petite, propre et bien rangée, un peu à l'image de Ron lui-même. Il s'est fièrement écarté pour nous laisser entrer et nous a fait signe de passer au salon tandis qu'il s'activait dans la cuisine pour nous préparer un thé. Il a dû donner de la voix pour noyer le bruit de la bouilloire qui chauffait et le tintement des tasses en porcelaine

—Vous avisez pas d'aller raconter ça à qui que ce soit parce qu'en théorie, on n'a pas le droit d'installer des caméras où on veut, même si c'est sur un terrain communal et pour une bonne cause. Je parie que votre père, Eddie, aurait eu deux mots à me dire à ce sujet s'il était encore là – paix à son âme. D'autant plus que dans ce cas, c'est tout près de Lowenna Cottage, une propriété privée…

Alors que la bouilloire commençait à siffler, Ron est arrivé au salon avec un ordinateur portable sous le bras.

—C'est super, ces machins-là, hein ? Je peux causer à ma petite-fille à Cardiff avec ce truc, la voir comme si elle était juste à côté. Génial.

Ron a ouvert l'ordinateur, l'a allumé puis est retourné d'un pas lent vers la porte de la cuisine, écoutant la bouilloire tout en regardant l'ordinateur portable s'allumer. Sa silhouette dans le cadre de la porte permettait de voir clairement quel métier il avait pratiqué par le passé ; même les chevilles jointes, il y avait assez de lumière entre ses genoux pour y faire passer un bus. Il a disparu dans la cuisine et est revenu au salon avec un plateau sur lequel trônaient une théière et des tasses à thé.

Une fois installé devant l'ordinateur portable, il s'est mis à taper sur le clavier. N'utilisant qu'un seul doigt, il était extrêmement lent, à tel point que mes propres doigts ont commencé à me démanger pour prendre le relais et pianoter à sa place, mais Tony a attrapé ma main frétillante au vol et m'a fait les gros yeux.

—Le thé doit être infusé, maintenant, a dit Ron sans quitter l'écran de ses yeux de myope. Tu veux bien nous servir, Tony, s'il te plaît ?

Tony a versé le thé dans les tasses. Ron tapait. J'avais envie de hurler. Mais au bout d'un moment, une tasse de thé dans une main et un biscuit dans l'autre, nous avons été récompensés de notre attente : les images filmées par la caméra secrète s'affichaient à l'écran. Au premier plan, on voyait un nid dans les branches feuillues d'un arbre. À l'intérieur, on distinguait les minuscules becs de trois oisillons affamés.

—Oh, il y a des petits ! me suis-je émerveillée, oubliant un instant pourquoi nous étions là.

Ron a acquiescé, l'air très fier, comme si ça avait été lui le papa.

—Oui. Ces trois-là, je les surveille depuis qu'ils sont dans leurs œufs. Ils ont éclos il y a quelques jours et c'était presque aussi émouvant que le jour de la naissance de mon aîné. Ma femme, Dieu ait son âme, m'étriperait si elle m'entendait dire ça, a-t-il ajouté en riant.

Tony m'a donné un petit coup de coude pour détourner mon attention des oiseaux. Derrière le nid, au loin, on apercevait Lowenna Cottage. L'image était étonnamment nette, je voyais très bien le portillon du jardin et le sentier qui menait à la porte d'entrée. Je me suis retournée pour regarder Tony et il a hoché la tête discrètement.

—C'est génial, ça, a dit Tony. Dis, Ron, j'aimerais bien voir le jour où ils ont éclos. C'est possible, tu crois ? Ça enregistre mais c'est du streaming, n'est-ce pas ?

Ron a eu l'air un peu perdu.

—C'est mon aîné qu'a installé tout le bazar… Il a dit qu'il y avait moyen de revenir en arrière au cas où j'aurais manqué quelque chose, mais…

—Si vous voulez, suis-je intervenue, je me débrouille pas trop mal avec les ordinateurs, je peux essayer. D'accord ?

—Eh ben, euh…

Tony a souri à Ron.

—T'inquiète, Ron, si c'est possible, Jodie va trouver. Elle est vraiment douée avec toutes ces nouvelles technologies.

Ron avait toujours l'air dubitatif mais la bouille souriante et encourageante de Tony l'a amadoué.

—Bon, alors si vous pensez que c'est faisable… D'accord, Jodie, vas-y.

J'ai tout de suite vu comment il fallait faire. Il y avait un menu sur le côté de l'image :

LIVE STREAM – VIDÉOS – CHARGEMENT – AVANCE

Quand j'ai cliqué sur « Vidéos », un menu déroulant présentant différentes fonctions s'est affiché à l'écran :

ENREGISTREMENT – ARRÊT – LECTURE – AVANCE RAPIDE – RETOUR

J'ai cliqué sur « Retour », et mes yeux ont balayé l'écran à toute vitesse pour essayer de trouver la date et l'heure des enregistrements. Ensuite, j'ai jeté un regard complice à Tony et lui ai envoyé un message par télépathie : *Débarrasse-toi de Ron, s'il y a quelque chose de louche sur cette vidéo, je ne tiens pas* à ce *que quelqu'un d'autre découvre son contenu.* À ma grande surprise, Tony a dû capter au moins une partie de mon message parce qu'il a soudain désigné des étagères remplies de trophées à l'autre bout de la pièce et s'est levé d'un bond.

—Waouh, ça, c'est une sacrée collection, Ron ! s'est-il extasié en s'avançant vers les étagères. Je parie que derrière chaque coupe il y a une belle histoire…

Ron s'est levé péniblement et l'a rejoint avec entrain.

—Ah oui, on peut dire ça, en effet.

Le vieux monsieur s'est mis à parler et pendant qu'il racontait ses anecdotes, Tony me regardait par-dessus sa tête. Il me lançait des regards dont le sens ne m'a échappé, même sans avoir recours à la télépathie : *Tu me revaudras ça...*

*

Nous sommes sortis de chez l'ancien jockey quinze minutes plus tard, la panse remplie de thé, la tête farcie de récits équestres et, en ce qui me concerne, pleine de regrets. À cause de ce que j'avais vu.

Tony a senti mon changement d'humeur à la seconde où nous nous sommes retrouvés seuls.

—Qu'est-ce qu'il y a ? Tu as vu quelque chose ?

—Pas ici.

La maison de Ron était à deux minutes à pied du pub, mais je ne voulais pas montrer à Tony ce que j'avais trouvé dans un bar, où l'on risquait de nous entendre. Je l'ai entraîné dans l'allée qui se trouve entre Rowe, la meilleure pâtisserie des Cornouailles, et la pharmacie, et je me suis arrêtée au bout. J'ai dégainé mon téléphone.

—J'ai transféré les vidéos sur ma boîte e-mail, ai-je expliqué en ouvrant le message. Tiens, regarde.

Nous nous sommes penchés tous les deux sur le petit écran de mon portable et j'ai appuyé sur « Play »…

10

Duncan a ouvert la porte d'entrée de Lowenna Cottage. Il avait l'air surpris mais très heureux de me voir.

—Jodie, ça alors ! Mais… On ne devait pas se retrouver tout à l'heure, au festival ? Je ne m'attendais pas à vous voir ici. Et je ne m'attendais certainement pas à ce que vous arriviez par la porte d'entrée…

—Je me suis dit que c'était mieux par l'entrée principale, après la dernière fois…

Duncan a ri.

—Oh, vous m'auriez surpris en train de peindre, cette fois-ci, a-t-il dit en me conduisant dans la véranda.

Le tableau était toujours à la même place, mais à présent, sur la toile quelques formes avaient été esquissées, un début de falaises et de vagues, probablement. J'étais intriguée malgré moi.

—C'est le tableau dont vous m'avez parlé ?

Il a secoué la tête.

—Non, non. L'autre… il est pour moi. Mais il faut bien que j'essaye de peindre quelque chose pour le festival. Je vous en prie, asseyez-vous.

J'ai regardé autour de moi car je n'avais pas oublié que Geneviève habitait ici elle aussi, elle pouvait donc surgir à tout moment. Duncan a tout de suite deviné à quoi je pensais.

—Si vous redoutez de croiser Geneviève, ne vous inquiétez pas, elle n'est pas là.

—Ah. Elle est au festival ?

Il a haussé les épaules puis s'est assis sur le canapé, où je l'ai rejoint.

—Je n'en ai pas la moindre idée. Quand nous sommes à Londres, nous menons chacun notre vie. Elle est toujours à droite à gauche, à l'ouverture de galeries, à des réceptions, et moi, je déteste ce genre de trucs. En général, quand nous sommes dans des endroits comme celui-ci, elle fait plus d'efforts que moi pour faire croire au monde que tout va bien entre nous.

Les images de la vidéo attendraient un petit peu.

—Pourquoi ? Si votre mariage n'a plus d'avenir, et que c'est ce que vous ressentez tous les deux, pourquoi continuer à faire semblant ?

Il m'a dévisagée un moment comme s'il se demandait s'il devait me répondre.

—Nos carrières ont toujours été très dépendantes l'une de l'autre, voyez-vous. C'est elle qui m'a poussé, c'est elle qui a créé le buzz autour des tableaux, et bien sûr, elle a bâti toute sa carrière sur son mariage avec moi… La situation est complexe. Mais vous me donnez envie de « décomplexifier » tout ça, si je puis dire.

—Je vois. Et si vous commenciez par me dire la vérité ?

Il a eu un petit mouvement de recul et a pris un air choqué.

—Mais de quoi parlez-vous, Jodie ?

J'ai retiré ma main de la sienne et ai pris mon téléphone. J'ai vite retrouvé la vidéo et ai appuyé sur « Play ».

Derrière le feuillage de l'arbre à craves, on apercevait la porte d'entrée de Lowenna Cottage, légèrement obscurcie par les oiseaux en bas de l'image, mais suffisamment nette pour voir quiconque passait cette porte. Et bientôt la silhouette de Duncan revenant de sa promenade est apparue à l'écran. Bien qu'il soit à l'arrière-plan, il était tellement grand qu'on le reconnaissait facilement. C'était lui, en train de remonter le chemin et d'ouvrir la porte d'entrée.

Duncan m'a jeté un regard consterné et contrarié à la fois.

—Qu'est-ce que…

—Attendez, l'ai-je coupé en lui mettant le portable sous le nez.

La silhouette de Robert Holmes, beaucoup plus petite et nerveuse, est apparue dans le champ de la caméra. Il s'est approché de la porte et a frappé, fort, plusieurs fois.

—Jodie… a dit Duncan, mais j'ai levé une main pour le faire taire.

À l'écran, la porte d'entrée s'ouvre, c'est Duncan. Impossible de voir l'expression de son visage, mais si l'on en juge par sa posture, il est surpris ; il ne s'attendait pas à voir Holmes, et d'ailleurs il ne l'invite pas à entrer. Les deux hommes échangent quelques phrases, apparemment sans animosité.

Holmes était agité lorsque je l'avais croisé. Au moment où il était arrivé devant la porte, cependant, à en juger par la position de ses épaules et son langage corporel, il semblait moins enclin à laisser paraître son énervement, comme s'il craignait quelque chose, ou qu'il avait fait un effort pour se contenir. Ce qui se comprenait aisément : Duncan était beaucoup plus grand que lui et avait une carrure, un charisme naturel qui pouvaient facilement impressionner (c'est l'effet qu'il avait eu sur moi, mais personnellement ce charisme m'attirait, je ne l'associais pas du tout à une menace). Alors que Holmes, physiquement, faisait plutôt penser à une fouine à lunettes.

Dans la vidéo, Duncan regarde sa montre, puis tend le bras vers le sentier, comme pour inviter Holmes à rebrousser chemin. Holmes commence à s'éloigner, puis se retourne et dit quelque chose à Duncan. *Ah, si on avait eu le son* ! Duncan hésite puis finit par faire un pas de côté pour laisser entrer l'écrivain dans le cottage. La porte se referme derrière eux.

Duncan avait l'air aux abois.

—Jodie, ce n'est pas du tout ce que vous croyez ! Je vous jure que je ne connaissais pas cet homme…

—Ce n'est pas encore fini, ai-je dit avec calme.

J'ai avancé la séquence – dix ou quinze minutes se sont écoulées. Duncan sort de la maison, seul, il referme la porte d'entrée derrière lui. Il porte un sac à dos à l'épaule. Puis il s'engage dans l'allée et sort du champ de la caméra.

—Alors ? Vous avez dit à Nathan que vous ne le connaissiez pas, et pourtant vous le laissez entrer chez vous. Que lui est-il arrivé ? Vous êtes sorti alors qu'il était encore à l'intérieur.

Duncan commençait à se rebiffer.

—Mais non, non, je n'ai rien fait ! Vous me prenez pour qui ? Et vous, vous, vous me surveillez, en fait !

—Je ne vous surveille pas, ai-je protesté, même si c'était un peu le cas tout de même. Je cherche à savoir ce qui est arrivé à Robert Holmes pour vous éviter des soucis avec la justice, le cas échéant. Mais vous m'avez menti, ainsi qu'à la police. Vous l'aviez déjà vu.

—Oui, c'est vrai, je l'ai vu, a-t-il enfin admis. Et oui, j'ai menti, à la police, mais pas à vous. Vous vous trouviez là quand la police m'a interrogé, c'est tout.

—Et cette histoire de balade le long des falaises en pensant à moi, c'était du flan aussi, je présume ? me suis-je emportée en clignant furieusement des yeux parce que mes paupières, ces imbéciles, avaient décidé de s'emballer à ce moment-là – et moi, j'étais une fieffée imbécile pour avoir cru à ces niaiseries romantiques.

Duncan s'est levé et est allé ouvrir un tiroir d'où il a tiré plusieurs feuilles à dessin.

—Pas du tout ! J'y suis vraiment allé ! Quand vous êtes partie, j'ai fait demi-tour parce que je voulais… vous embrasser encore, mais comme vous n'étiez plus là, j'ai décidé de retourner chercher mon carnet de croquis. Je me sentais inspiré et je voulais dessiner quelque chose. Et j'étais en train de préparer mon sac quand on a frappé à la porte. C'était lui. Je ne savais du tout qui était ce type, je ne l'avais jamais vu de ma vie. Il a demandé si Geneviève était là, et s'il pouvait entrer pour l'attendre. J'ai dit que non, Geneviève n'était pas encore rentrée et qu'il n'avait qu'à revenir plus tard, mais ensuite il a demandé à utiliser les toilettes, alors je l'ai laissé entrer.

—Seulement, il n'est pas ressorti.

Duncan a secoué la tête et a montré la porte de la véranda qui s'ouvrait sur le jardin.

—Vous savez bien qu'il y a une autre façon d'entrer et de sortir de cette maison. Le type a dit qu'il allait se promener le long des falaises, il est sorti par là. Il a passé environ dix minutes ici. Il est resté longtemps dans les toilettes et j'ai commencé à me poser des questions, mais quand je suis allé vérifier, j'ai entendu la chasse d'eau et il est sorti. Il a bien essayé de bavarder un peu avec moi, de me poser des questions sur mes peintures, mais moi, je voulais qu'il parte. Je l'ai fait sortir par là. Après, j'ai fini de rassembler mes affaires et j'ai mis le cap sur le point de vue, Elephant Rock. Je me suis assis sur le banc, et ça doit être là que j'ai laissé tomber mon téléphone. Et j'ai dessiné ça, a-t-il conclu en brandissant les feuilles.

Je le croyais, et pourtant, une chose me chiffonnait encore.

—Alors pourquoi n'avez-vous pas raconté tout ça à Nathan, l'inspecteur de police ?

Duncan a lâché un long soupir.

—Parce que je me suis dit que Geneviève avait peut-être fait quelque chose qui avait contrarié cet homme.

Tiens, tiens… J'avoue que je n'avais pas pensé à ça.

—Qu'est-ce qui a pu vous faire penser ça ? Elle n'était même pas là.

—Non, mais… vous l'avez rencontrée, vous avez bien vu comment elle peut être, parfois. Absolument charmante si elle vous aime bien, ou si elle veut obtenir quelque chose, et tout le contraire si elle vous prend en grippe. Attention, je ne dis pas qu'elle l'a tué, mais ce type avait l'air mécontent et passablement énervé quand il est arrivé, alors après son départ, j'ai envoyé un texto à Geneviève pour lui dire que quelqu'un la cherchait – j'avais déjà oublié le nom du type –, et je lui ai aussi demandé ce qu'elle avait fait pour se le mettre à dos.

—C'est pour ça que vous étiez pressé de récupérer votre téléphone ?

Duncan a acquiescé, ce qui m'a fait soupirer.

—Vous n'avez fait qu'aggraver les choses, vous savez, ai-je ajouté.

Il s'est rassis, la liasse de croquis toujours à la main, l'air abattu.

—Vous avez montré la vidéo à la police, je présume ?

—Non. Je n'ai pas encore décidé ce que j'allais en faire. Mais je ne suis pas la seule personne à l'avoir vue. Et le vieil ornithologue qui me l'a donnée n'a pas encore pris la mesure de l'importance de cette vidéo. Il n'ira pas à la police à moins que… à moins que je ne disparaisse de la surface de la terre ou que je ne finisse en bas d'une falaise.

Duncan n'en croyait pas ses oreilles. Il avait l'air indigné mais, plus encore, il semblait blessé par ma remarque.

—Qu'est-ce que vous sous-entendez, là ? Vous ne pensez tout de même pas que je vais vous tuer pour préserver le secret de la vidéo ? Comment pouvez-vous vous figurer un truc pareil ? C'est à peine croyable… J'ai besoin d'un remontant.

En se levant, il a fait tomber les feuilles à dessin par terre. Il paraissait tellement offensé et perturbé à la fois que j'ai eu un peu honte de ce que je lui avais dit.

—Duncan, je vous en prie… Excusez-moi. Je vous rappelle qu'on ne se connaît encore que très peu.

—Moi, je vous connais assez bien pour ne pas aller vous accuser de meurtre, a-t-il marmonné en se baissant pour ramasser les papiers.

Je me suis penchée à mon tour pour l'aider et j'ai eu un instant d'arrêt. C'étaient des croquis de moi. J'en ai pris un. Ils étaient tous quasiment identiques, des profils de moi admirant le panorama depuis le point de vue. Il m'avait faite sacrément belle (sans être un laideron, je ne suis pas spécialement canon non plus). J'aurais voulu trouver quelque chose à dire mais l'énorme boule qui s'était formée dans ma gorge m'en empêchait. Duncan s'est approché de moi et m'a pris la feuille des mains, délicatement.

—Je ne vous mens pas.

Nous nous sommes redressés tous les deux en même temps, et lorsqu'il m'a attirée à lui, les croquis encore à la main, l'idée qu'il puisse me faire du mal ne m'a même pas effleuré l'esprit une seule seconde.

11

— Nathan !

J'ai traversé Orchard Lane en courant pour rattraper mon ami avant qu'il n'entre dans le poste de police. Mais me considérait-il toujours comme son amie, lui ? Si j'avais mal dormi cette nuit-là, c'était en grande partie parce que je craignais de l'avoir vraiment vexé, sur les falaises. Il s'est arrêté et a regardé autour de lui pour voir qui l'appelait. Il m'a saluée froidement. Il semblait un peu gêné de la façon dont les choses s'étaient déroulées la veille. J'ai décidé de faire preuve de maturité, de passer outre et de faire comme si rien de spécial ne s'était passé.

—Je suis bien contente de te voir, Nathan, j'ai quelque chose pour toi, ai-je annoncé en sortant mon téléphone.

Il a eu l'air encore plus surpris qu'en me voyant courir vers lui.

—Ah oui ?

J'ai pianoté sur l'écran de mon portable et j'ai appuyé sur « Envoyer ». Dans la seconde, son téléphone a vibré.

—Je viens de t'envoyer par e-mail un lien vers des images de Lowenna Cottage. On peut prendre le temps d'en discuter ?

*

Nous sommes allés chez Rowe prendre un thé, sans céder à l'appel des pâtisseries alléchantes (mais de justesse). Quand il a découvert la vidéo des craves, les yeux de Nathan se sont arrondis, agrandis, et quand je lui ai raconté ce que Duncan m'avait confié, j'ai bien cru que ses globes oculaires allaient sortir de leurs orbites.

—Est-ce qu'il sait que tu es en train de me raconter tout ça ? a-t-il fini par demander.

—Oui, et il sait que tu vas sûrement passer le voir. Je suppose que tu as vu le message envoyé à sa… à Geneviève, sur son téléphone ? C'est à cause de ce texto qu'il voulait absolument récupérer son portable au plus vite.

Nathan remuait son thé en souriant.

—Ouais. Mais ce n'est pas la seule raison pour laquelle il voulait le récupérer.

—C'est-à-dire ?

—Il y a plein de photos de toi dedans. Tu n'étais pas au courant ?

—Si, bien sûr que je le savais… ai-je menti, avant de penser aux croquis que Duncan avait faits de moi. Il les a prises parce qu'il voulait faire un portrait de moi.

—Et tu vas poser nue pour lui, aussi, c'est ça ?

Nathan a éclaté de rire, visiblement satisfait de sa remarque incisive. Je lui ai jeté un sachet de sucre à la figure.

—Non mais franchement, pour qui tu me prends ? Je ne le connais que depuis quelques jours.

—Et pourtant tu es convaincue qu'il n'a rien à voir avec le fait que Robert Holmes s'est retrouvé au pied des falaises, a-t-il dit avant de se pencher vers moi, de sorte que l'espace d'un court instant de confusion, j'ai bien cru qu'il allait m'embrasser. Duncan Stovall est la dernière personne à l'avoir vu vivant…

—Pour autant qu'on sache, ai-je fait remarquer.

—Certes, pour autant qu'on sache, a-t-il concédé. Stovall est un grand gaillard, pousser quelqu'un du haut d'une falaise ne lui demanderait pas beaucoup d'efforts.

—Et pourquoi penses-tu qu'il s'agit forcément d'un meurtre ? Holmes aurait pu tomber tout seul. Il aurait même pu sauter. Si Duncan l'avait poussé, pourquoi serait-il ensuite descendu au pied la falaise ? Moi, à sa place, j'aurais pris la poudre d'escampette. Et oui, c'est un grand gaillard, en effet – à ce moment-là j'ai rougi parce que je me suis imaginée dans les bras de Duncan, blottie contre son large torse –, mais Holmes était un type si fluet que même ma mère aurait pu le pousser du haut d'une falaise en soufflant dessus.

—Holmes s'est peut-être agrippé à Duncan en basculant dans le vide, a noté Nathan sans lâcher l'affaire. Ou bien il n'est pas tombé jusqu'en bas d'un seul coup, il s'est retrouvé coincé sur une corniche à mi-chemin. Et ton copain est descendu pour l'achever.

—Hum…

En réalité je ne croyais à aucun de ces scénarios. Selon moi, Duncan Stovall était incapable de tuer quelqu'un. Nathan observait la moindre de mes réactions. Il a soupiré.

—Ça veut dire quoi « Hum » ? Tu es convaincue de son innocence, de toute façon.

—Et toi, tu es convaincu de sa culpabilité. Pourquoi tu fais toujours ça ? C'était pareil avec Tony.

—Faire quoi ? Suivre les preuves jusqu'à leur conclusion logique ? Je ne sais pas, peut-être parce que je n'ai pas d'attaches affectives avec les suspects, moi. Et oui, avant que tu ne protestes, je sais que Tony et toi, vous n'êtes pas… enfin, comme ça, mais tu as quand même laissé ta relation avec lui peser sur l'enquête.

—Pour finir par prouver son innocence, je te rappelle.

Nous nous regardions droit dans les yeux, ni lui ni moi ne voulions baisser le regard. Il a secoué la tête.

—Tu es têtue comme une mule, a-t-il fini par dire.

—C'est plutôt mignon, une mule, non ?

Il a ri et on est redevenus copains. *Ouf.* Je venais de comprendre que notre amitié comptait beaucoup à mes yeux, et pour en arriver là il avait fallu que je sois sur le point de la perdre.

—Peut-être, mais tu ne fonctionnes qu'à l'instinct, ce qui est une bonne chose, mais heureusement que tu n'as de comptes à rendre à personne. Alors que moi, vois-tu, je dois être capable d'apporter à l'enquête des trucs comme des *preuves*. C'est pénible mais c'est comme ça.

—C'est pour ça qu'on devrait travailler ensemble, ai-je dit. Mon intuition et ta… tes…

Ma proposition n'était aucunement préméditée, les mots étaient sortis tout seuls de ma bouche, mais en repensant à ce que je venais de dire, j'y ai trouvé une logique implacable. Nathan, lui, s'est esclaffé.

—Eh bien je te remercie… J'imagine que tu veux dire : « Mes compétences à mener une enquête dans les règles de l'art ».

—Disons que je pensais plutôt à ta capacité à me donner accès à certains endroits sans avoir à y entrer par effraction.

—Si je comprends bien, tout ce qui t'intéresse chez moi, ce sont mes mandats de perquisition.

—Qu'est-ce qui pourrait m'intéresser d'autre ?

Fort heureusement, il s'est abstenu de répondre.

*

Lauren Fulstrop avait l'air étonnée de me voir. Elle était aussi soignée que la dernière fois que je l'avais vue, enveloppée dans une robe cache-cœur parfaitement ajustée et perchée sur des escarpins dans lesquels je n'aurais même pas pu me tenir debout, et encore moins chalouper naturellement comme elle. J'étais rentrée chez moi pour passer un pantalon en lin – ma tentative de tenue vaguement officielle ; même si les Cornouailles doivent bien être le comté le plus cool du Royaume-Uni, les agents de la police locale ne portent pas de shorts, en général –, mais à côté d'elle, j'avais l'air d'avoir enfilé un sac à patates. Lauren avait pris ses quartiers à l'hôtel Parkview Manor, en périphérie de la ville, lieu que j'avais fréquenté lorsque Tony avait tenté d'y organiser son malheureux mariage, quelques mois auparavant Elle est entrée dans le bar de l'hôtel et s'est retournée quand elle m'a aperçue ; j'étais la seule personne dans la salle, hormis le barman, et visiblement ce n'est pas avec moi qu'elle pensait avoir rendez-vous.

Elle m'a néanmoins rejointe à ma table tout en faisant un signe au barman.

—Excusez-moi, j'avoue que je ne m'attendais pas à vous voir, vous, a-t-elle dit. Quand la réceptionniste m'a appelée pour me dire que quelqu'un était là pour me parler du pauvre Robert, je pensais qu'il s'agissait du… du policier de tout à l'heure.

Le « beau » policier sympathique de tout à l'heure, voulait-elle sûrement dire. Une fois encore, elle m'a regardée de la tête aux pieds.

—Vous êtes de la police ? Pardon, je ne sais pas pourquoi mais je ne pensais pas que vous étiez…

Je l'ai gratifiée d'un sourire magnanime. Magnanime parce que 1) non, je n'étais pas de la police, et 2) sans lui faire de réponse claire, je pouvais lui donner l'impression qu'il s'agissait d'une visite officielle. En quittant Nathan en début d'après-midi, on avait conclu un accord tacite selon lequel je pouvais enquêter sur l'affaire, à condition de 1) ne rien faire d'illégal (comme me faire passer pour un officier de police. Hum…) ou susceptible d'interférer avec sa propre enquête, et 2) partager avec lui toute information utile.

—Je vous en prie, il n'y a pas de mal, ai-je dit suavement pour l'amadouer. Je voulais juste avoir votre impression sur l'état d'esprit de Robert juste avant sa mort.

—Pauvre Robert.

Elle semblait vraiment bouleversée. À cet instant, je me suis rappelé ce qu'elle avait dit à propos de son livre, qu'elle avait qualifié d'« atroce », et je me suis demandé si elle était vraiment si affectée que ça par cette mort subite. La disparition soudaine de l'écrivain pouvait peut-être faire vendre quelques exemplaires supplémentaires de cet effroyable roman.

—Il devait être sacrément chamboulé pour faire une chose pareille, a-t-elle ajouté.

J'ai sorti le petit bloc-notes que j'avais apporté et griffonné quelques mots, plus pour le *show* que pour autre chose.

—Donc vous pensez que c'était un acte délibéré ? Vous pensez qu'il a sauté ?

—Eh bien, oui, je suppose… Il n'était pas du tout du genre à aller se promener tout seul en pleine nature. J'ai du mal à imaginer qu'il ait décidé de faire une balade le long des falaises et qu'il ait simplement eu un accident. Je ne le vois pas y aller sans raison.

Elle s'est arrêtée en voyant arriver le serveur, qui a posé un verre de vin blanc devant elle.

—Oh, excusez-moi, voulez-vous quelque chose… Capitaine… ? Lieutenant… ?

J'ai encore fait mon plus beau sourire, au serveur cette fois-ci, pour le faire déguerpir, puis me suis adressée à Lauren.

—Appelez-moi Jodie, je vous en prie. Donc vous pensez qu'il est allé vers les falaises parce qu'il avait décidé d'en finir ? Et pourquoi aurait-il fait une chose pareille ? Je sais qu'il y a eu un incident pendant la conférence de Geneviève Lorre. Pouvez-vous me dire de quoi il en retournait ?

Lentement, elle a bu une gorgée de vin.

—Oui, en effet, mais franchement, je ne sais pas vraiment ce qui a provoqué cette réaction chez lui. Robert m'avait dit qu'il souhaitait me parler d'une proposition de nouveau livre, et pas une fiction cette fois-ci, Dieu merci. Il a ajouté qu'il était sur le point d'étaler au grand jour l'une des plus grosses escroqueries du XXe siècle. Il m'a dit que quelqu'un s'était fait un paquet de fric dans cette affaire de tromperie.

—Et a-t-il dit qui ? Ou comment ?

—Non, mais ça le perturbait beaucoup et il n'arrêtait pas de dire : « Le château de cartes va s'écrouler. » Selon ses dires, quelqu'un d'autre avait essayé de faire éclater le scandale par le passé, mais cette personne avait été discréditée et qualifiée d'incompétente. Il commençait à divaguer un peu, si vous voulez mon avis, et je me suis énervée parce que ce n'était ni le moment ni l'endroit de parler de ça, et après, il a commencé à s'emporter et à tenir des propos incohérents.

—Et c'est à ce moment-là que Charles Harper a demandé à son garde du corps d'intervenir, c'est bien ça ?

Elle a hoché la tête en pinçant les lèvres pour montrer sa désapprobation.

—C'est ça. Je pense que ce n'était pas vraiment nécessaire, mais Robert commençait à se donner en spectacle, c'est certain, et plus personne n'écoutait l'intervention de Geneviève, ce qui était très désobligeant de la part de Holmes.

Elle semblait avoir envie d'en dire plus mais elle a marqué une pause.

—Continuez, je vous en prie, l'ai-je encouragée doucement, sans la bousculer.

—Je ne devrais pas dire du mal des morts, mais il était un peu… un peu coincé sur les bords, ce qui est un comble quand on pense à son bouquin. Et il avait un vrai problème avec Charles et Geneviève.

J'ai fait semblant de ne pas comprendre à quoi elle faisait allusion.

—Comment ça ?

Elle semblait hésiter. J'ai dû la rassurer.

—Lauren, je vous assure que tout ce que nous nous disons aujourd'hui restera entre nous.

Surtout parce que je ne tiens pas à ce que la Terre entière apprenne que vous m'avez parlé en pensant que je suis flic, ai-je songé.

—Tout ce qui sera utile à l'enquête sera transmis à l'inspecteur, bien entendu, mais le reste ne sortira pas de ce bar, ai-je insisté.

—D'accord. Merci. Geneviève et Duncan louent un cottage quelque part sur les falaises, ils ont installé son atelier ouvert là-bas. Charles, lui, a pris une chambre ici parce que c'est le seul hôtel de la région à peu près correct. Pardon, ne le prenez pas mal, Jodie. Robert, lui, il logeait dans une maison d'hôtes en ville, mais nous avions rendez-vous tous les deux ici hier, tôt dans la matinée, avant sa lecture, et quand il a vu Geneviève et Charles descendre ensemble pour le petit déjeuner, il a été scandalisé… Robert n'a rien dit d'explicite mais il était vraiment choqué, ça se voyait à sa tête.

J'ai réussi à dissimuler mon soulagement ; si ces deux-là entretenaient effectivement une liaison, je me sentais beaucoup moins coupable d'avoir embrassé Duncan.

—Ah, je vois… Et ça dure depuis longtemps ?

—Oh, plusieurs années, je pense. Geneviève est une associée de sa galerie depuis longtemps. Et Duncan est au courant. Je ne pense pas que ça le dérange. C'est une forme d'union libre, entre eux. Et il a eu ses propres aventures, bien sûr.

—Bien sûr.

Ce « bien sûr » m'a contrariée. Je voulais que Duncan soit le mari qui souffre depuis longtemps, que ce soit lui, l'innocent, et moi, je voulais être « l'autre femme », pas « une autre femme ». J'ai baissé les yeux en feignant de relire mes notes, et en même temps me suis demandé si je n'étais pas complètement naïve : avec combien de femmes l'avait-il trompée ? Combien de femmes avait-il voulu peindre ? Je me suis efforcée de me recentrer sur l'enquête ; les nombreuses infidélités de Duncan attendraient.

—Si nous pouvions revenir un instant à l'incident qui s'est produit pendant la conférence de Geneviève Quelqu'un d'autre a-t-il entendu ce que disait la victime ? M. Harper, peut-être ? Les gens assis derrière vous ?

—Je ne sais pas… Charles a dû entendre, oui. Robert était assis juste à côté de lui et au bout d'un moment, quand il a commencé à s'énerver, il parlait assez fort. Vous devriez aller voir Charles, il pourra peut-être vous en apprendre un peu plus sur ce que Robert voulait dire.

—Oui, c'est prévu. Avez-vous revu M. Holmes après la conférence ? L'inspecteur Withers l'a emmené dehors pour qu'il se calme, mais lui avez-vous parlé, après ?

—Non. Je suis restée près de Geneviève pour lui montrer que je la soutenais, même si elle n'était pas le moins du monde secouée ; cette femme est une sacrée professionnelle ! En revanche j'ai cherché Robert, un peu plus tard, mais je pense qu'il était déjà… Oh, mon Dieu. Pauvre Robert. Si seulement j'avais su mieux l'encourager et le soutenir lui aussi, il ne se serait peut-être pas donné la mort.

J'ai posé ma main sur la sienne et l'ai tapotée.

—S'il s'est effectivement donné la mort.

Lauren a relevé la tête. Ses yeux rougis étaient comme deux billes rondes.

—Vous ne pensez tout de même pas que… qu'il s'agit d'un meurtre ?

—La police considère toujours une mort comme suspecte jusqu'à preuve du contraire. Bon, si vous repensez à autre chose, n'hésitez pas à me contacter.

J'ai hésité une seconde. Je pouvais difficilement lui donner ma carte de visite étant donné qu'elle portait l'adresse du site web de Fourchette & Festins, ainsi qu'en fond, des tortillons multicolores de glaçage par centaines. En arrachant une page de mon carnet de notes, j'ai constaté avec horreur qu'il s'agissait d'un carnet offert à Daisy pour son anniversaire, par une personne d'un certain âge qui ne sait pas que les gamines de douze ans d'aujourd'hui ne s'intéressent plus aux fées. J'ai réussi à arracher un coin sans paillettes de fée, au dos duquel j'ai écrit mon nom et mon numéro de téléphone. Je l'ai tendu à Lauren, qui a fait une drôle de tête en voyant le papier rose pâle et le nom que j'avais écrit dessus, sans grade.

—Je m'excuse, je n'ai plus de cartes de visite et les nouvelles sont encore en cours d'impression.

—À quel poste de police êtes-vous rattachée, m'avez-vous dit ? s'est enquise Lauren.

Je me suis levée précipitamment.

—Vous pouvez également appeler le poste de police de Penstowan pour parler directement à l'inspecteur-chef Nathan Withers. Merci beaucoup d'avoir pris le temps de me parler. Au revoir.

Et je me suis sauvée.

12

Installée sous la tente du bar, je réfléchissais à ce que j'avais appris durant l'après-midi. Et j'hésitais à me commander une pinte de cidre artisanal (un breuvage au goût tellement prononcé de pomme est forcément bon la santé, même si le lendemain matin on a l'impression qu'un éléphant a passé la nuit avachi sur votre crâne). Finalement j'ai décidé de me passer de cidre et ai pris un verre de jus d'orange à la place ; j'étais déjà un peu étourdie par les événements de la journée, un empoisonnement à l'alcool n'arrangerait rien à l'affaire. Je sentais qu'il fallait se concentrer sur Robert Holmes et ses menaces énigmatiques de voir de grands empires s'effondrer à cause de ce qu'il avait découvert, mais tout ce qui me venait à l'esprit, c'était Duncan et sa kyrielle de maîtresses.

—Salut, p'tite tête.

Tony s'est matérialisé devant moi, une pinte de cidre à la main.

—On dirait que ça va mieux, toi.

Il a souri.

—Ouais, il y a trop de sang dans mon corps, par rapport à l'alcool. C'est pas simple de maintenir le bon équilibre…

Je lui ai retourné son sourire et ai pris un air léger et détaché, mais il me connaissait trop bien pour tomber dans le panneau.

—Alors, tu as montré la vidéo à Duncan ? Comment a-t-il réagi ?

—Il a dit qu'il était retourné au cottage pour prendre son carnet de croquis. Holmes a frappé à la porte et a demandé à parler à Geneviève mais elle n'était pas là. Après, il a demandé à utiliser les toilettes, et ensuite Duncan l'a fait sortir par la véranda. Il maintient qu'il ne le connaissait pas, mais il pense que sa… *femme* (j'ai dû me faire violence pour prononcer ce mot) pourrait avoir été en conflit avec lui par le passé, qu'elle peut l'avoir contrarié, disons.

—Et il n'a rien dit à la police parce qu'il se figure qu'elle aurait pu le pousser de la falaise ? Si tu veux mon avis, je la vois assez bien faire un truc comme ça.

—C'est drôle, je pensais que Geneviève, c'était ton genre…

—Une femme puissante qui réussit à incarner beauté et terreur à la fois ? Ouais, sur le papier, c'est pas mal, j'avoue. Et toi, tu le crois ?

Le croyais-je ? Comme Duncan l'avait lui-même fait remarquer, techniquement, il ne m'avait pas menti – c'était à Nathan qu'il avait menti. Certes, il ne m'avait avoué la vérité que bien plus tard, mais pourquoi se serait-il confié à moi dès la première heure ? Si les rôles avaient été inversés, aurais-je tout avoué à quelqu'un que je venais tout juste de rencontrer ? Aurais-je fait la même chose et menti pour protéger Daisy, Tony, voire ma mère ? Je me serais probablement dit que moins il y aurait de gens au courant, mieux ce serait, et j'aurais gardé le silence.

—Ouais… ai-je répondu mollement. Enfin, je crois que je le crois. Mais… Pff, c'est compliqué, cette affaire.

—Comme toutes les relations humaines.

—Non, pas entre toi et moi, ai-je dit automatiquement. Tu es mon meilleur ami, tu me fais rire, et je sais que je peux toujours compter sur toi. Pourquoi toutes les relations ne peuvent-elles pas être comme ça ?

Tony est resté muet, il s'est contenté de prendre une longue gorgée de sa pinte puis il s'est tourné vers les autres clients. J'ai plongé une main dans mon sac et en ai sorti une feuille de papier. Duncan m'avait donné un de ses croquis avant mon départ.

—Regarde, c'est lui qui a fait ça. Qu'est-ce que tu en penses ?

Tony a pris le dessin, l'a regardé, puis il a sifflé d'admiration.

—Waouh, il assure, le mec. Mais il en pince sérieusement pour toi s'il s'est mis à te dessiner. Je ne savais pas qu'il faisait des portraits.

—Je ne pense pas qu'il en fasse, d'ordinaire.

J'ai voulu reprendre la feuille mais Tony la tenait tout près de mon visage, comparant ma tête au dessin.

—Il t'a vraiment bien cernée. Cette lueur dans tes yeux… Je la reconnais parfaitement ! C'est le regard qui dit : « Tony, arrête un peu de faire le con… »

J'ai rigolé et il m'a rendu la feuille en ricanant.

—Non, sérieusement, c'est un chouette dessin. Il doit vraiment bien t'aimer.

Je me suis empressée de remettre le portrait dans mon sac sans le froisser, tête baissée, essayant tant bien que mal de dissimuler ma gêne. Ce que Tony ne savait pas, c'est que Duncan était, apparemment, un grand séducteur, et que je n'étais que la dernière d'une longue liste. Combien d'autres femmes avaient elles aussi des croquis de Duncan Stovall ? Au moins, si tout se barrait en nouille, je pourrais le vendre sur eBay.

*

Tony m'a laissée en tête à tête avec mon jus d'orange, il devait faire acte de présence dans le chapiteau des spectacles ce soir-là, en tant que sponsor. Je suis restée là, les yeux dans le vague, à réfléchir. Soudain, quelque chose d'humide m'a chatouillé les chevilles et m'a fait sursauter.

—Germaine !

J'ai tendu la main pour lui caresser la tête. Elle a arrêté de me lécher les jambes – oui, ma chienne fait des trucs bizarres comme ça –, s'est assise sur son arrière-train et a levé les yeux et son museau poilu vers moi, l'air très satisfait d'elle-même.

—Ah, te voilà ! s'est exclamée Daisy. Je te cherchais partout.

La culpabilité m'a assaillie. J'étais là, à penser à ma vie amoureuse et à l'innocence ou non d'un homme que je connaissais à peine, alors que ma propre fille, le véritable amour de ma vie, avait besoin de moi.

—Qu'est-ce qui se passe ? Je croyais que tu dînais chez Jade ce soir.

Elle a haussé les épaules.

—Je voulais, oui, mais... Ils font du foie.

J'ai ri et je l'ai attirée près de moi, glissant un bras autour de ses épaules.

—OK, je comprends. Rentrons à la maison et préparons-nous un bon petit plat. Qu'est-ce qui te ferait plaisir ?

—Ça ne te dérange pas de rentrer, c'est vrai ? Je croyais que tu devais voir Debbie. Parce que moi, je peux toujours aller m'acheter des frites ou un autre truc...

Je l'ai dévisagée un instant. Je n'arrivais pas à savoir si elle se sentait vraiment abandonnée par sa mère ou si elle voulait juste de l'argent pour aller chercher un plat à emporter. Dans les deux cas, je me sentais mal. Si j'avais bien évidemment besoin d'avoir ma propre vie, puisqu'un jour elle aussi en aurait une sans moi, et qu'en grandissant (beaucoup trop vite à mon goût), elle avait moins besoin de moi, j'adorais passer du temps avec Daisy et j'avais l'impression qu'on ne le faisait pas assez souvent ces derniers temps.

—Debbie ne m'en voudra pas, ai-je dit en toute sincérité (elle ne m'en voudrait pas car je devais voir Duncan et elle m'avait incitée à le questionner sans tarder sur ses multiples conquêtes – ce qui, franchement, pouvait attendre jusqu'au lendemain matin). On va d'abord aller chercher mamie pour voir si elle veut rentrer avec nous.

Ma mère ne vivait pas officiellement chez nous, elle avait encore sa maison, mais elle dormait dans ma chambre d'amis de plus en plus souvent ; si elle chérissait l'idée d'être indépendante, je crois qu'elle aimait encore plus avoir de la compagnie, et personnellement, pouvoir garder un œil sur elle me convenait plutôt bien car elle vieillissait et sa santé n'était plus ce qu'elle était.

Nous nous sommes levées et avons commencé à avancer vers la sortie. Germaine était d'humeur joueuse et batifolait à mes pieds, de sorte que sa laisse s'est emmêlée dans mes jambes comme un lasso, et c'est à cet instant que Nathan est entré dans la tente. J'ai vacillé, fait des moulins furieux avec les bras pour essayer de me maintenir en équilibre, et Nathan a fini par me rattraper dans ses bras. Ce qui n'était pas désagréable, ai-je songé brièvement, mais pas aussi délicieux qu'une étreinte contre le torse large (et probablement poilu) de Duncan. Et qui a débarqué à cet instant, suivi de près par Debbie et Callum ? Duncan en personne. Il m'a vue dans les bras de Nathan.

—On vous dérange, peut-être ? s'est amusée Debbie, et moi j'ai eu envie de la gifler (mais une mini-gifle, parce que c'est ma copine, tout de même).

—Sale clebs, ai-je marmonné en me penchant pour démêler la laisse.

Nathan, lui, prenait tout son temps pour relâcher son étreinte.

—J'ai toujours eu un faible pour ce chien, a-t-il souri.

J'ai vu Duncan lui lancer un regard noir, éloquent ; pas de doute, il était jaloux de Nathan, ce qui est tout à fait compréhensible, dans le sens où Nathan n'est pas marié et n'a pas, lui, une liste de maîtresses longue comme le bras. Enfin, je ne crois pas.

—Vous partiez ? a demandé Callum.

J'ai fait un signe de tête vers Daisy, qui s'occupait de Germaine.

—Oui. Je crois qu'elle se sent un peu délaissée en ce moment. J'ai passé beaucoup de temps à m'occuper du festival (j'ai coulé un regard accusateur à Duncan), et je pense que je devrais passer une soirée à la maison avec elle. Mais je serai là demain, je vais probablement donner un coup de main à ma mère pour le stand de gâteaux.

Duncan me regardait sans rien dire. Et Debbie regardait Duncan qui me regardait, puis c'est moi qu'elle a regardée, et j'ai eu droit à un clin d'œil assorti d'un sourire entendu du genre : « Trop mignons, tous les deux ! » Si elle ne faisait pas attention, j'allais vraiment lui filer une baffe.

—Jodie, il faut que je te parle d'un truc, est intervenu Nathan tout en fixant d'un air franchement antipathique Duncan, qui me dévisageait toujours.

Mon Dieu, faites apparaître un trou d'autruche, que j'y fourre ma tête, vite ! *Il y a assez d'anciennes mines d'*étain dans le coin, *faites qu'un conduit s'ouvre sous mes pieds et m'engloutisse, ou faites que la tente soit frappée par la foudre, je ne sais pas, moi !* *N'importe quoi pour arrêter ce regard intense.*

—Demain, ai-je tranché. Je passerai te chercher. Là, il faut vraiment que j'y aille. Laissez-moi sortir de cette tente, bon sang !

Daisy et Germaine étaient déjà près de la sortie, j'ai couru pour les rattraper. Bien entendu, ni ma fille ni ma chienne n'ont compris mon besoin impérieux de quitter le chapiteau sur-le-champ, et une fois dehors, elles se sont arrêtées pour renifler les bancs et parler à une copine (la chienne reniflait et Daisy parlait, évidemment – toute autre configuration aurait relevé du bizarre). Tandis que j'attendais la fin de la conversation entre Daisy et son amie, j'ai senti une présence derrière moi. Je savais que c'était Duncan avant même de me retourner ; c'était comme si toutes mes terminaisons nerveuses se mettaient à picoter quand il était près de moi. Il avait l'air inquiet.

—Jodie ! Tout va bien ? Je sais que vous avez parlé à l'inspecteur Withers. Il est venu me voir, mais…

—Écoutez, Duncan, l'ai-je coupé calmement en jetant un coup d'œil vers Daisy, espérant qu'il comprenne la situation. Là, je rentre chez moi, avec ma fille. J'ai des responsabilités, vous savez.

—Oui, oui, bien sûr. Je voulais juste m'assurer qu'on n'était pas fâchés, vous et moi.

À combien d'autres femmes disait-il régulièrement « vous et moi » ? J'aurais bien voulu le lui demander, mais voilà, je ne l'ai pas fait. Ça pouvait attendre. Soudain, ma mère s'est avancée vers nous.

—J'aurais dû me douter que je te trouverais en train de parler à un bel homme devant une tente à bière ! Je vais rentrer chez moi. Ça va me faire drôle après avoir passé la journée ici…

J'ai levé les yeux au ciel, même si j'étais contente de la voir ; ça me donnait une autre excuse pour ne pas parler à Duncan.

—Arrête de dire des sottises, maman, et viens donc manger avec nous à la maison.

—Mamie, trop forte pour la drague ! a lancé Daisy avec espièglerie.

Duncan a eu l'air amusé.

—Eh bien, Shirley, a-t-il dit, on dirait que votre petite-fille est à bonne école !

Ma mère, ravie qu'il se souvienne de son prénom, s'est mise à glousser et à minauder. Duncan venait de marquer des points auprès de toute la famille.

—J'espère que nous vous reverrons demain, monsieur Stovall. Jodie vous mettra de côté une de ses petites brioches, sa spécialité.

Flûte.

—Oh ! J'avais complètement oublié que je dois faire des brioches au safran pour le stand ! Bon, excusez-moi, Duncan, je ne peux pas rester…

Ma mère, dans un geste d'une diplomatie surprenante, a pris Daisy par le bras et l'a éloignée. Duncan et moi avions une minute pour nous dire au revoir.

—Dommage que vous deviez partir, Jodie. Il me tardait de vous voir ce soir.

—Moi aussi, ai-je répondu, car même si j'appréhendais la conversation que je devais avoir avec lui au sujet de son mariage « libre » et des nombreuses conquêtes auxquelles Lauren Fulstrop avait fait allusion, l'envie d'apprendre à mieux le connaître ne m'était pas passée.

J'avais juré d'éviter les relations compliquées lorsque mon mariage avait pris fin, mais visiblement je m'apprêtais à rompre ce serment. J'ai ajouté que ma famille devait passer en premier, ce à quoi Duncan a répondu d'un hochement de tête, l'air chagrin. Après avoir regardé autour de moi discrètement, je me suis hissée sur la pointe des pieds pour lui coller un bécot sur la joue.

—On se voit demain, Duncan. En attendant, promettez-moi de ne pas vous approcher des falaises ce soir.

*

Les trois générations de Parker sont rentrées tranquillement chez elles. Le chien a fait ses besoins et nous avons salué les gens que nous connaissions. J'avais quitté Penstowan pendant près de vingt ans et n'étais revenue que depuis quelques mois, mais j'avais déjà l'impression de n'être jamais réellement partie. J'étais heureuse de constater que Daisy, qui avait toujours adoré rendre visite à ses grands-parents au bord de la mer, semblait elle aussi dans son élément ici.

Nous sommes arrivées à notre petite maison. Rien d'immense ni de luxueux, un simple cottage situé au bout d'une ravissante impasse donnant sur des champs et, de là, sur la mer. Je souriais en écoutant Daisy et ma mère discuter et je me disais également que si ma vie amoureuse était passée de non existante à alambiquée, c'est que le mouvement pouvait se faire aussi dans l'autre sens. J'avais tout ce qu'il me fallait, ici.

À peine rentrées, nous avons jeté un coup d'œil au contenu des placards de la cuisine. Il y avait également un demi-salami au chorizo dans le frigo, et des crevettes. J'ai demandé à ma mère de couper le chorizo en dés pendant que Daisy décortiquait les crevettes. Elle les brandissait en les faisant « parler », c'était désopilant. J'adore cuisiner en famille, quand tout le monde met la main à la pâte pour préparer quelque chose de délicieux. Au risque de passer pour une ringarde, je dirais que ça ajoute un ingrédient supplémentaire à la nourriture : l'amour. Moi, j'ai appris à cuisiner en donnant un coup de main à ma mère, et en regardant Daisy décortiquer les crevettes comme une pro, je savais qu'elle n'oublierait jamais des soirées comme celle-ci, passées à aider sa grand-mère et sa mère. J'ai haché un poireau et écrasé de l'ail, puis j'ai jeté le tout dans une poêle avec le chorizo et un filet d'huile d'olive. Le poireau a ramolli, le salami a commencé à donner une teinte d'un rouge orangé au mélange. Dans un deuxième temps, on a ajouté une tasse de riz Arborio et un peu de bouillon.

Préparer un risotto m'a toujours semblé relever d'une sorte d'expérience zen. Remuer le riz, le regarder absorber le bouillon, qu'on rajoute au compte-goutte, ce rituel vous plonge dans une sorte de transe. C'est très efficace pour se vider la tête ou démêler un problème épineux. Personnellement, j'en avais en ce moment un ou deux qui pompaient toutes mes capacités mentales.

Mais pour l'heure, je n'avais aucune intention de m'appesantir sur le problème de Duncan. Non, il fallait avant tout réfléchir à ce que Lauren Fulstrop m'avait appris cet après-midi-là. Elle était presque certaine que Robert Holmes ne serait jamais allé se promener sur les falaises par simple plaisir, tout seul, et sur ce point j'étais plutôt d'accord avec elle ; Holmes avait l'air d'un type qui aimait peut-être la nature, mais surtout celle des documentaires que l'on regarde, bien calé dans un fauteuil, dans son salon. Le teint cireux de l'écrivain trahissait ses longues journées passées devant un ordinateur portable et dans la poussière des bibliothèques. Il n'avait pas la mine de quelqu'un qui aime sortir prendre l'air pour se dégourdir les jambes.

Cela excluait la thèse de l'accident. Cela dit, il aurait pu se rendre sur les falaises pour y retrouver Geneviève et faire une chute alors qu'il l'attendait. Mais le fait est qu'à moins de prendre volontairement de sérieux risques, comme s'amuser à traîner tout au bord, ou essayer de descendre par la falaise jusqu'à la plage (activité peu digne de Robert Holmes, me semblait-il), le risque de chute était nul.

S'agissait-il alors d'un suicide, comme le pensait Lauren ? Mais pourquoi se serait-il suicidé ? Son nouveau livre, celui dont il tenait absolument à lui parler, avait l'air de l'emballer. Certes, il avait un peu perdu les pédales ce jour-là avec ses menaces incohérentes, mais ça ne voulait pas forcément dire qu'on avait affaire à quelqu'un qui en avait assez de vivre et qui allait en finir. Si Lauren en était arrivée à cette conclusion, c'était sûrement parce que l'idée que quelqu'un puisse assassiner ce pauvre Robert Holmes, écrivaillon insignifiant, était tellement absurde qu'elle ne lui avait même pas traversé l'esprit.

J'ai rajouté du bouillon et une poignée de petits pois surgelés. Alors pourquoi quelqu'un voudrait-il en finir avec Holmes ? Il avait dit à Lauren qu'il avait découvert la vérité sur… comment avait-elle dit, déjà ? Ah oui, sur « la plus grande escroquerie du XXe siècle ». Il y avait eu quantité d'escroqueries au siècle dernier, et un bon paquet déjà durant ce siècle, alors à quelle escroquerie exactement faisait-il allusion ?

Et pourquoi Charles Harper s'était-il énervé au point de lancer son Rottweiler en costume sur l'écrivain ? Et oui… Pourquoi ? Comment Charles Harper avait-il fait fortune depuis trente ans ? D'une manière qui ne plaisait manifestement pas à tout le monde, d'où le garde du corps.

—C'est prêt ? a demandé Daisy. Je meurs de faim.

—Presque.

J'ai jeté les crevettes dans le poêlon et quelques minutes après, une fois les crevettes rosies, j'ai saupoudré l'ensemble d'une poignée de fromage (en principe, ça aurait dû être du pecorino ou du parmesan, mais je n'avais que du cheddar, ça marche très bien aussi). Une fois le fromage incorporé, le risotto est devenu riche et crémeux. Un filet de bon vinaigre balsamique par-dessus (récemment, j'avais fait découvrir le vinaigre balsamique à ma mère ; elle était passée du stade où elle estimait que le vinaigre de malt était largement suffisant pour *la grande majorité* des gens à celui où il fallait la retenir de mettre du balsamique dans presque tout), et c'était prêt.

En harponnant une crevette avec ma fourchette, je me suis dit qu'il fallait absolument que je sache ce que Robert Holmes pensait avoir découvert. Mais ça attendrait, parce que notre dîner, lui, n'attendrait pas.

13

Le lendemain matin, je me suis réveillée à une heure ridicule, cinq minutes avant que la sonnerie du réveil ne se déclenche. Il fallait que je me lève pour préparer les brioches au safran que j'avais promises à ma mère.

Après avoir enfilé un legging et un tee-shirt, je suis descendue, évitant soigneusement les endroits grinçants de certaines marches de l'escalier ; inutile de réveiller toute la maisonnée à cette heure indue.

En attendant que l'eau boue – impossible de faire quoi que ce soit tant que je n'ai pas bu un thé –, j'ai mis quelques brins de safran à sécher au four et ai repensé aux événements récents. La veille au soir, je m'étais secoué les puces en me sermonnant moi-même à propos de Duncan : j'en étais arrivée à la conclusion qu'il ne fallait pas que j'attende grand-chose de cette relation. Il était marié. Il avait très probablement « croqué » beaucoup d'autres femmes, littéralement. Son style de vie m'était totalement étranger, il fréquentait les cercles artistiques, les vernissages dans des galeries, en somme il menait une existence de riche. À quoi m'attendais-je donc ? Il m'attirait, et je sentais qu'il ressentait la même chose pour moi, mais avec la meilleure volonté du monde, tout cela ne pouvait aboutir à rien de plus qu'une sorte d'amourette de vacances entre adultes plus tout jeunes. Oui, mieux valait envisager la chose sous cet angle : on prendrait un peu de bon temps tous les deux puis chacun passerait à autre chose. C'est ce que je me suis dit, en tout cas…

Dans un second temps, il fallait absolument que j'informe Nathan de ce que j'avais appris en parlant à Lauren. J'avais un pressentiment et je me demandais s'il arriverait à la même conclusion que moi.

—J'en veux bien un aussi, pendant que tu y es, a dit ma mère en arrivant derrière moi, ce qui m'a fait bondir.

Elle était entrée dans la cuisine aussi silencieusement qu'un ninja du troisième âge.

—Bon sang, tu m'as fichu une de ces frousses ! Je ne t'avais pas entendue. Tes pantoufles sont en mode furtif ou quoi ?

Nous nous sommes assises à la table et avons bu notre thé en silence mais je sentais bien qu'elle voulait me dire quelque chose. Quand ma tasse a été vide, j'en avais marre d'attendre qu'elle se décide.

—Quoi, maman ?

Elle a pris un air innocent.

—Quoi « quoi », Jodie ?

—Tu veux me dire quelque chose. Je le vois bien.

—Pas spécialement. Tu es une adulte, les décisions que tu prends t'appartiennent.

J'ai soupiré.

—Ce qui veut dire que je suis en train de prendre une mauvaise décision, c'est ça ?

—Non, non, pas du tout, moi, je trouve ça très bien d'avoir envie de s'amuser un peu. C'est toujours divertissant. Au club, il y a un ou deux vieux beaux qui me font du gringue. Une bonne crème anglaise, un peu de badinage grivois et ils sont contents comme tout (j'ai frissonné à l'idée que ma mère se prenne réellement pour une femme fatale). Si c'est juste pour s'amuser un peu, alors il n'y a pas de mal à ça.

Si ça reste léger. Tu sais, moi, j'apprécie beaucoup Duncan. En revanche, que je n'aime pas sa femme…

Je me suis levée pour mettre ma tasse dans l'évier.

—C'est drôle, figure-toi que moi non plus. Et surtout, je pense que Duncan ne l'aime plus lui non plus.

—Ils disent tous ça, ma chérie.

Je me suis retournée vers elle en soupirant.

—Je sais, maman. Mais je ne m'engage dans rien de sérieux. C'est juste agréable de plaire à quelqu'un, tu comprends ?

Elle a ri et a secoué la tête.

—Parce que tu crois que tu ne plais à personne d'autre que lui ? À quelqu'un qui pourrait, au moins, être célibataire ? Tu portes des œillères quand tu sors ou quoi ?

J'ai pivoté pour ouvrir un placard.

—C'est différent avec Duncan. Ne me demande pas pourquoi, je ne sais pas. Hier, il s'est approché de moi par-derrière et j'ai *senti* sa présence avant même de le voir. Quand il est près de moi, ça me fait… des frissons. Je n'ai pas éprouvé ça depuis… depuis Richard. Et je sais ce que tu vas me dire, oui, je me rappelle très bien comment ça s'est terminé.

En me retournant, un paquet de farine à la main, j'ai vu que ma mère souriait.

—Oh, ma chérie, je connais ce sentiment, tu sais. Moi aussi, on m'a fait frissonner, une fois.

—Papa.

Elle a éclaté de rire.

—Euh, non. C'était Raymond Kwiatkowski.

—Et c'est qui, ce Raymond machin-chouette ?

—Il était polonais.

—Sans blague ?

—Ses parents étaient arrivés pendant la guerre alors qu'il n'était encore qu'un nourrisson. Il était très brun, un vrai ténébreux, le genre très exotique par ici. Il est arrivé de Londres un été pour ramasser des choux dans la région, moi, j'avais dix-huit ou dix-neuf ans. Il devait se planquer en province pour échapper à la justice, ou quelque chose comme ça.

—Donc un type mystérieux qui sentait le chou, si je comprends bien. Pas étonnant que tu aies craqué.

Ma mère, bercée de nostalgie, a ignoré ma remarque.

—C'était vraiment ce qu'on appelait un mauvais garçon. Toutes les filles de Penstowan lui couraient après mais c'était sur moi qu'il avait jeté son dévolu. Il avait un sourire à détendre l'élastique d'une culotte de nonne ! (J'ai pris un air outré, elle a pouffé de rire.) Oh, j'étais tentée, mais je savais bien qu'à la fin de la saison des choux il retournerait à Londres. Et en effet, c'est ce qui s'est passé. Une fois qu'il a été reparti, c'est comme si je découvrais que ton père était vraiment un homme charmant, gentil et tellement drôle. Des choses bien plus fiables que les frissons. Et il était superbe dans son uniforme. Je comprends tout à fait que tu recherches le frisson, mais ça ne suffit pas pour nourrir une véritable relation. Et n'oublie pas que l'homme que tu choisiras fera également partie de la vie de Daisy. Alors choisis bien.

—Je prends note, maman, ai-je dit, envahie par un sentiment de honte.

Ma mère m'a tapoté la joue.

—Allez, les brioches ne vont pas se faire toutes seules !

*

Faire des mini-brioches au safran prend du temps – il faut laisser infuser les brins de safran séchés et écrasés dans de l'eau chaude et du lait, préparer la pâte et la laisser lever –, mais voir tous ces ingrédients simples se transformer en délicieux petits pains sucrés est extrêmement satisfaisant. Un peu plus de deux heures plus tard, les brioches étaient prêtes et une odeur de cuisson embaumait toute la maison. Daisy s'est levée et a tout de suite réclamé une brioche chaude. Nous en avons toutes les trois pris une au petit déjeuner, recouverte d'une bonne couche de beurre. On s'est fait plaisir.

Ensuite, j'ai chargé les petits pains dans le coffre de la voiture (j'avais décidé de ne pas prendre la Masomobile car il n'y avait pas beaucoup de places de parking disponibles au festival). Daisy et Germaine ont grimpé à l'arrière, maman s'est installée à l'avant, et nous sommes parties.

Évidemment, toutes les trois m'ont fait faux bond dès que nous sommes arrivées, Daisy a emmené Germaine courir sur la plage et ma mère est allée badiner avec un de ses vieux admirateurs – Bob, le quincaillier. Je me suis retrouvée seule pour décharger les petits pains. Il n'y avait que trois cagettes en plastique, mais elles étaient remplies à ras bord, assez lourdes et peu maniables, de sorte que je ne pouvais en porter qu'une à la fois ; hors de question de courir le risque d'en renverser une et de me retrouver avec un crumble au safran.

J'ai emporté la première cagette dans la tente et en revenant à la voiture, j'ai trouvé Nathan, lunettes de soleil sur le nez, appuyé contre le coffre. Dans sa tenue de travail – costume gris anthracite et chemise blanche à fines rayures gris pâle, col déboutonné –, il avait de l'allure. Les mots de ma mère me sont revenus à l'esprit : « Il était superbe dans son uniforme. » Elle n'avait pas tort. Mais ce matin-là, Nathan avait l'air agité.

—On dirait que tu sors droit d'une scène de *Reservoir Dogs*. Ou que tu as rendez-vous au tribunal. Sur le banc des accusés. Dis donc, tu es tout pâlot ce matin. Ne me dis pas que tu es resté dans la tente à bière hier, après que je suis partie ?

Il a confirmé d'un hochement de tête.

—Si. Tony m'a branché sur le cidre artisanal.

J'ai été un peu décontenancée : pour je ne sais quelle raison, l'idée que Tony et Nathan puissent devenir copains et aillent boire des bières ensemble m'a fait tout drôle. Allez savoir, ils pouvaient peut-être bien s'entendre tous les deux, maintenant ; plus de deux mois s'étaient écoulés depuis que Nathan avait essayé de faire condamner Tony pour meurtre. N'empêche qu'à voir la mine livide de Nathan, je me suis dit Tony tenait peut-être là sa vengeance.

—Tu as beaucoup bu ?

Nathan a eu un petit renvoi (je parie qu'il avait un goût de pommes fermentées) et a grimacé.

—Pas assez pour justifier que je me sente comme ça. Tu as besoin d'un coup de main ?

—Si tu y arrives sans vomir, je veux bien.

Nathan s'est emparé d'une caisse dans le coffre et a attendu que je prenne la dernière, puis nous sommes allés dans la tente. Il a posé la cagette sur la table à tréteaux et s'est mis à vaciller. Une main sur son épaule, je l'ai délicatement poussé vers un siège ; il n'a offert aucune résistance.

—Assieds-toi là, je vais te faire un thé. Tu veux un petit pain ?

Il a dégluti.

—Non, merci.

J'ai préparé du thé et nous ai servi deux grandes tasses fumantes. Assise à côté de lui, j'ai siroté le mien en le regardant boire, d'abord avec hésitation, puis avec plus de soif à mesure que la boisson chaude exerçait sa magie réparatrice sur lui.

—Ça va mieux ?

—Beaucoup mieux. J'ai l'impression que je vais crever mais à part ça, je pète la forme.

Il m'a fait rire.

—Tu as essayé de suivre le rythme de Tony, c'est ça ?

Il a renversé la tête en arrière et, malgré ses lunettes noires, je savais qu'il fermait les yeux.

—C'est bien possible…

—C'est une erreur de débutant, ça. Tony a grandi en buvant ce truc. On peut décaper de la peinture et allumer le feu avec, tu sais. C'est du carburant à fusée.

—Je sais. J'en ai une en train de décoller dans la tête.

Je lui ai tapoté la main.

—Tu es obligé d'être en service, là ? Tu ne peux pas rentrer chez toi pour cuver tranquillement ?

—Pas vraiment. Ça ira, je vais tenir aujourd'hui si tout le monde commet des délits sans faire le moindre bruit. À propos, qu'est-ce que je t'avais dit de *ne pas* faire si tu t'entretenais avec un de nos témoins dans l'affaire Holmes ?

—Je ne vois pas du tout de quoi tu parles, me suis-je défendue avec une mauvaise foi assumée.

Lauren Fulstrop avait dû le contacter. Nathan a fait glisser ses lunettes sur le bout de son nez et m'a regardé par-dessus les verres. Ses yeux étaient légèrement injectés de sang.

—Jodie, j'ai trop la gueule de bois pour que tu te foutes de moi aujourd'hui. Tu sais très bien de quoi je parle.

—Bon, OK, mais à ma décharge, je tiens à préciser que je ne lui ai jamais dit que j'étais flic. C'est elle qui s'est fait un film. Tu sais, elle était sur son trente-et-un, elle a été déçue quand elle a vu que ce n'était pas toi qui allais l'interroger.

—N'essaie pas de me passer de la pommade.

—Oui, bon, enfin, je suis allée la voir parce qu'on avait brièvement échangé au festival, elle s'était présentée. Je me suis dit que je pouvais profiter de cette première rencontre pour aller la voir, et je n'ai même pas eu besoin de me présenter parce que…

—Parce qu'elle s'est imaginé que tu étais forcément flic et tu n'as pas pris la peine de la détromper, a terminé Nathan.

—Ça s'appelle « prendre les choses comme elles viennent ». Tu as parlé à Duncan, toi ?

—Oui. On a eu une discussion très intéressante.

J'ai eu un instant de panique. Nathan a remarqué mon expression et s'est esclaffé.

—Ah ! J'espère que tu ne fais pas cette tête quand tu joues au poker ! Je l'ai interrogé sur la visite de Holmes au cottage et sur l'endroit où se trouvait Geneviève à ce moment-là. Il m'a dit qu'elle était probablement avec Lauren et Charles Harper.

Avaient-ils parlé de moi lors de leur petite discussion entre hommes ? Les précédentes conquêtes de Duncan avaient-elles été mentionnées ? Mais non, bien sûr, c'était tout à fait improbable.

—Lauren m'a raconté que Geneviève et Harper couchent ensemble depuis des années, ai-je expliqué. Elle estime aussi qu'il n'y a aucune chance que Holmes soit allé se promener sur des falaises sans raison particulière, donc il n'était pas simplement en train de se balader dans le coin, il n'est pas arrivé par hasard au cottage ; il y est allé exprès pour voir Geneviève.

—Oui, ça saute aux yeux sur la vidéo. Il avait l'air très remonté.

—Donc il est peu probable que ce soit un accident. Même s'il traînait là-haut en attendant le retour de Geneviève, il n'aurait pas pu glisser du bord à moins de s'en être approché dangereusement, et Lauren m'a dit qu'il n'était pas du genre casse-cou. T'a-t-il expliqué pourquoi il a fait cette scène avant que tu le fasses sortir de la tente ?

Nathan a secoué la tête, puis se l'est prise entre les mains.

—Aïe… Non, il n'a rien dit, et franchement, sur le moment, je ne me suis pas vraiment posé la question du pourquoi, je voulais qu'il se calme, c'est tout. Je ne me doutais pas que le pauvre homme allait se faire tuer, sinon je le lui aurais demandé…

Je suis allée chercher la Thermos de thé et ai rempli sa tasse. Il m'a remerciée.

—Lauren m'a également dit qu'il avait l'air très enthousiaste à propos du nouveau projet sur lequel il travaillait. Elle ne sait pas de quoi il retournait ; Holmes voulait lui soumettre une proposition, mais elle lui a répondu que ce n'était pas le moment, pas pendant la conférence de Geneviève, et c'est là qu'il a perdu les pédales.

J'ai attendu que Nathan avale une gorgée de thé.

—Je crois qu'il avait l'intention de faire tomber Charles Harper.

14

Nathan est reparti, toujours aussi migraineux sous ses lunettes de soleil, même s'il marchait désormais droit. Il avait écouté ma théorie sur Charles Harper et avait opiné du chef (tout en retenue) ; oui, c'était une possibilité à envisager. Bien sûr, Harper aurait pu être furieux contre Holmes simplement pour avoir interrompu la conférence de sa maîtresse, mais lancer son armoire à glace sur lui avait fini par faire encore plus de remous et avait vraiment dérangé tout le monde. Il y avait forcément quelque chose de plus sérieux, quelque chose d'absolument crucial pour Harper, qui justifiait de faire taire Holmes à ce moment précis, avant, peut-être, de tout révéler à Lauren. Lauren m'avait confié, après l'infâme lecture de l'écrivain, que Holmes était journaliste de métier, et qu'il était probablement habitué à fouiller dans le passé des autres ; il savait enquêter et quand il tenait une histoire, il ne la lâchait pas, à l'instar d'un chien avec son os, jusqu'à ce qu'il ait mis au jour le moindre détail. Avait-il réussi là où tout le monde avait échoué (et ce n'était pas faute d'avoir essayé) ? Avait-il mis la main sur les preuves des transactions douteuses de Harper sur le marché boursier – preuves qui auraient pu le faire condamner pour fraude et le mener à sa perte ?

En regardant Nathan s'éloigner d'un pas mal assuré – son équilibre semblait encore un peu défaillant, il a fait une embardée pour éviter quelque chose d'invisible –, je me demandais s'il trouverait quelque chose d'intéressant dans les affaires de la victime. Il allait fouiller la chambre de Holmes, à Sea Foam, dans Carnfoth Terrace. C'était une petite maison d'hôtes abordable en termes de prix mais plutôt agréable, qui disposait d'une belle vue sur les falaises où le malheureux client avait trouvé la mort. Quelque chose me disait que les propriétaires n'en parleraient pas dans leur annonce sur Airbnb. J'avais voulu accompagner Nathan là-bas mais il m'avait fait remarquer, sur un ton gentiment exaspéré, que je n'étais plus flic et que ma présence pourrait paraître suspecte. Mais il avait promis de me faire part de ses découvertes.

Ma mère ayant épuisé ses réserves de bons mots sur le thème de la quincaillerie, elle a laissé Bob et m'a rejointe dans la tente. Il était encore tôt, il y avait peu de monde, alors elle est allée discuter avec sa copine Janet pendant que je tripotais les serviettes, déplaçais les assiettes, mettais le plateau de brioches au safran vers l'avant de la table à la place des scones, avant de tout replacer comme avant. Bref, je faisais tout pour m'occuper et ne pas penser à Duncan. Puisque j'avais désormais partagé mes découvertes de la veille avec Nathan, j'estimais que j'avais fait mon devoir et que je pouvais à présent m'adonner à quelques douces pensées.

—Jolies petites brioches.

Je confirme : sa voix *aussi* me donnait des frissons. Il fallait vraiment que je me ressaisisse. Duncan était là, tout sourire. Ses yeux bleus rivés sur moi ont fait flageoler mes jambes. *Merde.*

—Merci, m'sieur, ai-je dit avec un gros accent du coin en exécutant une petite révérence. Je fais de mon mieux.

—Et avez-vous de belles petites miches, aussi ? a-t-il demandé en souriant.

J'ai levé le bras pour le menacer d'une gifle (mais doucement, hein, parce que ça ne me déplaisait pas qu'il se montre impertinent).

—Grossier personnage ! Ne me parlez pas comme ça, pas avec ma mère juste à côté.

—Quelque chose me dit qu'il n'y aurait pas grand-chose pour choquer votre mère.

—Certes, certes…

Il est resté planté là, l'air un peu empoté, comme un gamin dépassé par les événements, et mon cœur, ce gros benêt, a encore fait ce truc pénible de s'emballer sans me prévenir. J'aurais dû me dégoûter à réagir comme ça, mais le fait est que ça n'avait rien de désagréable.

—On va faire un tour ? ai-je suggéré.

—Oui. Je suis venu pour vérifier un petit truc sur mes toiles de l'expo. On peut y aller tant qu'il n'y a pas encore trop de monde.

Le chapiteau des expositions sentait encore légèrement le fumier. Je me demandais si l'odeur commençait enfin à s'atténuer ou si c'était moi qui m'y étais habituée. Quoi qu'il en soit, ce n'était pas un endroit ultra-romantique pour un tête-à-tête.

Duncan a ouvert le volet amovible de la tente pour me laisser passer puis il m'a suivie à l'intérieur. Il n'y avait personne.

—Quels tableaux vouliez-vous voir, Duncan ?

—Désolé, je vous ai menti. Je voulais juste être seul avec vous, a-t-il avoué en m'attirant à lui.

—Vous êtes un fourbe, maître… ai-je susurré en me laissant engloutir par ses bras.

Où étaient passées mes bonnes résolutions ? Envolées. Il m'a embrassé, non sans une certaine fougue, il faut bien le dire, et j'ai eu droit à une caresse sur la joue et à un regard dans le blanc des yeux. Que voulez-vous que je vous dise ? Je suis faible, voilà tout, et c'était sacrément bon. Au bout d'un moment j'ai puisé en moi la force de m'arracher à son étreinte.

—Il faut qu'on parle, Duncan.

—Avec plaisir, a-t-il dit sur le ton de la plaisanterie, mais je voyais bien qu'il était inquiet. C'est à propos d'hier, c'est ça ? De la vidéo ? J'ai déjà tout expliqué. L'inspecteur m'a cru…

Je l'ai pris par la main et l'ai conduit vers une rangée de chaises alignées sur un côté de la tente. On s'est assis et je me suis lancée.

—Je sais. J'ai vu Lauren hier.

—Ah bon ? D'accord, mais… je peux vous demander pourquoi ? Vous n'êtes pas de la police, que je sache.

—Non, mais avant, oui, et maintenant je suis… une sorte de détective privé…

Je m'attendais à ce qu'il éclate de rire (comme Nathan la première fois que j'avais dit ça), mais il n'a rien fait de la sorte, il a simplement eu l'air surpris.

—Tiens donc ! Et moi qui pensais que vous étiez une simple restauratrice !

Le mot « simple » m'a fait grincer des dents mais il a eu le mérite de le remarquer.

—Désolé, ce n'est pas ce que je voulais dire. Ce que je voulais dire, c'est que… Enfin, je ne sais plus. Qui vous a engagée pour enquêter ?

—Pardon ?

—Normalement, pour mener une enquête, un détective privé doit être engagé par quelqu'un, non ? Qui vous a engagée ?

Je ne m'attendais pas à cette question.

—Eh bien, personne. Je voulais…

—Vous vouliez être sûre que je n'avais pas commis ce meurtre, c'est plutôt ça, non ?

Il n'avait pas l'air en colère contre moi mais l'atmosphère avait soudain complètement changé. Il commençait à m'agacer, ce peintre.

—Je ne sais pas quoi vous dire, Duncan. On s'est rencontrés il y a quoi, trois, quatre jours ? Je vous connais à peine. La dernière personne à avoir vu la victime vivante, c'est vous. Holmes est allé frapper chez vous, je vous rappelle. Et malgré tout, je vous crois *encore* quand vous me dites que vous êtes innocent. Qu'attendez-vous de plus de moi ?

Il a enfoui sa tête entre ses mains.

—Je veux que vous fassiez disparaître tout ça.

—Eh bien, je suis désolée mais c'est hors de mon champ de compétences. Et faire disparaître quoi, exactement ? Votre mariage ? L'enquête ?

—Tout ça. Tout. Vous me donnez envie de tout oublier et de recommencer à zéro.

Duncan avait soudain l'air au bout du rouleau. L'espace d'une seconde j'ai pensé : *Oublier QUOI* ? *Le meurtre* ? Pourtant j'étais toujours convaincue qu'il n'avait pas tué Robert Holmes, mon instinct me disait que ce n'était pas un homme violent, et mon instinct avait eu raison neuf fois sur dix par le passé. J'ai préféré ignorer le fait que cela laissait encore une chance sur dix de me tromper.

J'ai écarté les mains de son visage.

—Je ne suis pas venue pour vous parler du meurtre, de toute façon.

Mais le questionner sur ses autres maîtresses m'a soudain semblé complètement malvenu.

—C'est à propos de Geneviève, c'est ça ?

—Non… Enfin oui, en quelque sorte. Lauren a dit que Robert Holmes lui avait parlé d'un nouveau livre de nonfiction sur lequel il travaillait. Ça s'est passé pendant le discours de Geneviève, quand Nath... quand l'inspecteur Withers a fini par le sortir de la tente pour qu'il se calme. J'imagine qu'elle vous en a parlé ? Oui. Bon. Ce que Holmes racontait a visiblement suffi pour que Charles Harper lui envoie son garde du corps sans hésiter. Je pense qu'il avait découvert quelque chose sur la façon dont Harper gagne de l'argent...

—La Bourse, a précisé Duncan. Il s'est mis beaucoup de gens à dos.

—Exactement. Ce que je pense, c'est que Holmes a découvert quelque chose qui risque de faire tomber Harper pour fraude. Si c'est le cas, pourquoi voulait-il aussi en parler à Geneviève ?

—Je ne sais pas. Peut-être parce qu'ils sont partenaires ?

—Par rapport à la galerie ?

Duncan a soupiré.

—Lauren vous aura forcément dit qu'ils sont amants.

—Elle m'a dit que vous aviez un mariage « libre ».

—Ah, c'est donc de ça qu'il s'agit, a dit Duncan en me regardant d'un œil amusé. Et vous, vous vous demandez combien d'autres femmes j'ai voulu peindre.

—Pas du tout.

—Alors ça ne vous dérangerait pas qu'il y en ait eu des centaines ?

—... Quoi ?!? me suis-je étranglée.

Il a ri et m'a pris les mains.

—Cette histoire de mariage libre n'est allée que dans un sens jusqu'à présent. Je ne lui suffisais pas, à Gen. Elle me harcelait constamment pour que je me dégote d'autres femmes, ou que je trouve un arrangement avec quelqu'un, pour qu'elle n'ait pas à se sentir coupable de ses propres infidélités. Quant à Charles, il s'est avéré bien plus qu'un simple compagnon de lit. Mais vous, Jodie… Vous êtes la première femme, à part elle, à qui je m'intéresse, et elle sait que vous ne seriez pas un simple « arrangement ». Je crois que c'est pour ça qu'elle a été désagréable avec vous le soir où l'on s'est rencontrés. Si vous avez ressenti une pointe de jalousie tout à l'heure, je prends ça comme un signe encourageant.

—Jalouse ? Moi ? Pensez-vous. Seulement aussi jalouse que vous l'êtes de Nathan, disons.

—Nathan ? Vous parlez de l'inspecteur Withers ? Le beau gosse toujours tiré à quatre épingles, le type plutôt de votre âge que du mien, celui qui me jette un regard courroucé à chaque fois qu'il nous voit ensemble ? Pourquoi voulez-vous que je sois jaloux de lui ?

J'ai rigolé et l'ai pris dans mes bras.

—Aucune idée.

15

Ma résolution de ne pas m'engager dans une autre relation compliquée s'est donc envolée (une fois de plus) devant le beau, le mystérieux, le ténébreux Duncan. Nous sommes restés dans la tente pendant environ une demi-heure, à ne parler de rien en particulier mais à nous livrer à une séance de bécotage en règle, nos élans quelque peu freinés par le fait que Betty Lewis, présidente de la Penstowan Watercolour Society (qui était de service dans la tente aujourd'hui), devait arriver d'une minute à l'autre. Betty était (sans exagérer) une vieille harpie guindée, coincée, constipée, et dès qu'elle s'approchait d'un pot de lait frais il tournait en lait caillé. C'était elle, le pilier du conseil paroissial – ainsi que d'un certain nombre d'autres institutions locales. J'avais eu avec elle quand j'étais adolescente plusieurs altercations pour des délits de jeunesse aussi impardonnables que traîner devant un magasin avec mes amis, boire du Coca sur un banc dans le parc, parler trop fort le jour du Seigneur. En gros, pour avoir voulu me distraire un peu. Si elle voyait comment j'étais en train de me distraire avec Duncan, elle exigerait probablement un deuxième procès des sorcières de Salem pour nous voir finir au bûcher, tout adultères adorateurs du diable que nous étions, Duncan et moi. On l'aura compris, je ne la portais pas dans mon cœur et je me suis dit qu'il valait mieux éviter de la croiser.

Je me suis arrachée des bras de Duncan et lui ai dit de rentrer chez lui, avec la consigne stricte de ne pas ressortir avant d'avoir peint quelque chose, puis j'ai mis le cap sur la tente où m'attendaient mes brioches au safran. Je venais juste d'enfiler mon tablier quand j'ai senti mon téléphone vibrer. Nathan.

J'ai l'ordinateur portable et le téléphone de RH... On prend un café ?

*

Me rendre au poste de police de Penstowan me faisait encore tout drôle. J'y étais allée de nombreuses fois quand j'étais enfant, évidemment ; mon père, l'inspecteur-chef Eddie Parker, avait été responsable du commissariat pendant plusieurs années, jusqu'à sa mort en service sept ans auparavant. Il ne lui restait alors plus que quelques mois avant la retraite. Il occupait un poste pépère, sans risque (du mois le croyais-je), derrière un bureau, où il s'occupait principalement de tâches administratives. Trop vieux pour courir après les délinquants, il passait ses journées à courir après des papiers – ce qui, connaissant mon père, l'ennuyait très certainement à mourir. Un jour, en rentrant à la maison en voiture, il avait repéré deux adolescents dans un véhicule, qui, mon père le savait, ne leur appartenait pas. Il les avait suivis, d'abord à un rythme tranquille. Mais la filature avait fini en course-poursuite et s'était soldée par un accident mortel : les deux petits voyous avaient été grièvement blessés et mon père y était resté.

Mon père avait eu une énorme influence non seulement sur la vie de sa fille (c'était à cause de lui j'étais entrée dans la police, et cause de lui également que j'avais décidé d'exercer à Londres plutôt que dans les Cornouailles), mais aussi sur la vie de tous ceux qui l'entouraient. À un moment donné, la moitié des policiers employés à Penstowan avaient été recrutés directement par mon père. Il avait le don de repérer les gamins qui, par ennui, commençaient à mal tourner, et réussissait à persuader ceux qui avaient un bon fond, de manière plus ou moins subtile, de rejoindre l'autre camp. La plupart de ses petits protégés étaient désormais à la retraite ou étaient passés à autre chose, mais il en restait encore quelques-uns, et j'aimais bien reprendre contact avec eux, et voir à quel point leur ancien mentor était encore présent dans leurs mémoires.

Néanmoins, ça me faisait toujours bizarre d'entrer dans ce bâtiment alors que mon père n'était plus à l'étage, dans son bureau. Le sergent Adams, membre de la déroutante chorale des Pêcheurs et ancienne recrue d'Eddie Parker, était assis à son bureau quand je suis entrée dans le hall.

—Tiens, qui voilà ! Comment elle va, la petite Jodie ?

—Bien, merci. Bravo pour votre concert, l'autre soir.

Il a souri.

—Ah oui, je t'ai vue avec Tony le Terrible !

Adams a fait semblant de porter une pinte à ses lèvres en riant, puis il s'est penché en avant et s'est mis à chuchoter.

—Dis donc, entre toi et moi, on dirait que l'inspecteur-chef était en goguette hier soir, et pas qu'un peu. Il a une de ces têtes, ce matin.

—Il essayait de suivre le rythme de Tony avec le cidre du coin.

Le sergent Adams a levé les yeux au ciel et a fait claquer sa langue.

—Tss, grosse erreur de sa part. Pas étonnant qu'il ait l'air barbouillé comme ça. Mais qu'est-ce qui t'amène, ma belle ?

—Je suis venue pour le dégriser.

Nathan est arrivé à la réception. Il avait retiré ses lunettes de soleil, il était encore très pâle. Il a fait un petit signe de tête au sergent Adams, qui a appuyé sur le bouton de sécurité pour m'ouvrir la porte et me permettre d'entrer dans les bureaux du poste de police.

—Comment tu te sens ? me suis-je enquise.

—Mieux. Ce qui ne veut pas dire grand-chose… Si je pouvais me débarrasser de ces renvois de pommes, ça irait encore mieux. On va chercher un café et après on file dans mon bureau ?

Nous avons pris les boissons chaudes dans la petite cafétéria, à l'arrière du bâtiment, puis nous sommes montés à l'étage. En passant devant l'ancien bureau de mon père, j'ai réussi à grand-peine à stopper la vague d'émotion qui m'a submergée. Malgré son état semi-comateux (de souffrances auto-infligées), Nathan a remarqué ma réaction.

—Ça va, Jodie ?

—Ça va. C'est l'ancien bureau de mon père.

Nous nous sommes arrêtés un instant et avons regardé la porte. La plaque avait été enlevée, bien sûr, mais j'étais étonnée qu'elle n'ait pas été remplacée par une autre.

—Qui utilise ce bureau, maintenant ?

—C'est devenu une salle d'interrogatoire supplémentaire, a expliqué Nathan. Je crois que les gars qui étaient là quand ton père travaillait encore n'ont pas voulu prendre son bureau, après. Et tous les nouveaux comme moi ont vite entendu parler du grand Eddie Parker, on sait bien qu'il vaut mieux ne pas demander à en faire un bureau. Il a laissé derrière lui un véritable héritage, ton père. Tu veux entrer ?

J'ai réfléchi un quart de seconde puis ai fait « Non » de la tête. La perspective de revoir son bureau, sans qu'il soit là, lui, dans son uniforme, m'a fait monter les larmes aux yeux.

—Une autre fois, peut-être.

—Quand tu voudras, a dit Nathan en posant un peu gauchement une main sur mon bras, avant de passer, sans transition, à autre chose. La Brigade criminelle, c'est par là.

—Quand j'étais gamine, ai-je enchaîné, il n'y avait même pas de Brigade anticriminalité à Penstowan, tu sais. Il n'y avait pas beaucoup de délits, à part des vols à la tire ou des gens du coin qui se soûlaient et finissaient par se taper dessus. Neuf fois sur dix, c'était la même demi-douzaine de personnes qui causaient tous les problèmes.

Nathan a ri jaune.

—Si c'était encore comme ça de nos jours…

—Tu n'aurais plus de travail. Mais à l'époque, si une maison était cambriolée, si on te piquait ton autoradio ou si l'abribus était vandalisé, tu pouvais être sûr que c'était un des Bennett. Une vague de crimes causée par une seule et même famille.

—Ah, c'était une autre époque, plus simple.

Nathan a secoué la tête en feignant d'être nostalgique, puis il s'est écarté pour me laisser entrer dans les bureaux de la Brigade criminelle. Tout était calme à l'intérieur. J'ai reconnu certains agents, notamment celui croisé sur les falaises, dont je ne me rappelais jamais le nom. Il m'a salué d'un signe de tête alors que nous nous dirigions vers un petit bureau au fond de la salle. Nathan m'a fait entrer et a refermé la porte derrière nous. Il a tiré une chaise pour que je m'installe puis s'est perché sur son bureau. Il s'est penché en arrière, a fouillé dans un tiroir et en a sorti un téléphone portable dans un sac en plastique.

—Regarde un peu ce que j'ai là…

—C'est celui de Duncan ?

Je n'avais pas spécialement envie de voir les photos qu'il avait prises de moi, ni de lire les textos entre lui et Geneviève. Nathan a eu un petit rire, il m'a regardé me tortiller sur ma chaise, ça a eu l'air de l'amuser.

—Mais non, rassure-toi – de toute façon, il n'y avait rien d'intéressant dans celui de Duncan Stovall. En revanche, ce téléphone-là se trouvait dans la poche de Robert Holmes, et je me disais qu'on allait savoir à qui Holmes a passé un coup de fil en dernier.

—Le téléphone n'était pas verrouillé ?

—Si, mais heureusement, l'empreinte du pouce de la victime était encore intacte, alors…

Je lui ai jeté un regard horrifié.

—Tu es allé mettre son pouce sur le téléphone pour le déverrouiller ? Oh…

—Ouais, je t'avoue que je me serais volontiers passé d'une visite à la morgue ce matin, mais je n'avais pas vraiment le choix.

À travers le sac en plastique, on voyait l'écran fendillé, et surtout, verrouillé.

—D'accord, mais maintenant, il est à nouveau verrouillé, si je ne m'abuse, ai-je fait remarquer.

Nathan m'a pris le sac des mains et l'a examiné, avant d'arborer une mine dépitée.

—Et merde.

Il s'est baissé et a recommencé à fouiller dans le tiroir de son bureau.

—Heureusement que j'ai son pouce quelque part là-dedans, a-t-il déclaré avant de se redresser triomphalement. Tiens, le voilà !

J'ai fait un bond en arrière et il a éclaté de rire en me tendant sa main, qui était vide. Je l'ai tapé sur le bras, fort.

—T'es vraiment trop con, Nathan, parfois !

—T'aurais vu ta tête ! Aïe, aïe, arrête, j'ai mal au bide à force de rigoler comme ça ! Mais ça en valait la peine, a-t-il ajouté, encore hilare.

—Ouais, ouais, très drôle.

—Tu pensais vraiment que j'allais couper le pouce d'un macchabée pour avoir accès à son téléphone ?

—Alors on peut savoir comment tu l'as déverrouillé ?

—Je suis bel et bien allé à la morgue, mais une fois le téléphone ouvert, un des techniciens m'a montré comment changer le code d'accès, a expliqué Nathan en s'essuyant les yeux. Ah, je te jure, la tête que tu as faite ! Aïe ! Arrête de me frapper ou je vais devoir te menotter.

On ne peut pas dire que ce genre de chose m'ait jamais attirée mais Nathan a prononcé ces mots en me décochant un clin d'œil coquin et il a fallu une profonde inspiration pour empêcher le feu de me monter aux joues. Heureusement, il n'a rien remarqué. Il a sorti le téléphone du sac plastique et a approché une chaise pour s'asseoir à côté de moi.

—Les empreintes ont été prises, on n'a trouvé que celles de la victime. Il n'y aura probablement pas d'autopsie complète, à moins que d'autres preuves d'un acte criminel ne soient découvertes. Mais on a demandé un rapport toxicologique et apparemment, il n'y avait aucune trace de drogue ni d'alcool dans son organisme, ce qui rend moins probable une chute de la falaise.

—Il n'est pas tombé. Et il n'a pas sauté. Il avait l'air de fulminer quand je l'ai croisé. Un type prêt à en venir aux mains.

Nathan a hoché la tête.

—Oui, c'était clair sur la vidéo. Il était très remonté, à voir la façon dont il a tambouriné à la porte. Mais que s'est-il réellement passé après qu'il a quitté Lowenna

Cottage ? Ton copain Duncan est la dernière personne à l'avoir vu en vie.

—A-t-il appelé quelqu'un, après ? ai-je demandé en faisant un geste vers le téléphone, espérant ainsi détourner la conversation de Duncan.

—Non, ce qui me fait dire qu'il s'attendait bien à retrouver Geneviève Lorre sur les falaises parce que c'était déjà convenu entre eux, ou bien quelqu'un d'autre parce que c'est là que la personne était censée se trouver… Duncan Stovall, par exemple, qui était dans son atelier ouvert à cette heure de la journée. Attends, Holmes n'a pas émis d'appel, en revanche il en a *reçu* un…

Nathan m'a montré l'écran du téléphone. La conversation avait été brève, deux minutes environ.

—Tu as pu identifier le numéro ?

—C'est un téléphone prépayé, donc il n'y a pas de nom ni de compte nominatif. On devrait réussir à savoir où et quand la carte SIM a été vendue, mais deux appels téléphoniques ont été passés ; celui-ci, puis un autre immédiatement après, vers un autre numéro prépayé, non répertorié, impossible à identifier, et le téléphone a été éteint depuis, donc celui qui l'a utilisé savait exactement ce qu'il faisait. Je parie qu'il a payé la carte en liquide et qu'il a choisi une boutique sans caméras de surveillance, ou alors qu'il a fait en sorte de ne pas être reconnaissable.

—Merde.

—Comme tu dis. Mais l'heure de l'appel est intéressante.

J'ai regardé à nouveau les détails de l'appel.

—15 h 15.

—Et Duncan a envoyé un SMS à sa femme à 14 h 59 pour lui dire qu'un drôle de type avec des petites lunettes rondes la cherchait, et il lui demandait aussi ce qu'elle avait fait pour qu'il en ait après elle comme ça. Le message a été lu à

15 h 01 mais elle a mis une demi-heure avant de répondre à son mari.

—Parce qu'elle était occupée à mettre une nouvelle carte SIM dans son téléphone, ai-je dit.

Nathan a eu un petit rire.

—Je me demande pourquoi tu as tellement envie de la faire passer pour la coupable. Désolé de te décevoir mais elle était en pleine séance de questions-réponses, au festival, après sa conférence. Apparemment, elle fait toujours ça, elle reste à discuter avec le public après une conférence. Ta copine Debbie était là. Ça s'est terminé vers 15 h 30.

Quoi ? Debbie et Nathan s'étaient parlé ? Et personne ne me l'avait dit ? Sans trop savoir pourquoi, je n'aimais guère l'idée que Nathan et Debbie aient un petit tête-à-tête. Était-ce parce que j'avais peur qu'elle me fasse honte, ou bien qu'elle lui fasse du charme ? Et en quoi ça me regardait, si elle voulait lui faire du charme ? Il fallait que je me ressaisisse.

—D'accord… Alors elle a vu le texto, elle en a parlé à… quelqu'un, et après ils ont appelé Robert. Je parie que Charles Harper est resté avec elle pendant tout ce temps-là, non ? Et à ton avis, qu'est-ce que Robert Holmes avait découvert ?

—On n'en sait rien…

—Des informations sur les activités financières de Charles Harper, forcément ! C'est logique. Il est ici avec un garde du corps, soi-disant parce qu'il a reçu des menaces de mort, dont il se contrefiche en temps normal parce qu'il en a reçu des tonnes et que c'était il y a longtemps. Et si la vraie raison pour laquelle il s'est mis sous la protection de ce garde du corps, c'était qu'il savait que quelqu'un avait fouillé dans son passé, et qu'il voulait disposer d'un mercenaire à portée de main qui pourrait, le cas échéant, faire disparaître discrètement cette personne si elle approchait trop la vérité ? Peut-être que quand Geneviève lui a parlé du SMS, Harper a appelé la victime et lui a donné rendez-vous, et que c'est son garde du corps qu'il a envoyé sur les falaises.

Nathan m'a dévisagée longuement.

—Ça se tient, comme raisonnement, en effet.

—Mais tu n'es pas entièrement convaincu.

—Pas complètement. N'oublie pas que, quel que soit l'endroit où se trouvaient les différents protagonistes au moment de l'appel, Robert Holmes a été vu entrant à Lowenna Cottage vers 14 h 45, et que personne ne l'a revu avant que son corps soit retrouvé au pied des falaises, vers 19 h 45. Et les deux fois, la seule personne qui l'ait vu, vivant puis mort, c'est Duncan qui, coïncidence ou pas, se trouvait lui aussi du côté des falaises, à se promener. Je suis d'accord, Robert Holmes a tout à fait pu dire quelque chose qui a contrarié Charles Harper, dont nous connaissons tous le passé douteux. Je suis d'accord aussi pour dire que ça lui fournirait un mobile, mais tu ne peux ignorer le fait que Duncan aurait eu tout le loisir de le tuer.

16

« Duncan aurait eu tout le loisir de le tuer. » C'était indéniable. Jusqu'à ce que nous découvrions où Robert Holmes était exactement allé entre son départ du cottage et sa chute de la falaise, Duncan resterait le suspect numéro un.

Il fallait bien réfléchir. Duncan affirmait qu'il avait fait sortir Holmes de la maison par la véranda, mais nous n'avions que sa parole. Nous ne disposions d'aucune caméra de surveillance de ce côté-là de la maison (car pas d'oiseaux à observer), et aucun témoin qui aurait pu l'apercevoir sur les falaises ne s'était présenté ; la plupart des gens en ville ce jour-là devaient être au festival, ou peut-être sur la plage puisqu'il faisait beau.

Et si Robert Holmes n'avait en réalité *pas* quitté le cottage ? Duncan aurait-il pu le laisser seul à l'intérieur, à attendre Geneviève, tandis que lui sortait pour aller dessiner dehors ? Ou l'avait-il… l'avait-il déjà tué, et le corps était-il resté dans la maison jusqu'à ce qu'il fasse assez sombre pour le déplacer ? Ni l'une ni l'autre théorie ne tenaient la route ; il aurait fallu le tuer de sorte que ses blessures soient compatibles avec une chute d'une falaise, et de toute façon, Duncan n'aurait pas pu déplacer le corps au bon moment puisqu'il faisait encore assez jour pour qu'un pêcheur de passage risque de l'apercevoir jeter le cadavre de la falaise.

Nathan a soupiré.

—Je vois de la vapeur sortir de tes oreilles. Allez, vas-y, dis-moi que j'ai tout faux sur Duncan.

—J'aimerais bien, mais… tu as raison. Techniquement, il a pu commettre ce meurtre. Pourtant, je ne vois pas de mobile. Et si c'est bien lui le tueur, son comportement n'a aucun sens. Pourquoi envoyer ce message à sa femme ? Pourquoi balancer le corps de la falaise ? Pourquoi, ensuite, *descendre* au pied la falaise ?

—Je n'en sais rien, et c'est vrai que ça n'a pas de sens, mais c'est souvent le cas dans les affaires de meurtre.

Nathan a bâillé et s'est étiré, allongeant les bras au-dessus de sa tête. Comme dans un réflexe, mes yeux se sont braqués sur son torse, sa belle chemise plaquée contre son ventre. Il n'était pas aussi costaud que Duncan, mais ses muscles étaient bien dessinés… J'ai détourné le regard avant qu'il ne remarque mon œil inquisiteur, mais j'ai été un peu trop lente, je crois. Il a baissé les bras. *Oh, la honte*, ai-je songé. *Dis quelque chose, vite* !

—Duncan a expliqué qu'il avait entendu quelqu'un gémir en se baladant le long des falaises, et c'est à ce moment-là qu'il a regardé en bas et vu le corps, ai-je résumé. Sait-on si ça correspond bien à l'heure de la mort ?

—Le médecin légiste estime que la mort est survenue environ une heure avant que l'équipe de secours ne récupère le corps, ce qui signifie que Holmes était probablement encore en vie quand Stovall est descendu, en effet. Mais ça ne veut pas dire qu'il ne l'a pas poussé.

—Arrête donc avec ça…

—Réfléchis deux secondes, Jodie. Tu pousses quelqu'un du haut d'une falaise, la marée monte et la mer est assez houleuse ce jour-là. Tu t'attends à ce que ta victime meure sur le coup, qu'elle finisse à l'eau, et avec un peu de chance, qu'elle soit emportée loin de là, de sorte qu'elle ne réapparaisse que quelques jours plus tard sur la côte, à plusieurs kilomètres. Mais au lieu de ça, ta victime dégringole et s'arrête sur une corniche, sans être tuée. Si tu es assez en forme pour faire un peu d'escalade, tu te dis que le risque en vaut la chandelle, qu'il faut descendre pour finir le boulot et te débarrasser du corps une bonne fois pour toutes.

—*Si* l'escalade ne me fait peur et que je ne risque pas de rester moi-même coincée sur la falaise, ai-je fait remarquer, ce qui n'était pas le cas ici, si tu te souviens bien, parce que Duncan est bel et bien resté coincé. Les sauveteurs l'ont remonté grâce à une corde, je te rappelle.

—Certes, mais je dis simplement qu'il ne faut exclure personne pour le moment. Bref, ne nous laissons pas distraire. On regarde les e-mails de Robert Holmes ?

Contre toute attente, Robert Holmes était un passionné de nouvelles technologies. Pour quelqu'un qui avait des airs de vieux gars, avec son foulard en soie et ses petites lunettes rondes, il avait téléchargé un paquet d'applications sur son téléphone, et heureusement pour nous, il les avait toutes laissées connectées. En cliquant sur son application de messagerie, on a eu accès à sa boîte de réception, dont le contenu s'est avéré décevant : aucune information salace ou incriminante sur Charles Harper (ni sur Geneviève Lorre, d'ailleurs). Il y avait quelques e-mails entre lui et Lauren Fulstrop, contenant les détails de l'organisation du festival, comme la réservation de sa chambre d'hôtes. Dans un autre message, une librairie en ligne confirmait son achat d'un ouvrage sous forme électronique, *La Biographie d'un chef-d'*œuvre, de Geneviève, qui portait sur la série de toiles de Penstowan. Je pensais qu'il était jaloux du succès de Geneviève, mais visiblement il n'avait pas pu résister à l'envie de jeter un coup d'œil à son premier *best-seller*. L'achat datait de la veille de sa mort, il n'avait probablement pas eu le temps de le lire.

On a épluché les différents dossiers d'e-mails, mais Holmes avait gardé très peu de correspondance et nous n'avons trouvé rien de compromettant, aucune mention de Harper, de Geneviève ou de Duncan.

—Et dans son ordinateur portable ? ai-je demandé.

Nathan a secoué la tête et montré du doigt un MacBook posé sur une table, enveloppé dans un autre sac plastique.

—Je n'ai pas encore réussi à y accéder. Il est protégé par un mot de passe. Les techniciens doivent s'y coller mais ils sont installés à Truro, alors en attendant j'ai essayé moi-même.

—Il était marié, ce type ? Il avait des enfants ?

—Non. Célibataire, pas de partenaire, pas d'enfants, pour autant qu'on sache. Une sœur qui vit à Woking, quelques nièces et neveux. Pourquoi ?

Je pensais au mot de passe de mon propre portable : Daisy123. Pas du tout sûr, comme mot de passe, et en tant qu'ancien officier de police, je devrais le savoir, mais je l'avais tapé sans trop réfléchir quand j'avais configuré mon nouvel ordinateur et je n'avais jamais pris le temps de le changer.

—On pourrait peut-être trouver son mot de passe si on en savait un peu plus sur lui.

J'ai pris le téléphone des mains de Nathan et j'ai cliqué sur l'icône Facebook : je suis tout de suite tombée sur des photos de Robert Holmes, tout sourire (c'est à peine si on le reconnaissait), tenant un magnifique chiot husky dans les bras. « Joyeux anniversaire à moi ! Voici ma nouvelle âme sœur, Nanook », disait la légende de la publication.

—Pas d'enfants, mais un chien adorable, ai-je commenté. J'espère que quelqu'un s'occupe de lui…

Nathan a haussé les épaules.

—Ça vaut le coup d'essayer, en tout cas, a-t-il dit en ouvrant l'ordinateur portable.

Il a tapé « Nanook123 » et j'ai pouffé de rire. Il a levé les yeux au ciel et s'est mis à rire lui aussi.

—Ne me dis pas que ton mot de passe, c'est « Daisy123 » ?

—Je refuse de répondre à cette question.

Nathan a appuyé sur la touche « Entrée ». Le champ du mot de passe a trembloté ; mot de passe erroné. Je me suis à nouveau penchée sur la publication Facebook. Elle avait été postée le 18 juin.

—Essaye la date anniversaire. Essaie « Nanook18 ».

Nathan s'est exécuté. La session s'est ouverte.

—Génial ! s'est écrié Nathan. Beau travail, Jodie.

—On fait une bonne équipe, tous les deux.

On a passé en revue les e-mails sur son ordinateur portable, juste au cas où Holmes aurait eu deux comptes, mais il n'y avait rien d'autre que ce qui se trouvait déjà dans son téléphone.

—Va voir son dossier de documents, ai-je suggéré. On va peut-être pouvoir trouver ce sur quoi il travaillait.

Robert Holmes était quelqu'un de méthodique et ordonné dans son travail ; parmi les documents, il y avait beaucoup de sous-dossiers, tous portant les titres de ses livres ou des journaux pour lesquels il avait écrit des articles. À première vue, rien de particulier ne sautait aux yeux, rien d'assez compromettant pour se faire tuer, mais il aurait fallu une journée entière pour décortiquer l'ensemble.

—Ça devait être son travail le plus récent, ai-je dit. Le jour de sa mort, c'était la première fois qu'il en parlait à Lauren. Il a dû tomber sur quelque chose d'important pour qu'il se dise qu'il ne pouvait pas attendre la fin du festival pour le lui révéler. Regarde dans Word ; il doit y avoir quelque chose comme « Récents »…

Nathan a cliqué sur le menu déroulant et sélectionné « Fichiers > Ouvrir > Récents ». Une liste s'est affichée.

—Tiens, c'est quoi celui-là ? Pas de titre, juste la date à laquelle il a commencé à travailler dessus. La semaine dernière.

—Ouvre ! me suis-je impatientée.

Quand il a cliqué dessus, un message d'erreur s'est affiché.

—Pas accessible, a-t-il constaté. Regarde, il a été enregistré sur un disque dur externe.

—Zut.

Je me suis avachie sur ma chaise, déçue, et Nathan a eu la même réaction.

—Il a dû se dire que c'était de la bombe, un truc tellement explosif qu'il valait mieux ne pas le garder sur son ordinateur portable, a dit Nathan. Probablement enregistré sur une clé USB, pour que ce soit beaucoup plus facile à cacher. Je vais envoyer un de mes gars au gîte de Holmes pour fouiller sa chambre une nouvelle fois, mais je n'ai pas beaucoup d'espoir…

Nous sommes restés silencieux un moment, frustrés, lorsque le téléphone que je tenais toujours à la main s'est mis à vibrer, nous faisant sursauter tous les deux. On a échangé un regard.

—Ne me dis pas que… a murmuré Nathan.

J'ai lu le message et ai soupiré.

—Non, c'est juste un message automatique d'une agence de location de voitures, pour lui rappeler de ramener son véhicule demain. Tiens, c'est une entreprise située à Barnstaple…

—Et alors ?

—Pourquoi irait-il louer une voiture dans une agence de Barnstaple ? Il ne vivait pas là-bas, que je sache ?

—Non, il habitait à Windsor.

—Donc il ne l'a pas louée pour se rendre au festival. Il aurait pu trouver une agence plus proche de chez lui…

Nous nous sommes à nouveau regardés. J'ai déverrouillé le téléphone et cliqué sur l'application Maps, puis dans la barre de recherche. Une liste de recherches récentes est apparue, la plus récente étant une adresse à St Mawes, une commune située sur la côte sud des Cornouailles, à un peu plus d'une heure de Penstowan. J'ai tourné le téléphone vers Nathan pour qu'il puisse voir l'écran.

—Bingo !

La recherche de l'adresse n'avait rien donné, il s'agissait d'une résidence privée. J'étais prête à sauter dans la voiture et à foncer à St Mawes mais Nathan m'a fait remarquer qu'il y avait trois heures de trajet aller-retour et que l'après-midi était déjà bien avancé. Puisque nous n'avions aucune raison de soupçonner la personne qui résidait à cette adresse d'être l'assassin, ou même d'être impliquée de près ou de loin dans la mort de Robert Holmes, il était préférable de se présenter chez cette personne à une heure correcte, après l'avoir appelée (si possible) le lendemain matin. Au demeurant, Nathan avait rendez-vous avec Charles Harper. Je me suis levée d'un bond.

—Pourquoi tu ne me l'as pas dit plus tôt ? On le rejoint où ?

—Oh non, non, non, a dit Nathan en secouant la tête. On parle de Charles Harper, là, et le type est loin d'être idiot. Il a souvent été interrogé par la police, alors si je me présente au rendez-vous accompagné de quelqu'un qui n'appartient pas à…

—Accompagné d'une *consultante*.

—Une consultante qui n'a absolument rien d'officiel, a-t-il corrigé. Ce n'est pas comme si tu étais payée pour…

—Eh bien paie-moi, alors. Allez, tu ne peux pas lui parler sans que je sois là, c'est moi qui t'ai dit que Harper devait être derrière cette affaire !

—Raison de plus pour te laisser en dehors de tout ça. Moi, j'envisage toutes les options de façon neutre, mais toi, tu es prête à accuser n'importe qui pour blanchir ton petit copain Duncan.

—N'importe quoi…

Je savais que la bataille était perdue d'avance. À vrai dire, Nathan n'avait pas tout à fait tort ; j'étais convaincue que Harper était au cœur de cette histoire. Nathan a souri et a tendu la main pour reprendre le téléphone de Robert Holmes, que je lui ai rendu, non sans soupirer.

—Je ne suis pas en train de t'évincer de l'enquête, Jodie.

—N'empêche que tu as déjà essayé de m'évincer d'une enquête, je te rappelle. Quand tu as voulu faire inculper Tony pour meurtre.

—Je n'essayais pas de l'inculper… Et arrête de me rendre chèvre, tu veux, j'ai une gueule de bois carabinée mais je vois bien ce que tu es en train de faire. Tu le sais, je ne peux pas t'emmener pour interroger Charles Harper. Quand il te verra, il refusera de parler sans son avocat, et une fois qu'il aura pris un avocat, je ne pourrai plus rien obtenir de lui. Je te dirai ce que j'aurai appris demain quand on ira à St Mawes.

—Donc tu acceptes que j'aille à St Mawes avec toi ?

—Bien sûr. C'est en pleine cambrousse cornique et je vais avoir besoin de quelqu'un qui réussisse à communiquer avec les gens du coin…

17

J'ai laissé Nathan se préparer à ce qui allait probablement être une vraie partie de plaisir avec Charles Harper (et si je regrettais de ne pouvoir y assister, je comprenais pourquoi il valait mieux que je reste à l'écart) et me suis acheminée lentement vers le site du festival. J'ai envoyé un texto à Daisy pour savoir où elle se trouvait et ai reçu sa réponse dans la minute : tout allait bien, elle était chez Jade en train de s'amuser avec le chien. Sous-texte à l'intention de sa mère : « Arrête de te ronger les sangs. » Arrivée aux abords du parking, je me suis arrêtée pour observer le sommet de la colline. Duncan avait eu plusieurs heures pour peindre, il aurait probablement envie de faire une pause, à présent.

Après un petit détour par le stand des rafraîchissements pour dérober des brioches au safran (il n'en restait presque plus, ça m'a fait plaisir), j'ai filé à l'anglaise, avant que ma mère ait eu le temps de me repérer. Du reste, elle était trop occupée à discuter avec son amie Anthea (celle avec « les yeux »), visiblement remise de ce qui l'avait empêchée de venir donner un coup de main au buffet lors de la soirée d'ouverture. En réalité, j'aurais dû remercier Anthea et Joanie parce que si elles ne m'avaient pas fait faux bond, j'aurais passé la majeure partie de la soirée terrée dans la cuisine au lieu de me pavaner dans mon infâme corsage à nœud, et je n'aurais pas rencontré Duncan. Mais bon. Il était peut-être encore trop tôt pour savoir s'il fallait les remercier ou les maudire pour le restant de mes jours.

Les deux petits pains enveloppés dans une serviette en papier et fourrés dans mon sac, j'ai pris la direction de la colline qui menait à Lowenna Cottage. Il faisait encore beau ce jour-là, même si le vent s'étant levé, le soleil donnait moins l'impression de brûler la peau. Au-delà du bosquet où les craves à bec rouge avaient élu domicile, il n'y avait plus d'ombre sur les falaises, ce qui expliquait probablement pourquoi personne ne se baladait dans cette zone le jour de la mort de Robert Holmes, jour où il avait fait très chaud. Le seul endroit ombragé, entouré d'ajoncs et de mûriers, était le banc où Duncan et moi nous étions embrassés la première fois.

Arrivée dans l'allée du cottage, au moment où je me demandais si je devais sonner à la porte ou faire le tour par la véranda, j'ai vu que la porte d'entrée était grande ouverte. Des pancartes indiquaient qu'on pouvait accéder à l'atelier. En m'approchant, j'ai entendu des voix à l'intérieur. *Zut.* J'ai croisé les doigts pour qu'aucune de ces voix n'appartienne à Geneviève.

Mes craintes ont été vite dissipées. Les voix sont devenues plus distinctes et trois touristes, toutes des dames d'un certain âge, sur leur trente-et-un, sont apparues dans l'encadrement de la porte, suivies de Duncan.

—C'est fascinant de voir l'artiste au travail, a commenté l'une d'elles.

Duncan essayait visiblement de se débarrasser du trio.

—Je vous remercie de votre visite, mesdames.

Une des trois femmes m'a soudain aperçue, elle s'est arrêtée brusquement, provoquant un carambolage de retraitées sur le perron. Duncan, agacé, a fini par lever les yeux et m'a vue. Son visage s'est illuminé et un sourire de soulagement s'est dessiné sur ses lèvres.

J'ai fait un pas en arrière.

—Je vous en prie, mesdames, allez-y, ai-je dit, tout sourire, en leur indiquant de passer devant moi.

J'ai sorti un petit pain au safran et l'ai brandi devant les trois touristes.

—Je suis venue pour veiller à ce que notre artiste ne se laisse pas mourir de faim.

Les trois femmes m'ont avisée de la tête aux pieds en défilant devant moi, se demandant peut-être si je faisais partie des attractions du coin. Elles se sont arrêtées devant le portillon du jardin et se sont retournées. Duncan les a saluées une dernière fois avant de refermer la porte derrière nous.

—Ouf ! Mon Dieu, j'ai cru qu'elles ne partiraient jamais, s'est-il exclamé en m'entraînant vers la véranda. Elles ne m'ont même pas regardé peindre, ce qui, de toute façon, me met très mal à l'aise, non, elles sont juste venues profiter de mon canapé et ont passé leur temps à parler de l'affaissement de leurs voûtes plantaires. Terrible.

Je me suis assise sur le canapé et j'ai tapoté le coussin du siège.

—Ça se comprend, ce canapé est extrêmement confortable.

Duncan a pris place à côté de moi.

—Ce n'est pas faux…

Il s'est penché vers moi et pendant quelques minutes, j'ai oublié les touristes, les toiles, et même la brioche que je tenais encore à la main.

*

Au bout d'un moment, il a bien fallu refaire surface et recouvrer nos esprits. Duncan a entrepris de nettoyer soigneusement ses pinceaux et moi, je suis allée fouiner dans la cuisine pour trouver des assiettes, un couteau et du beurre. Les puristes prétendent qu'une brioche au safran, ça se mange nature, mais personnellement j'estime que, coupée en deux et tartinée de beurre, voire avec un peu de crème caillée, c'est ce qu'il y a de mieux. J'avais presque oublié l'existence de la crème caillée quand je vivais à Londres, mais maintenant que j'étais revenue, je voulais en mettre littéralement sur *tout*.

Nous nous sommes installés dans la cuisine, à une table gigantesque en pin frotté, assortie de deux bancs plutôt que de chaise, et avons mangé nos petits pains et discutant.

—Elle n'est pas là, Geneviève ? ai-je demandé, la bouche pleine. Je sais bien que vous êtes censés avoir un mariage libre, mais je n'ai pas spécialement envie qu'elle nous trouve tous les deux ici.

Duncan a secoué la tête.

—Aucun risque. Elle fait une séance de dédicaces cet après-midi dans une galerie à Bideford.

—La Burton Art Gallery ?

Il a hoché la tête.

—C'est ça, enfin je crois que c'est celle-là, en effet. C'est censé avoir lieu entre 15 et 16 heures mais elle reste toujours plus longtemps pour continuer à parler à ses adorateurs. C'est son truc, les fêtes, les vernissages, parler aux médias et tout le tintouin. Moi, je déteste ça, j'ai toujours détesté ça.

J'ai repensé à ce que Nathan avait dit sur les mouvements de Geneviève le jour de la mort de Robert Holmes.

—Le jour où Robert Holmes a été… le jour où il a fini au pied de la falaise, ai-je dit prudemment, la conférence de Geneviève a commencé à 13 heures, c'est bien ça ? Elle devait se terminer à 14 heures mais Geneviève a continué et a répondu aux questions pendant plus d'une heure.

Duncan a opiné.

—C'est bien ça. Comme je viens de te le dire, ça se passe toujours comme ça. Je savais qu'elle ne rentrerait pas à 14 heures, ce qui nous a laissé pas mal de temps tous les deux sur la falaise…

Il a tendu le bras et a posé sa main sur la mienne en souriant. J'ai dû prendre sur moi pour me concentrer sur les questions qui commençaient à se former dans mon esprit.

—Il me faut environ vingt minutes pour venir ici en partant du festival, ai-je dit. Mais je marche assez vite et je prends un raccourci sur le chemin de la falaise, en passant par le parking du pub, un raccourci que les visiteurs ne connaissent probablement pas.

Duncan me regardait, sourcils froncés.

—Et alors ?

—Quand j'ai croisé Robert Holmes en montant la colline, il était environ 14 h 20. Ce qui veut dire qu'il a dû quitter le festival à 14 heures, au plus tard.

—Si c'est de là qu'il arrivait, a précisé Duncan.

—Quand j'ai quitté le chapiteau, il était à peu près 13 h 10. C'était le moment où Nathan venait de faire sortir Holmes de la conférence de Geneviève. Il est resté avec lui un moment pour qu'il se calme, je ne sais pas combien de temps…

—Et donc ? Où veux-tu en venir, Jodie ?

Duncan commençait à sentir monter un certain agacement mais j'ai poursuivi tranquillement.

—Donc il a quitté le festival et a commencé à marcher vers le cottage pour voir Geneviève, avant même qu'elle ait fini sa conférence. Même si elle n'était pas restée pour parler aux gens, même si elle avait terminé son discours à 14 heures pile, il n'y avait aucune chance qu'elle soit de retour au chalet avant lui. Il devait bien le savoir.

—Il s'est peut-être dit qu'elle allait prendre un taxi…

—Le centre-ville est en sens unique, en voiture il faut faire tout le tour du patelin et prendre la route de Bude avant de bifurquer vers Cliff View Drive. Ce n'est pas plus rapide que de marcher. Et pourquoi Robert Holmes serait-il venu jusqu'ici pour lui parler, de toute façon ? Il aurait été bien plus logique de l'attraper au festival.

Duncan a lâché ma main et s'est levé.

—Je ne sais pas, Jodie. Tu dis que tu es de mon côté, tu dis que tu me crois, mais là, j'ai l'impression de subir un interrogatoire de police. Tu es chargée de me surveiller ou quoi ? Pourquoi tu ne me demandes pas simplement si je mens ?

—Est-ce que tu mens, Duncan ?

Exaspéré, il a levé les bras.

—Non mais je rêve ! Non, je ne mens pas ! Pourquoi je te mentirais ?

—Parce que quelqu'un est mort quelques heures après être passé chez toi.

Je n'ai pas aimé la façon dont ces mots sont sortis de ma bouche. On aurait dit Nathan.

—Et avant que tu ne dises quoi que ce soit, ai-je poursuivi, non, je ne pense pas que tu mentes et je ne pense pas non plus que tu aies tué Holmes.

—Mais tu penses quand même que j'ai quelque chose à voir là-dedans.

—Non. Non, je ne…

À m'entendre parler, personne ne m'aurait crue. Duncan s'est avancé vers la fenêtre et a fixé le bord de la falaise en respirant profondément ; j'avais du mal à savoir s'il était en colère ou simplement contrarié. *Je t'avais bien dit de ne plus t'embarquer dans des relations compliquées*, m'a soufflé une petite voix intérieure. Je me suis levée et suis allée le rejoindre. Il s'est retourné vers moi au moment où je lui ai touché le bras.

—Duncan, je t'en prie… Je ne pense pas que tu aies quelque chose à voir avec sa mort, pas intentionnellement en tout cas.

Il a levé les sourcils.

—Oh, « pas intentionnellement » ? Qu'est-ce que ça veut dire, ça ?

—Ça veut dire que selon moi, il s'était fourré dans une histoire qui concernait Geneviève et peut-être bien Charles Harper, et que ces deux personnes sont liées à toi, c'est tout. Mais qu'est-ce qu'il voulait, au juste ?

—Je te l'ai dit, il a demandé à voir Genev…

—Non, je ne te parle pas de ce qu'il t'a dit, je parle de ce qu'il voulait, réellement. Et d'après moi, ce qu'il voulait, c'était entrer chez vous, même une fois que tu lui as dit que Geneviève n'était pas là. Il voulait même rester sur place le plus longtemps possible. Il a essayé d'engager la conversation avec toi, rappelle-toi.

Duncan a pris un air pensif.

—Tu sais, quand il a frappé à la porte d'entrée, il ne s'est pas contenté de frapper, il l'a vraiment martelée furieusement. Il avait l'air hors de lui quand j'ai ouvert, mais également surpris que ce soit moi qui ouvre.

—Pourtant il devait bien savoir que tu serais là, avec l'atelier ouvert…

—Il avait l'air… Ça va paraître bizarre, mais il avait l'air prêt à exploser, et quand il m'a vu, c'est comme si sa colère s'était éteinte en une seconde. Tu vois ce que je veux dire ?

Je me suis tapé le front en me souvenant de la caméra.

—Oui, tout à fait. C'est même ce que je me suis dit quand j'ai vu la vidéo. On dirait qu'il s'apprête à sauter à la gorge de quelqu'un, et que dès que tu ouvres la porte et qu'il voit que tu es un grand type, beaucoup plus grand que lui, il recule. On aurait dit qu'il avait peur de toi.

Duncan a fait une moue dubitative.

—Mais pourquoi ? Je n'avais jamais vu ce type, je ne savais pas du tout qui c'était ni ce qu'il voulait.

J'ai réfléchi et soudain, je me suis souvenu de quelque chose que Lauren Fulstrop avait mentionné, une chose qui s'était produite plus tôt dans la journée.

—Peut-être que c'est à toi qu'il était venu parler, en fait. Il avait quelque chose à te dire, quelque chose à propos de Geneviève, parce que ça le rendait malade que Lauren donne la priorité à ta femme plutôt qu'à lui. Et puis quand il t'a vu, il a changé d'avis, il s'est imaginé que tu réagirais mal, alors il a demandé à voir Geneviève à la place, sachant très bien qu'elle n'était pas là.

Duncan a pivoté vers la fenêtre un instant et j'ai eu la nette impression qu'il allait dire quelque chose d'important.

—Oui… C'est possible, en effet, mais… mais qu'est-ce qu'il avait donc de si terrible à me révéler ?

—Lauren a dit qu'ils avaient eu un petit déjeuner de travail, à l'hôtel, ce matin-là. Toi et Geneviève, vous êtes partis assez tôt de la soirée d'inauguration la veille, n'est-ce pas ? Pour qu'elle puisse retrouver Charles Harper et passer la nuit avec lui. Robert Holmes les a vus descendre ensemble au petit déjeuner et Lauren m'a dit qu'il était scandalisé.

Duncan s'est retourné vers moi, une expression de surprise sur le visage, puis il a eu un petit rire dans lequel j'ai cru déceler une pointe de soulagement.

—Tu veux dire qu'il était venu me parler de leur liaison ? La bonne blague ! Et moi qui croyais qu'il pouvait s'agir de… je ne sais pas, quelque chose de bien pire.

—Comme quoi ?

Duncan m'a prise dans ses bras et je me suis laissée faire.

—Oh, je ne sais pas, je n'ose même pas imaginer. En tout cas, j'étais déjà au courant. Je pense que tu as raison sur toute la ligne, c'est exactement ce qui s'est passé. C'est logique, après tout. Il voulait se venger de quelqu'un qu'il considérait comme une rivale en révélant son infidélité à son mari. Si seulement il avait su…

*

Je ne suis pas restée bien longtemps ; je ne me faisais pas entièrement confiance en présence de Duncan. J'ignorais toujours ce qui me plaisait chez lui, à part ces choses évidentes comme le fait qu'il était un tantinet mystérieux, célèbre, riche… Il me faisait rire, mais Tony aussi me faisait rire ; il était physiquement très attirant, mais Nathan aussi, même avec une gueule de bois phénoménale. Est-ce que tout s'expliquait par le simple fait que, contrairement à Nathan, Duncan m'avait fait comprendre qu'il m'aimait bien et qu'il avait jeté son dévolu sur moi ? Étais-je donc si facile à conquérir ? Apparemment, la réponse à cette question était assez claire : oui.

Je me maudissais en pensant à mon comportement ridicule, irrationnel et franchement irresponsable, mais je ne pouvais pas nier que mon cœur battait un peu plus vite chaque fois que je voyais Duncan, et je mentirais si je disais que je n'appréciais pas le côté dramatique de la situation.

Je suis rentrée chez moi en voiture – tout absorbée par mes pensées que j'étais, j'ai bien failli oublier que je l'avais laissée –, après avoir récupéré ma mère au festival et être allée chercher Daisy chez Jade (qui n'habite qu'à six numéros de rue de chez nous). Ensuite, pendant toute la soirée, je me suis demandé de quelle nature pouvait bien être cette « chose bien pire » que Duncan avait imaginée.

18

J'ai également passé la nuit à me demander si Nathan allait effectivement m'appeler pour me tenir au courant de son échange avec Charles Harper. Il ne l'a pas fait. Cela signifiait-il qu'il n'avait rien appris, ou ne tenait-il pas autant que par le passé à mon aide ? Lorsque nous avions travaillé ensemble sur le meurtre de l'ex-femme de Tony, Mel, il m'avait dit qu'il n'avait personne à qui parler au commissariat, personne à qui soumettre des idées. Il était toujours considéré comme un étranger puisqu'il était à Penstowan depuis moins d'un an (en réalité, quiconque était là depuis moins de trois générations avait tendance à attirer la méfiance des gens du cru) ; de plus, en tant que l'officier le plus haut gradé et le plus expérimenté, cela ne lui servait pas à grand-chose de parler à ses collègues puisque la plupart étaient d'emblée d'accord avec lui. En revanche, je ne me sentais absolument pas obligée de le flatter ou de me le mettre dans la poche, et j'étais tout à fait à l'aise pour lui dire les choses clairement si j'estimais qu'il déraillait. Il m'avait appelée à plusieurs reprises à l'époque, il était même passé me voir à la maison. Soyons honnête, j'étais un chouïa vexée qu'il ne l'ait pas fait depuis un moment. J'étais également consciente que pour quelqu'un qui n'était censé être qu'un copain, Nathan Withers m'avait causé un nombre surprenant de nuits blanches.

Mais le lendemain matin, en me réveillant, j'ai trouvé un texto de sa part dans mon téléphone.

Je passe te prendre à 9 h 30. J'ai préparé une play-list pour le trajet en voiture. J'espère que tu aimes la musique country…

Ça m'a fait sourire. J'ai prié le ciel pour que cette histoire de musique country soit une blague. Trois heures de Kenny Rogers, ça serait au-dessus de mes forces.

Quand je suis descendue, déjà prête, ma mère était dans la cuisine en train de se servir dans *mon* paquet de céréales (il fallait vraiment que je commence à lui faire payer un loyer) et Daisy mangeait des toasts tartinés de Marmite.

—Oh, comme elle est belle, a commenté ma mère. C'est une nouvelle robe ? Tourne un peu, pour voir.

C'était en effet une *nouvelle* robe d'été – et je n'en porte pas souvent. Je me sentais déjà assez gênée comme ça sans qu'elle fasse de remarque.

—Arrête, maman, ai-je bougonné en tirant sur l'ourlet du bas. Je te l'ai déjà dit, je vais interroger quelqu'un avec Nathan ce matin, il faut bien que je m'habille décemment.

—Moi, je suis sûre qu'il préférerait la version indécente, a rétorqué ma mère en souriant, la bouche pleine de flocons d'avoine.

Daisy a fait une moue horrifiée.

—Arrête, mamie, s'il te plaît. Maman, tu vas vraiment sortir comme ça ?

J'ai immédiatement regretté de ne pas avoir mis un jean.

—Pourquoi, ça ne me va pas ?

—Elle n'est pas un peu courte ?

—Penche-toi en avant, m'a ordonné ma mère. Un petit bout de cuisse, passe encore si on ne voit pas ta culotte. Et encore, tant que tu t'es bien épilé l'entrejambe…

—MAMIE !

—Eh ! Oh ! C'est fini, toutes les deux, oui ? Il faut que j'aie l'air d'un véritable agent de police ou d'une sorte de consultante spécialisée, et les seuls vêtements élégants que je possède sont soit mon pantalon en lin, sur lequel j'ai renversé du risotto au chorizo l'autre soir, soit ça. Sinon j'enfile un sac-poubelle, hein !

Ma mère a souri et a voulu se montrer conciliante.

—Mais non, tu es très jolie comme ça. Je suis sûre que Nathan va aimer.

Daisy a pouffé mais n'a rien ajouté. J'ai mis la bouilloire à chauffer et me suis préparé un petit déjeuner, mais pour je ne sais quelle raison, j'avais l'estomac tout retourné.

À 9 h 29, une voiture s'est arrêtée devant la maison, et à l'instant où l'horloge affichait 9 h 30 précises, on a frappé à la porte. Nathan était là, nettement mieux réveillé et plus alerte que la veille. Il a baissé ses lunettes de soleil sur le bout de son nez et m'a regardée par-dessus les verres, ses yeux ont couru sur ma robe avant de revenir à mon visage, que je sentais chauffer.

—Prête ?

J'ai acquiescé et pris mon sac.

—Prête. Dis donc, tu as meilleure mine qu'hier, toi. C'est fou ce que le sommeil peut être réparateur.

Il a souri.

—Ne pas t'approcher de ton pote et ne pas toucher au cidre du coin, ça aide.

—Bonjour, inspecteur Withers ! a lancé ma mère en surgissant derrière moi. Ça fait plaisir de voir que vous avez fait un effort de tenue aujourd'hui, parce que Jodie, elle, elle s'est donné un mal de chien.

Je vais l'euthanasier dans son sommeil, ai-je pensé en serrant les dents.

—Ah, euh, oui, oui… a bafouillé Nathan. Très chouette, ta robe. C'est vrai… tu es… ravissante. Bon, il faut qu'on y aille, on a de la route à faire…

J'ai fusillé ma mère du regard mais elle me fixait en souriant et m'a même gratifiée d'un clin d'œil écœurant. J'ai attrapé Daisy qui descendait l'escalier derrière moi, je l'ai embrassée et j'ai suivi Nathan à sa voiture.

Au début du trajet, j'étais à nouveau mal à l'aise. Par le passé, il m'était arrivé plus d'une fois de me dire que l'alchimie fonctionnait bien entre nous, mais après lui avoir tourné autour pendant des semaines en vain, j'en étais arrivée à la conclusion que je m'étais fourvoyée. Comme je n'étais pas sortie avec quelqu'un depuis un bon bout de temps, peut-être n'étais-je plus très douée pour détecter les bons signaux et, avec lui, j'avais dû me tromper. Avec Duncan, il n'y avait eu aucun atermoiement de ce genre ; dès le début, j'avais bien vu que je lui plaisais, et beaucoup. Le contraste avec Nathan était flagrant, et désormais j'en étais certaine, Nathan et moi étions potes, rien de plus – des potes du sexe opposé qui aimaient se titiller, certes, mais finalement, il n'y avait rien de plus que ça entre nous.

Ce n'est qu'une fois sur l'autoroute que nous nous sommes tous les deux détendus. Nathan a allumé l'autoradio, on a entendu quelques notes de guitare puis Tammy Wynette a commencé à chanter, et Nathan a poussé la chansonnette lui aussi. Le fait qu'il connaisse toutes les paroles de « Stand by your Man » m'a à la fois impressionnée et un peu perturbée. En me voyant éclater de rire, Nathan s'est tourné vers moi et a pris un air offensé.

—Tu exagères, Jodie. J'étais à fond dans cette chanson.

—Je vois bien que tu te donnais à fond, Nathan, mais le problème, c'est… ta voix.

Il a ri à son tour et a de nouveau tendu la main vers la stéréo.

—Bon, puisque tu m'as l'air d'une fille qui aime la pop britannique…

Tammy Wynette a été brutalement interrompue pour être remplacée par les douces harmonies de Damon Albarn et Blur. On s'est souri, il a monté le volume et baissé la vitre de la voiture, et nous avons continué à rouler en chantant, très mal mais ensemble, « Park Life ».

—Tu sais donc te montrer très patiente quand tu veux, a dit Nathan lorsque la chanson a été terminée.

—Comment ça ?

—Je pensais que tu me bombarderais de questions sur mon entretien avec Charles Harper hier.

Aussi étrange que cela puisse paraître, j'avais complètement oublié Harper. La faute à ma mère et ma fille, qui m'avaient harcelée au sujet de ma tenue. Et ma nervosité à l'idée de me retrouver seule en voiture avec Nathan pendant trois ou quatre heures avait également fait passer Harper au second plan.

—J'attendais le bon moment, ai-je riposté en souriant d'un air bienveillant. Je tenais à te bercer d'un faux sentiment de sécurité avant de te tomber dessus à bras raccourcis.

Il s'est esclaffé.

—Si tu veux te jeter sur moi, attends au moins que je me gare…

Le feu m'est monté aux joues et je me suis tortillée sur mon siège ; ma robe, cette robe indigne, remontait bien trop haut sur mes cuisses. *Daisy avait raison*, me suis-je dit en regardant si Nathan avait remarqué ma gêne, mais apparemment, non.

—Alors, crache le morceau, bon sang ! ai-je piaffé.

—J'essayais de faire monter le suspense.

Nathan a changé de vitesse pour dépasser une Audi toute neuve et horriblement chère, conduite par une femme âgée visiblement réticente à l'idée de dépasser les vingt miles à l'heure.

—Ah, je te jure, celle-là ! s'est-il emporté. Si elle roule plus lentement je vais lui mettre une contravention pour stationnement illégal… Qu'est-ce que je disais, déjà ? Ah oui, comme je le subodorais, Charles Harper a été interrogé par la police à plusieurs reprises par le passé et il sait exactement ce qu'il faut dire pour donner l'impression de coopérer sans pourtant rien révéler du tout. Dans le dictionnaire, à la définition du mot « évasif », tu vas trouver sa photo.

—Mais qu'est-ce qu'il a dit exactement ? Tu lui as parlé de l'esclandre dans la tente ?

—Bien sûr. Il a dit qu'il n'avait pas entendu ce dont Robert Holmes parlait, mais qu'il était très en colère parce qu'il avait perturbé la conférence de Geneviève, qui est une très chère amie, m'a-t-il dit. C'est pour ça qu'il a fait signe à son garde du corps de s'occuper du type. Mais il ne s'attendait pas à ce qu'il soit aussi brutal, et d'ailleurs il l'a licencié, depuis.

—Donc il n'a plus de garde du corps. D'un jour sur l'autre, les menaces de mort qu'il a reçues ne l'inquiètent plus, si je comprends bien.

—Apparemment, en effet. Ce qui nous amène à cette question : s'il n'était pas vraiment perturbé par ces menaces, pourquoi avoir embauché un garde du corps, en premier lieu ?

—Parce que le type n'était pas là pour protéger Harper mais pour faire son sale boulot.

—Ouais, c'est aussi ce que je me suis dit. On ne peut rien prouver, évidemment. Et le fait que le garde du corps est déjà retourné à Londres veut dire que ça va être plus compliqué de le retrouver et de l'interroger.

—Si c'est lui qui a poussé Holmes du haut de la falaise, le temps qu'il soit interrogé, il aura eu tout le loisir de mettre son histoire au point, de se trouver un alibi et de débarrasser ses vêtements de toute trace éventuelle d'ADN…

—Exact.

Nous avons pris l'A30 vers Truro ; Nathan m'avait dit que nous y ferions un arrêt pour déposer l'ordinateur portable de Robert Holmes. On avait réussi à entrer dans l'ordinateur, certes, mais la seule chose intéressante était le fichier suspect sauvegardé sur un disque dur externe, et Nathan pensait que peut-être, si Robert Holmes l'avait initialement écrit et sauvegardé sur l'ordinateur avant de le transférer ailleurs, les techniciens de Truro pourraient retrouver ce fichier mémorisé quelque part sur le disque dur interne. C'est ce que nous espérions, en tout cas, car aucune clé USB ou carte de sauvegarde n'avait été retrouvée lors de la deuxième perquisition de la chambre de la victime, ni dans ses poches de vêtements.

Nathan m'a déposée en haut de la zone piétonne de Pydar Street, devant un charmant petit café. Le poste de police n'était qu'à quelque deux cents mètres de là.

—Désolé mais tu ne peux pas m'accompagner. Officiellement, je suis ici tout seul. Je vais faire aussi vite que possible. Tu n'as qu'à prendre un café ou ce que tu voudras, en attendant.

Je l'ai regardé partir en maudissant le jour où j'avais quitté la police, au lieu d'avoir demandé ma mutation ici. Mais je l'avais fait pour Daisy. Je ne me rappelais que trop bien à quel point j'étais angoissée en pensant à mon père, quand j'étais gamine ; certains jours, après avoir vu des choses terribles au journal télévisé (généralement à des centaines de kilomètres de chez nous, voire à l'étranger), je le regardais partir au travail et j'étais convaincue qu'il ne rentrerait pas. Tout ça dans la paisible petite ville de Penstowan, où rien de grave n'était jamais arrivé – en tout cas, pas pendant mon enfance. Qu'avait dû ressentir Daisy avec une maman qui travaillait à Londres ?

La goutte d'eau qui a fait déborder le vase, ça a été l'attentat terroriste dans une station de métro du sud de Londres. On avait reçu un appel à la bombe de la part d'un fou furieux qui avait lancé sa camionnette à toute allure dans la foule de voyageurs sortant de la station de métro. J'étais sur place avec plusieurs collègues, on essayait d'évacuer tout le monde dans le calme quand on a entendu le rugissement d'un moteur et les hurlements des gens qui voulaient tout simplement rentrer chez eux retrouver leur famille. On a eu de la chance, ce jour-là : la camionnette a heurté un abribus et s'est retrouvée coincée avant que ses occupants aient pu tuer qui que ce soit. Quand le conducteur a bondi en brandissant un couteau, on était là, on lui a sauté dessus et on l'a plaqué au sol. Et comme on vit dans une société obsédée par les réseaux sociaux, plusieurs personnes ont filmé la scène avec leur téléphone portable et les images ont fini sur les écrans de télévision. Daisy était trop jeune pour regarder le journal du soir, mais une de ses amies l'a vu et lui a demandé ce que ça faisait d'avoir une mère qui était une héroïne. Daisy a pleuré pendant plusieurs jours, elle ne supportait plus que je m'éloigne d'elle et ne voulait pas me quitter des yeux. Je m'en étais bien sortie, je n'étais pas spécialement traumatisée par l'expérience, mais quand j'ai vu l'effet que cela avait produit sur Daisy, j'ai commencé à imaginer tout ce qui aurait pu m'arriver non seulement ce jour-là mais également toutes les autres fois où nous avions eu des interventions musclées. Comment aurais-je pu faire ça à quelqu'un que j'aimais, quelqu'un qui comptait sur moi ? Si quelque chose m'arrivait, elle serait confiée à son père, un homme incapable de s'occuper d'un poisson rouge, alors ne parlons pas d'un enfant.

J'ai donc regardé Nathan s'éloigner en soupirant et je suis entrée dans le café. Ils avaient des viennoiseries. Bon, ça serait supportable comme attente, après tout.

*

Nathan a tenu parole : j'avais à peine entamé mon *cornish split* – un petit pain sucré servi avec de la crème et de la confiture – qu'il entrait dans le café.

—J'aurais dû me douter que tu réussirais à te dégoter un truc à grignoter, a-t-il dit en faisant signe à la serveuse qu'il prendrait la même chose.

—Il faut se tenir au courant de ce que produit la concurrence, ai-je marmonné, la bouche pleine. J'aurais dû en faire quelques-uns pour le festival.

La serveuse a apporté à Nathan une tasse de thé et un *split*. Il a mordu dans la viennoiserie à pleines dents.

—Mmh, c'est bon. Hier, j'ai mangé un truc bizarre, une brioche au safran. Je ne sais pas qui l'avait faite, mais je peux te dire que ça n'allait pas du tout avec les remontées de cidre…

Il m'a fait rire.

—Pas grand-chose n'irait…

Nathan a avalé une gorgée de thé.

—Bon, j'ai laissé l'ordinateur portable aux spécialistes, ils m'ont dit qu'ils allaient y jeter un coup d'œil sans tarder. J'espère qu'ils vont trouver quelque chose.

—Ne te fais pas trop d'illusions. Et s'ils ont dit « sans tarder », ça peut vouloir dire « tout de suite », mais ça peut aussi vouloir dire « quand on aura le temps ».

Il s'est esclaffé.

—Ouais, je sais bien. Chacun travaille à son rythme mais personne n'a le même.

—Rien ne sert de courir…

—Si tu le dis.

19

Après notre petite pause thé et brioche, nous sommes retournés à la voiture et avons pris la direction de St Mawes. J'aurais presque eu envie de laisser l'enquête de côté et de passer la journée à flâner dans Truro avec Nathan, pour apprendre à mieux le connaître, et pas seulement en tant que flic.

—Tu prends quelle route ? lui ai-je demandé. L'A390, ou on prend le ferry ?

—Parce qu'il y a un ferry ?

—Oui, le ferry *King Harry*, près de Trelissick. Tu n'y es jamais allé ?

—Non. Je vis ici depuis à peine un an, tu sais, il y a plein d'endroits où je ne suis pas encore allé. Et faire du tourisme tout seul, c'est un peu triste, non ?

—Ah oui, j'avais oublié que tu n'étais pas du genre triste, toi.

—Merci.

—C'est un endroit qui fait partie du National Trust. Il y a de beaux jardins. Le ferry est tout petit, la traversée ne prend que cinq minutes mais évite un long détour par la route. Ça fait des années que je ne l'ai pas pris. Allez, on y va ! Ce sera chouette.

—Puis-je vous rappeler, madame, que nous sommes en déplacement professionnel pour le compte de la police de Sa Majesté ?

—Et alors, est-ce que ça veut dire qu'on ne peut pas s'amuser pour autant ?

—Non, mais ça veut dire que c'est elle qui paie. Bon, OK, allons-y.

Après quelques kilomètres sur les petites routes de campagne, nous sommes passés devant l'entrée des jardins de Trelissick, puis la voiture s'est faufilée entre les épais murs de pierre et les haies pour arriver enfin près du fleuve Fal. Quelques véhicules attendaient le ferry – on venait d'en rater un. Nous sommes sortis de la voiture pour prendre le soleil et regarder la traversée du bateau. Le cours d'eau n'était pas très large à cet endroit, et sur l'autre rive, hormis l'embarcadère du ferry, on ne voyait que des arbres. C'était un endroit tranquille, paisible après la relative agitation de Truro (qui était déjà assez calme pour quelqu'un ayant vécu à Londres). L'eau clapotait sur la rampe d'accès en béton qui descendait dans l'eau, des vaguelettes scintillaient au soleil, on n'entendait que les cris des goélands et le ronronnement du moteur de bateau. Au loin, quelques petites embarcations descendaient silencieusement le fleuve vers Falmouth, puis la mer.

Le ferry est arrivé sur notre rive, il a déchargé sa demi-douzaine de voitures et de passagers, a pris un nouveau chargement et est reparti dans l'autre sens. J'observais Nathan ; il avait un grand sourire aux lèvres et soudain je l'ai vu, enfant, jouant avec des petites voitures, regardant les trains passer. *Trop mignon*, me suis-je dit, et j'ai senti les papillons se réveiller dans mon ventre. *Tu vas arrêter, oui* ! J'étais incorrigible mais je me tenais à l'œil.

Nous sommes remontés dans la voiture et avons embarqué sur le ferry au tour suivant. Une fois garés et sortis du véhicule, nous nous sommes appuyés au bastingage tandis que le bateau s'écartait de la berge. J'étais encore en train de reluquer Nathan quand quelque chose m'a traversé l'esprit.

—Dis-moi, quand tu as parlé à Charles Harper, tu lui as demandé où il se trouvait l'après-midi et le soir de la mort de Robert Holmes ?

Nathan a eu l'air surpris.

—Oui, évidemment. Je n'ai pas fini de te raconter notre entrevue, tout à l'heure, et après on est partis dans cette histoire de licenciement de garde du corps. Harper m'a dit qu'il était à la conférence de Geneviève et qu'il était resté avec elle pendant toute la séance de questions-réponses. Ça s'est terminé vers 15 h 30. D'après lui, elle était fatiguée après et elle voulait faire une pause, mais sans avoir à retourner au cottage parce qu'elle ne souhaitait pas interrompre Duncan avec son atelier ouvert, alors Harper a proposé qu'ils retournent tous les deux à l'hôtel pour se détendre au Spa.

—Oh, bien vu de sa part, ai-je dit avec sarcasme. Donc, en gros, ils sont partis batifoler dans un bain à bulles et personne ne les a vus. Elle lui fournit un alibi et il lui en fournit un par la même occasion.

—Plus ou moins. Il m'a dit qu'ils étaient allés dans le Spa réservé aux clients de l'hôtel. J'ai interrogé la réceptionniste quand j'étais là-bas et elle a confirmé. Mais il n'y avait personne d'autre qu'eux deux.

—Et l'appel téléphonique que Holmes a reçu à 15 h 15 ? Il pourrait l'avoir passé, lui ?

—Je ne sais pas. Personne n'a fait attention à Harper et évidemment, comme c'était sous un chapiteau, il n'y a pas de caméras, donc il est tout à fait possible qu'il se soit éclipsé quelques instants et qu'il ait appelé Holmes. Je lui ai demandé si Geneviève avait reçu un SMS et il a répondu qu'elle n'avait rien dit à ce sujet.

—Et pourtant on sait qu'elle l'a vu, ce SMS. Même en pleine séance de questions-réponses, il suffit de trois ou quatre secondes pour jeter un coup d'œil à son téléphone, pas vrai ? Elle aurait très bien pu le lui dire ou lui montrer son écran.

—Exact. Mais on ne sait pas et on ne peut rien prouver de toute façon. Qui plus est, le texto de Duncan ne mentionnait pas le nom de Holmes, donc elle pourrait toujours dire qu'elle ne savait pas à qui il faisait référence.

—Et tu l'as interrogée, elle ?

—Pas encore. J'espérais lui parler quand j'ai vu Harper, mais elle était partie à une séance de dédicaces.

—Ah oui, c'est vrai, à Bideford… Je suis allée voir Duncan et il me l'a dit, ai-je précisé, vaguement réticente à l'idée de l'avouer, comme si cela me rendait coupable de quelque chose.

Nathan a détourné les yeux mais j'ai eu le temps de lire la désapprobation sur son visage. J'ai regretté de lui avoir dit ça. Le ferry arrivait déjà près de la rive opposée, ce qui m'a évité de m'étendre sur le sujet puisqu'il fallait retourner à la voiture. Le bateau a accosté et nous sommes rapidement redescendus sur la terre ferme. Nous avons continué notre route à travers la campagne, balayée par le vent de ce côté du cours d'eau, et il ne nous a pas fallu longtemps pour atteindre St Mawes.

L'A3078 qu'il faut emprunter pour aller à St Mawes n'a rien de spécial, c'est une simple route de province, normale, presque ennuyeuse. Du moins, jusqu'au moment où l'on arrive au sommet de la colline, car là, on est récompensé par une vue spectaculaire de l'embouchure du fleuve Percuil, qui s'élargit pour se jeter dans la mer. En cette belle journée d'été, la mer et le ciel étaient d'un même bleu profond, presque turquoise. L'étendue d'eau était constellée de petits bateaux blancs, surtout des yachts appartenant à de riches propriétaires, pas des bateaux de pêche comme dans ma région de Cornouailles. J'adore Penstowan, et la plage là-bas est l'une des plus agréables qu'il m'ait été donné de voir, mais la commune de St Mawes est beaucoup, beaucoup plus jolie. Et beaucoup, beaucoup plus chère aussi.

Nathan admirait la vue par-dessus le volant.

—Superbe… Pas mal, hein ?

—Ouais. Ça vaut le détour.

Nous n'avons pas suivi la direction du château de St Mawes mais pris Polvarth Road, une route flanquée de demeures magnifiques, qui mène au port. Dans un virage qui partait sur la droite, derrière un muret en pierre sèche bordé de haies soigneusement taillées, j'ai aperçu la maison de mes rêves.

La moitié inférieure était en pierre grise locale, comme beaucoup d'autres maisons de la région – même ma petite bicoque était construite dans ce matériau. Mais les points communs s'arrêtaient là. D'abord, cette maison-là était immense, au moins cinq chambres, à mon avis, avec des pignons en tuiles au-dessus des baies vitrées et trois grands conduits de cheminée blanchis à la chaux sur le toit. C'était un bâtiment ancien, probablement de l'époque géorgienne, des années 1800, et avant même d'entrer, on savait que la hauteur sous plafond serait impressionnante, qu'il y aurait de grandes cheminées en marbre et un imposant escalier.

—Je veux la même… ai-je murmuré, et Nathan a ri.

—Moi aussi. Mais avec un salaire de flic, tu peux toujours rêver.

Nous nous sommes engagés dans l'allée. Le gravier crissait sous les pneus de la voiture. Ce seul son évoquait l'argent à profusion. J'ai regardé ma petite robe d'été payée trois francs six sous. Je ne sais pas qui habitait là, mais à mon avis, les propriétaires n'avaient jamais acheté quoi que ce soit chez Tesco, ma marque de vêtements préférée du moment.

—Mais qui sont ces gens ? ai-je demandé à Nathan.

—Brian et Charmaine Lester. D'après LinkedIn, ils dirigeaient une grosse société de relations publiques en ville il y a quelque temps, puis ils ont décidé de se retirer de la société et sont venus s'installer ici pour y élever leur famille. Ils sont riches, ce sont des collectionneurs d'art.

—Intéressant…

Nous sommes sortis de voiture et nous sommes avancés vers la porte d'entrée. Il n'y avait pas de sonnette au sens habituel du terme, mais une grosse cloche en fonte suspendue sous le porche. Nathan s'apprêtait à frapper tout doucement à la porte, mais moi, bien sûr, j'ai saisi la ficelle attachée au battant et j'ai fait résonner la cloche. Fort. Très fort.

—Jodie, bon Dieu ! s'est exclamé Nathan presque aussi fort et en sursautant.

Des chiens ont aboyé à l'intérieur de la maison.

—Je voulais être sûre qu'ils nous entendent, c'est tout, ai-je dit en parfaite innocence.

Les aboiements se sont rapprochés, suivis de bruits de pas et d'une voix de femme. « Couché ! Au panier ! » C'était la voix de quelqu'un qui avait l'habitude de donner des ordres. Nathan et moi échangions un regard méfiant mais amusé lorsque la porte s'est ouverte.

La femme, âgée d'une cinquantaine d'années, portait l'uniforme de la maîtresse de maison aisée lorsqu'elle est à la campagne, à savoir un pantalon à pinces chic mais confortable, des chaussures de marche et un chemisier en lin à manches courtes (la version d'hiver serait exactement la même, mais avec un pull en cachemire par-dessus le chemisier, assorti d'une veste matelassée Barbour). Deux labradors lui tournaient autour, la langue pendante, ils nous fixaient avec cet air niais (mais adorable) qu'ont tous les labradors. La femme nous a regardés longuement de la tête aux pieds. J'ai eu la nette impression que nous correspondions exactement à l'image qu'elle se faisait de nous ; oui, elle s'attendait à des gens comme nous, apparemment.

—Ah, vous êtes de la police, c'est ça ? Entrez, je vous en prie.

Elle s'est écartée pour nous laisser franchir le seuil. Nathan se méfiait des chiens, ça m'a étonnée de lui. Il était habitué à côtoyer Germaine, bien plus petite que ces deux gros toutous jaunes et baveux, pourtant guère menaçants.

—Oh, ne faites pas attention à ces deux-là, a dit la femme. Ils ne vont pas mordre, ils vont plutôt vous lécher à mort, et si celui-là vous aime vraiment bien, il essayera de vous... enfin vous voyez. RUFUS ! AU PANIER !

Cette femme avait tellement d'autorité que j'ai bien failli filer moi-même au panier du clebs, mais je me suis maîtrisée. J'ai voulu regarder Nathan pour voir s'il avait du mal à se contrôler lui aussi, mais j'ai préféré tourner la tête dans l'autre sens pour éviter de le faire rire. Il s'est éclairci la voix.

—Madame Lester, c'est bien ça ? Je suis l'inspecteur-chef Nathan Withers, de la police de Penstowan. C'est à moi que vous avez parlé au téléphone. Voici ma carte. Et voici mon assistante, Jodie.

J'ai été tentée de faire une révérence mais je me suis contentée d'un petit hochement de tête.

—Je vous en prie, passez au... RUFUS ! LÂCHE LA JAMBE DU GENTIL POLICIER !

Nous sommes finalement passés au salon, enfin, dans la « salle de séjour », comme disait Mme Lester. De toute évidence, il devait y avoir un autre salon pour les soirées, et probablement une salle à manger en bonne et due forme, et une cuisine où l'on pouvait manger, ainsi qu'une salle de repos, et un bureau, bien entendu. Pas de quoi être jalouse. La première chose que j'ai remarquée en entrant dans la pièce, c'est la grande baie vitrée qui offrait une vue imprenable sur le port. *Avec une vue pareille,* me suis-je dit, *je n'aurais pas besoin de télévision.* Et j'aurais encore moins besoin d'œuvres d'art sur les murs. Mais les Lester n'étaient manifestement pas du même avis, car la deuxième chose qui a attiré mon regard, c'est un tableau de Duncan. D'ailleurs, il s'agissait du tableau de Penstowan dont j'avais une reproduction dans mon premier appartement à Londres. Mais dans cette maison, il ne s'agissait pas d'un tirage sur papier bon marché ; c'était la peinture à l'huile originale.

—Oh, waouh… me suis-je extasiée, oubliant que j'étais censée être « en service ».

Je me suis approchée du tableau et l'ai admiré longuement. C'était l'un des grands formats de la série, une toile pleine de couleurs et de vie, pas une scène de plage en soi, mais quelque chose qui évoquait le sable, la mer et le bruit des vagues.

Mme Lester a souri, ce qui la rendait un peu plus humaine.

—Vous aimez Duncan Stovall ?

—On peut dire ça comme ça, a grogné Nathan entre ses dents.

—J'adore son travail, ai-je répondu en ignorant Nathan. J'ai grandi à Penstowan, voyez-vous, alors ces tableaux ont toujours eu une résonance toute particulière pour moi.

—Je comprends. Mon mari ressent la même chose. Il dit qu'il aime leur audace. Moi, je préfère les aquarelles. Mais cette toile, c'est un véritable investissement. Asseyez-vous, je vous en prie. Voulez-vous du thé ?

Nathan vacillait légèrement sous les assauts de Rufus, quelque peu excité, collé à sa jambe.

—C'est très aimable à vous, madame Lester, mais ça ira. Nous essayons de retracer les mouvements d'un certain Robert Holmes depuis une semaine environ. J'ai cru comprendre qu'il était venu ici, vous voir. Vous êtes-vous entretenue avec lui ?

—Oui, oui, en effet.

Charmaine Lester a pris place sur un sofa en velours à gros boutons dont le galon doré s'effilochait – les chiens devaient s'en prendre régulièrement à ce canapé. Nathan et moi nous sommes assis en face d'elle, sur l'autre canapé – sinon il ne restait qu'une chaise longue. J'ai essayé de ne pas avoir l'air trop guindée, légèrement tournée sur ma droite, là où se trouvait l'accoudoir, tandis que Nathan était perché sur le bord de son coussin, stylo et calepin à la main. Je m'imaginais habiter dans cette maison, alanguie dans la chaise longue, dégustant des bouchées au chocolat suisse pendant que Duncan peignait la vue de la baie vitrée ou, mieux encore, me peignait, moi, dans une ample robe de soie, pendant que je lui jetais des regards complices, attendant l'heure de nos ébats amoureux. Ou alors Nathan pourrait être là et me glisser les chocolats dans la bouche. *Oh* ! *Je vais me pâmer* ! Non, non, il y avait de place pour un seul homme dans mes rêveries, mais je ne savais encore lequel.

Mme Lester réfléchissait en fronçant les sourcils.

—Voyons voir… C'était dimanche matin. Ou était-ce samedi ? Non, dimanche, parce que Grace, la femme de ménage, aurait été là un samedi. Mon mari était à la maison aussi mais il s'est tenu à l'écart ; il n'aime pas avoir affaire aux commerçants.

Je n'aurais pas taxé un journaliste de « commerçant » mais je n'ai pas relevé.

—Pouvez-vous me dire de quoi vous avez parlé avec Robert Holmes ? a demandé Nathan.

—Que vous a-t-il dit, lui ? Il s'est passé quelque chose, inspecteur ?

—Nous y viendrons, a précisé Nathan en donnant un petit coup de pied au labrador pour le décourager. Donc, vous avez parlé de… ?

Elle a fait un geste vers le tableau de Duncan.

—De cette toile, en l'occurrence. Nous avons un autre Stovall, bien entendu, une de ses dernières œuvres, qui a presque autant de valeur. Nous l'avons accroché dans la salle à manger. M. Holmes voulait nous poser des questions sur une restauration que nous avons fait faire sur les deux tableaux. La restauratrice avait d'ailleurs fait parler d'elle, à l'époque. Holmes tenait à lui parler, mais après toute cette agitation, comme je n'allais certainement pas refaire appel à elle, je n'ai pas conservé ses coordonnées. Il connaissait son nom mais il m'a dit qu'elle avait disparu des radars, qu'elle était introuvable. Elle doit faire profil bas, si vous voulez mon avis. Ça m'étonnerait qu'elle travaille encore dans le milieu de l'art.

Nathan et moi avons échangé un regard. Il m'a devancée :

—Pouvez-vous nous raconter ce qui s'est passé ?

Je lui avais promis de n'ouvrir la bouche qu'en cas de nécessité absolue, et comme il savait ce qu'il faisait, je n'avais pas vraiment besoin d'intervenir. Mais rester silencieuse allait me rendre dingue avant la fin de cet entretien.

—Oh vous savez, c'était dans tous les journaux à l'époque. Ne me dites pas que vous ne vous en souvenez pas ?

Dans un soupir elle s'est enfoncée dans le canapé – l'air *alangui*, me suis-je dit – et nous a raconté toute l'histoire.

20

— C'était il y a dix ou onze ans. Nous ne possédions les tableaux que depuis un an, ils étaient en parfait état puisque récents. Nous les avions accrochés dans le hall d'entrée, près de l'escalier, pour que les gens les voient en entrant dans la maison. Ils donnaient à la pièce un caractère fou. Mais il y a eu un petit incendie dans la maison. Notre jeune fille au pair de l'époque était une cuisinière *a-bo-mi-nable*…

—Elle a fait brûler le repas, c'est ça ? ai-je dit en souriant avec compassion.

—Pardon ? Oh, non, pas du tout. Mais on a viré la fille, elle avait essayé de donner aux enfants des frites congelées passées au four. C'était sans appel, elle devait partir.

—En effet, je comprends, a commenté Nathan d'un ton neutre, ignorant mon petit rire étouffé. Et donc, cet incendie… ?

—Elle sortait avec un garçon d'un village du coin, et après avoir été licenciée, elle a été obligée de partir. Ce garçon est alors venu chez nous et a glissé des pétards et fumigènes de feux d'artifice dans la boîte aux lettres, ça a pris feu. Les enfants étaient à l'école, Dieu merci. Heureusement, j'étais à la maison avec le jardinier et dès que nous avons remarqué la fumée, nous avons éteint le feu, assez rapidement. Ça n'a pas fait beaucoup de dégâts dans la maison, mais la fumée s'est répandue un peu partout et elle a encrassé les toiles.

—Et c'est à ce moment-là que vous avez fait venir la restauratrice ? suis-je intervenue.

Nathan m'a lancé un regard noir – *C'est moi qui parle* –, sans m'interrompre cependant. Je n'avais pas promis de rester muette si quelque chose me venait à l'esprit.

—C'est ça. J'ai contacté la galerie où nous avions acheté les tableaux pour voir s'ils pouvaient nous recommander quelqu'un mais la personne qu'ils m'ont suggérée pratiquait des tarifs exorbitants, de sorte que nous avons préféré nous tourner vers quelqu'un d'autre. Une personne qui nous avait été chaudement recommandée par un ami, a ajouté Mme Lester, les lèvres pincées. Un ex-ami maintenant, bien entendu.

—Comment s'appelle la galerie où vous avez acheté les tableaux ? a demandé Nathan, le stylo posé sur son carnet.

—Il s'agit de l'Hyperion, à Londres, dirigée par Charles Harper. Mon mari et moi avons travaillé pour lui dans les relations publiques il y a quelques années. C'est le plus grand revendeur de Duncan Stovall au monde.

Nathan a pris note, sans commenter, puis a invité Mme Lester à poursuivre.

—Bien. Donc, vous avez trouvé cette restauratrice de tableaux…

—Oui. Samantha Groves. Ah ! Si on avait su… Elle avait un atelier à St Ives, qui a disparu maintenant. Nous avons fait livrer les toiles là-bas et elle s'est mise au travail. Les tableaux étaient vraiment sales, noircis par la fumée, surtout celui-ci, derrière vous.

Je me suis levée et je suis allée inspecter le tableau. Il me semblait en parfait état.

—Il est superbe, maintenant, ai-je dit. Les couleurs sont très vives.

—Oui, c’est vrai. Cette femme a fait un bon travail de nettoyage, c’est indéniable. Mais c’est ce qu’elle a fait après, quand nous sommes allés chercher les tableaux…

J’ai failli l’interrompre mais Nathan m’a jeté un regard noir.

—Qu’est-ce qu’elle a fait ? a-t-il demandé.

—Elle a dit que notre tableau, l’autre, pas celui-ci, était un faux.

—Un faux ?

—Oui. C’était grotesque ! Elle a dit que celui-ci, elle savait qu’il s’agissait d’un authentique tableau de Duncan Stovall ; elle avait déjà travaillé sur une de ses œuvres par le passé et elle savait reconnaître la patte, les coups de pinceau, l’utilisation audacieuse des couleurs de Stovall. Des éléments immédiatement identifiables, selon elle. Mais l’autre… Tenez, venez voir…

Elle s’est levée d’un bond et est sortie de la pièce. Nous l’avons suivie dans la salle à manger où un autre tableau était accroché. Il n’était pas aussi impressionnant ni aussi lumineux que celui du salon, mais il avait l’air peint de la même manière, dans la même veine ; et moi, je savais, grâce aux tirages dans la tente d’art du festival, qu’il s’agissait effectivement d’une des toiles de Duncan.

—Regardez ! Certes, c’est un peu différent de ses premiers travaux, mais cela prouve qu’il a mûri en tant qu’artiste, a expliqué Mme Lester. C’est ce que dit mon mari, en tout cas. Personne ne peint la même chose toute sa vie, de toute façon, n’est-ce pas ? Enfin, il y a toujours des similitudes, mais… Damien Hirst ne fait plus mariner des vaches dans du formaldéhyde, que je sache ?

Nathan étudiait le tableau mais je voyais bien qu'il ne savait pas exactement ce qu'il fallait regarder.

—Non, certes... Avez-vous parlé à la galerie de ces allégations ?

—Au début, je n'en avais pas l'intention, mieux valait ignorer cette folle, mais quand je l'ai accusée de ne pas savoir de quoi elle parlait, et que je lui ai annoncé que je refusais de payer la totalité de la somme qu'elle voulait me facturer – une somme absurde pour quelqu'un qui ne connaît manifestement rien à l'art –, elle a complètement perdu les pédales. Elle a dit qu'elle avait un oncle qui travaillait à la BBC, qu'elle lui raconterait tout et qu'il y aurait un énorme scandale. Bien sûr, nous ne pouvions pas la laisser faire ça, notre tableau aurait perdu toute sa valeur. Finalement, mon mari a parlé à Charles Harper.

—Et comment a réagi M. Harper ? ai-je demandé.

—Je sais que ça remonte à un certain temps, a dit Nathan, mais tout ce dont vous vous souviendrez pourrait nous être utile...

—Oh mais je m'en souviens parfaitement ! C'est un homme tellement adorable. Il nous avait déjà fourni un certificat d'authenticité lorsque nous lui avions acheté les tableaux, mais il a pris nos préoccupations très au sérieux et il est venu nous voir en personne. Il a regardé les tableaux et nous a assuré qu'ils étaient authentiques, et que les papiers que nous avions le prouvaient. Nous étions tout à fait rassurés et pour nous, l'histoire s'arrêtait là. Sauf que cette femme n'a pas lâché le morceau. Elle est allée parler aux journalistes, elle a fourré son nez partout. Elle a même tout raconté à son oncle à la BBC et c'est passé aux infos. Vous ne vous en rappelez vraiment pas ?

Je me souvenais vaguement d'un scandale à ce sujet, il y a très longtemps, mais n'ayant jamais été en mesure d'acheter une véritable œuvre d'art moi-même, je devais bien avouer que les affaires du milieu de l'art contemporain ne m'intéressaient pas spécialement. L'expression sur le visage de Nathan me disait qu'il ressentait la même chose. Du reste, Mme Lester n'attendait pas de réponse de notre part, elle s'est remise à parler.

—Ce remue-ménage au sujet du tableau m'a énormément affectée, je suis même tombée malade à cause de cette histoire. La seule chose qui a fait taire cette fille et qui a mis fin au scandale, c'est quand Charles Harper a réussi à persuader l'artiste de réfuter ces allégations.

—Duncan est intervenu ?

Les mots sont sortis de ma bouche avant que je puisse les arrêter, mais Mme Lester n'a pas remarqué la familiarité avec laquelle j'avais parlé du peintre Duncan Stovall.

—Absolument. Lui et sa charmante épouse, une femme si élégante… Ils sont passés à la télévision nationale, filmés ici, dans cette maison, devant le tableau, et ont juré qu'il s'agissait de l'une de ses toiles. Son épouse a même montré une photo qu'elle avait prise de lui en train de peindre la toile, dans leur bel appartement de Londres.

Nathan examinait toujours le tableau, comme si la toile allait apporter les réponses aux questions qu'il se posait.

—Donc la restauratrice du tableau, cette Samantha Groves, se trompait ?

—Bien sûr qu'elle se trompait ! Nous le savions depuis le début.

—Et ensuite, que lui est-il arrivé ? Vous avez dit que son studio avait « disparu »…

—Forcément. Qui allait l'engager après cette débâcle ? Bon débarras, si vous voulez mon avis.

—Mais quel intérêt avait-elle à dire que cette peinture était un faux ? ai-je demandé.

Mme Lester a haussé les épaules.

—Allez savoir… Soit c'était quelqu'un qui n'y connaissait rien, soit elle cherchait à faire parler d'elle, ou quelque chose comme ça. Remarquez, elle a fait parler d'elle, en effet, mais pas dans les termes qu'elle aurait voulus, croyez-moi.

*

Peu de temps après, nous avons abandonné Charmaine Lester, ses chiens enragés et ses deux tableaux de Duncan Stovall à leur sort. Dans la voiture, Nathan est resté silencieux le temps de sortir de la propriété et aucun de nous n'a parlé avant d'avoir atteint la route. C'est moi qui ai pris la parole en premier.

—Eh bien ça alors ! Je ne m'attendais pas à ça.

—Donc Robert Holmes enquêtait sur les allégations selon lesquelles le tableau était un faux.

—Alors que ce n'était *pas* un faux. Harper disposait des papiers officiels, et Duncan avait même la preuve qu'il l'avait peint… Et ils se sont tous les deux donné un mal de chien pour prouver que cette femme racontait n'importe quoi.

—Ce qui est tout à fait normal. Tu as entendu ce que Mme Lester a dit : Charles Harper est le plus grand marchand d'art des œuvres de Duncan. Si les gens croient que quelqu'un comme lui s'est fait avoir par un faux, ou pire, qu'il a été complice, il perdrait toute crédibilité et sa galerie se casserait la figure.

—Alors pourquoi Robert Holmes s'intéressait-il d'aussi près à une affaire qui a déjà été tirée au clair ? Ça n'a pas de sens.

Nathan a froncé les sourcils.

—Je n'en sais rien. Il faut qu'on parle à Samantha Groves.

Nous sommes rentrés à Penstowan pas tout à fait en silence, mais en réfléchissant tous les deux à ce que nous venions d'apprendre. De temps à autre, l'un ou l'autre faisait une observation sur l'affaire, ou réfléchissait à autre voix, et l'autre acquiesçait. C'était agréable d'être avec quelqu'un qui comprenait mon processus de réflexion. Je n'avais pas besoin de tout expliquer, Nathan voyait immédiatement où je voulais en venir. Tony et moi avions nos propres codes ; on se connaissait depuis tellement longtemps, on partageait tellement de références que nous savions souvent ce que l'autre pensait sans dire quoi que ce soit. J'avais l'impression que Nathan et moi étions en train de développer quelque chose de similaire. Était-ce parce qu'il était flic ? Peut-être bien. Pourtant j'avais travaillé avec un tas d'autres officiers de police et je n'avais jamais ressenti le même genre de connexion. Peut-être que c'était juste Nathan…

Notre visite chez les Lester avait soulevé plus de questions qu'elle n'avait apporté de réponses. Si les doutes sur l'authenticité du tableau n'avaient pas été levés et que toute l'affaire avait été balayée sous le tapis, alors l'intérêt de Robert Holmes se comprenait facilement. Mais Duncan s'était présenté face caméra et avait revendiqué la paternité du tableau, et il y avait également la photographie de Geneviève montrant son mari en train de peindre la toile. Réfuter de telles preuves devenait difficile ; mais alors pourquoi Holmes tenait-il tant à cette histoire, et notamment à retrouver la restauratrice des tableaux ?

De retour à Penstowan vers 16 heures, nous sommes convenus de nous retrouver le lendemain pour une séance de *brainstorming*. Je me suis surprise à me poser la question de ce que j'allais porter le lendemain et me suis maudite.

J'avais prévu de retrouver Daisy et ma mère en ville à 17 heures pour manger un morceau au King's Arms avant d'aller au festival pour le spectacle du soir, une représentation de la troupe de théâtre amateur de Penstowan. Je n'avais pas spécialement envie de m'y rendre – à moins qu'un de vos proches ne fasse partie de la distribution, assister à un spectacle amateur, c'est un peu comme découvrir une exposition de peintures de gamins qui ne sont pas les vôtres, ce que j'avais déjà fait plus tôt dans la semaine, merci bien. Mais le mari du maire, Tim, allait jouer dans le spectacle, et Maurice, très fier, s'était arrangé pour faire venir du monde, il tenait à ce que tout son entourage soit témoin du moment de gloire de son époux.

Comme je ne disposais pas d'assez de temps pour rentrer chez moi, j'ai déambulé dans les rues, m'acheminant tranquillement, sans grand enthousiasme, vers le chapiteau des expositions du festival.

Je me trouvais devant la grande attraction de la journée, un ensemble de sculptures de légumes (une œuvre sculptée dans des légumes racines, inspirée du *Penseur* de Rodin, m'a beaucoup impressionnée ; le contraste des couleurs et des textures des carottes et panais utilisés n'était pas sans intérêt – Rodin aurait été bien avisé de considérer ces matériaux), lorsque j'ai entendu quelqu'un m'appeler. Je me suis retournée et ai aperçu Duncan à l'autre bout du chapiteau. Nous nous sommes rejoints au centre de la tente, relativement (et étonnamment) bondée pour une exposition de sculptures végétales. Il m'a souri et a braqué ses yeux bleus scintillants dans les miens.

—Bonjour Jodie ! J'espérais bien vous trouver ici.

—Je reviens de St Mawes avec l'inspecteur Withers, ai-je déclaré de but en blanc, pour voir sa réaction.

Il est resté de marbre.

—Pour le travail ? Ou devrais-je être jaloux ?

—Pour affaires, bien sûr, mais si vous tenez à être jaloux, j'en serais flattée… On sort ?

J'ai désigné la porte ouverte de la tente et nous sommes sortis. C'était un bel après-midi ensoleillé, les gens étaient venus en nombre au festival ; en fait, il s'agissait probablement de la journée la plus fréquentée du festival, après le lundi, bien entendu, jour d'ouverture avec ses multiples conférences – et en particulier celle de Geneviève, qui avait connu un franc succès. Nous avons laissé la foule derrière nous, avons traversé le parking et sommes montés sur la colline surplombant la plage, où nous nous sommes assis sur l'herbe. Duncan m'a regardée comme s'il attendait que je lui annonce quelque chose.

—Vous avez quelque chose à me dire, n'est-ce pas ? Ou à me demander.

—En quelque sorte, oui.

Je voulais lui parler de ce que j'avais appris mais les mots ne venaient pas. J'avais beau me creuser les méninges, je ne comprenais vraiment pas pourquoi Robert Holmes s'était mêlé à cette affaire. Duncan s'est allongé, appuyé sur les coudes.

—Moi, je ne suis allé à St Mawes qu'une fois, et je ne suis pas près d'oublier ce jour-là. Mais laissez-moi deviner, vous êtes allée chez les Lewis, c'est ça ?

—Les Lester.

—Ah oui, M. et Mme Lester, c'est ça… Et qu'avez-vous découvert ?

—Duncan, vous savez parfaitement ce que j'ai découvert. La question est de savoir pourquoi Robert Holmes s'intéressait tant à cette histoire.

Il s'est relevé.

—Comment ça, « s'intéressait » à cette affaire ?

—Il est allé voir les Lester la veille de sa mort pour leur parler. Il cherchait des informations sur la restauratrice du tableau…

Duncan a secoué la tête.

—Ah, oui… la pauvre. Elle avait fait un excellent travail et voilà que les Lew… les Lester refusent de la payer. Ce ne sont pas des gens corrects.

—« La pauvre » ? Mais elle a prétendu que votre tableau était un faux ! Elle vous a causé un tas d'ennuis, d'après ce que j'ai compris.

—Oui, je sais, j'étais là, a précisé Duncan sur un ton légèrement amusé. Tout a pris des proportions démesurées parce que ces gens l'ont prise de haut, comme si c'était une parfaite imbécile. Elle avait tort à propos de ma peinture, certes, mais elle ne faisait que son travail. Elle a commis une erreur mais elle ne méritait pas d'être calomniée et discréditée comme ça a été le cas. S'ils l'avaient payée, elle n'en aurait jamais fait tout un plat. Quand j'ai appris la nouvelle, j'ai voulu la payer de ma poche, parce qu'elle avait fait un boulot de restauration extraordinaire. Vous avez vu les photos ? Est-ce qu'ils les ont encore ? Oui ? Ah, donc vous voyez un peu. Je lui aurais bien donné l'argent, mais Gen et Charles m'ont dit que ça donnerait l'impression d'acheter son silence, et donc que j'avais quelque chose à cacher.

—Mais vous n'aviez rien à cacher.

—Non, bien sûr ! Pourquoi serais-je allé raconter que j'avais peint ce tableau si ce n'était pas le cas ? Et Gen avait toutes les preuves, comme vous le savez sûrement. Mais tout de même…

—Quoi ?

—Même une fois l'affaire tirée au clair, il y a eu des répercussions. Après cette histoire, tout le monde avait une opinion sur mon travail, et le consensus était – et l'est toujours, je pense – que mes tableaux ultérieurs ne sont pas aussi bons, comparés à la série de Penstowan. Parfois je préférerais n'avoir jamais peint cette série.

—Vous ne pouvez pas dire ça. Ces toiles ont fait décoller votre carrière…

—Elles ont surtout éclipsé tout le reste. Chaque fois que j'essaie de peindre quelque chose à *ma* manière, Charles Harper ou Geneviève, ou un critique d'art me dit qu'il vaudrait mieux que je m'abstienne parce que ça ne ressemblera pas à une œuvre typique de Duncan Stovall. Alors je suis obligé de rabâcher les mêmes thèmes à l'infini… Un peu comme Radiohead, quoi.

—Je ne vous suis pas…

—Vous connaissez bien le groupe Radiohead, non ? J'ai lu une interview, il y a déjà un moment : ils ont écrit un tas de titres magnifiques, et ils ont reçu un paquet de récompenses, mais tout ce que veulent les gens, depuis, c'est entendre leur album *Creep.*

—La série de Penstowan est votre *Creep*, si je comprends bien.

—Exactement. Tout ce que je produis est systématiquement comparé à ces toiles, et jugé insuffisant, apparemment.

—Vous devriez peut-être vous lancer dans les portraits, me suis-je aventurée avec un sourire, repensant aux croquis qu'il avait faits de moi.

—Le virage a peut-être déjà été pris…

Duncan s'est approché de moi et a passé un bras autour de mes épaules.

—Les Lester… Ils se sont mal comportés, surtout elle, mais au moins, ils exposent les tableaux et ne les gardent pas sous clé dans un entrepôt.

—C'est vraiment ce que font les gens ? Sérieusement ?

—Tout à fait. Lorsqu'un tableau ou une œuvre d'art atteint une certaine cote, on ne l'achète plus pour ses qualités esthétiques, on commence à le voir uniquement pour la valeur financière qu'il représente. Et une toile accrochée, exposée sur un mur, est à la merci des éléments. Je crois me rappeler que chez les Lester, par exemple, il y a eu un incendie, ou quelque chose dans ce genre...

—Le petit ami de leur ancienne jeune fille au pair a essayé de mettre le feu à leur maison.

Duncan a pouffé de rire.

—Pourquoi cela ne me surprend-il pas ? Les gens accrochent les tableaux là où ils prennent la lumière, le soleil les décolore, ou alors le taux d'humidité de la maison est trop élevé ou trop bas, la toile commence à se dessécher, la peinture craquelle, etc. Moi, je trouve que ça fait partie de la vie d'une toile, l'œuvre vieillit avec vous. Elle conserve toute sa beauté, mais d'une manière différente. C'est comme voir que la femme que l'on aime commence à avoir quelques cheveux gris. Ça n'enlève rien au fait qu'elle reste extrêmement séduisante.

Il a posé la main sur ma joue et a passé une mèche de cheveux derrière mon oreille. J'ai eu un instant d'hésitation : son allusion aux cheveux gris alors qu'il touchait les miens m'a donné envie de lui en coller une, mais le fait qu'il parle de « femme que l'on aime » on me regardant dans les yeux m'a rendue toute chose. Pour une fois, j'ai opté pour l'inaction, je n'ai pas relevé.

—Et donc, il y a vraiment des œuvres d'art sous scellé dans des entrepôts ? l'ai-je relancé.

—Oh oui, bien plus qu'on ne l'imagine. Des endroits bien sécurisés, climatisés, où un tableau peut être conservé éternellement dans un état aussi parfait qu'au premier jour. Et sans que personne ne puisse profiter de sa beauté intacte. Moi, je veux que mes œuvres soient vues, qu'on les regarde tous les jours, qu'elles plaisent vraiment aux propriétaires. C'est pour ça que je peins, pas pour l'argent...

—C’est néanmoins l’argent qui vous donne la liberté de peindre, ai-je fait remarquer.

—Certes. Je n’oublie pas tous ces artistes talentueux qui, pour une raison ou pour une autre, ne peuvent pas se permettre de quitter leur travail salarié pour se consacrer à la peinture. Je pense souvent à toutes les œuvres d’art époustouflantes qui auraient pu être peintes, que le monde ne verra jamais. Vous avez raison, Jodie, a ajouté Duncan en déposant un baiser sur mon front, je ne devrais pas me plaindre de ma carrière.

En levant le bras pour l’enlacer et l’embrasser pleinement, j’ai aperçu le cadran de ma montre.

—Oh zut… Désolée, il faut que je file ! ai-je dit en me levant d’un bond. Il est 17 heures, j’ai rendez-vous avec ma mère et Daisy pour aller dîner.

Duncan s’est levé à son tour.

—Et après, vous faites quelque chose ? On m’a demandé d’assister ce soir à un spectacle amateur qui promet d’être épouvantable… Euh, vous ne jouez pas dedans, j’espère ?

J’ai ri.

—Non, mais j’y serai et je suis tout aussi enthousiaste que vous.

—Alors vous me réservez une place près de vous ? Ce matin, Lauren m’a fait comprendre que Gen et moi n’avons pas été suffisamment vus ensemble cette semaine, donc malheureusement, ma femme sera également dans la salle, mais elle n’aura qu’à s’asseoir avec Charles. Personnellement, si je dois me farcir une pièce amateur, j’aime autant être installé à côté de quelqu’un avec qui je peux bavarder pendant le spectacle…

21

Je suis arrivée au pub au moment où ma mère commençait à regarder sa montre avec insistance et à soupirer d'un air exaspéré.

—Maman, arrête, il est 5 heures passé de dix minutes, je suis à peine en retard…

Le King's Arms était bondé ce soir-là. Les comédiens de la troupe amateur s'y étaient retrouvés avant d'aller enfiler leurs costumes, pour faire passer leur trac avec un petit verre. Nous nous sommes installées à une table près de la fenêtre et avons commandé un verre, puis étudié le menu, même si nous savions déjà ce que nous allions prendre : *fish & chips* pour ma mère, cheeseburger et frites pour Daisy, et tourte à la viande et à la bière avec de la purée pour moi. Le King's Arms n'avait pas une carte très fournie, mais ce qu'il proposait était toujours très bon.

Ensuite, chacune a raconté sa journée. Ma mère et Daisy étaient allées faire un tour chez ma mère, histoire de s'assurer que la maison était toujours là (ma mère n'y était pas retournée depuis la soirée d'inauguration le dimanche précédent), puis elles avaient assisté à plusieurs animations dans le cadre festival. Une équipe de pom-pom girls du coin leur avait apparemment bien plu. Je suis sûre que Daisy mourait d'envie de faire partie du groupe, elle adore danser, mais étant une ado un peu introvertie et élevée dans le sud de Londres, jamais elle ne l'aurait admis, à moins bien sûr que sa copine Jade ne manifestât elle aussi son envie de devenir pom-pom girl… Je leur ai brièvement raconté la traversée en ferry avec Nathan, décrit la charmante commune de St Mawes et la demeure des Lester – mais je n'ai pas parlé de la restauratrice de tableaux et de ses accusations ; j'avais besoin d'autres éléments pour mieux comprendre en quoi cette histoire était importante (ou pas – il n'était pas exclu que l'enquête menée par Robert Holmes l'ait mené dans l'impasse).

Après avoir englouti nos plats, nous avons clamé chacune haut et fort que nous ne prendrions pas de dessert mais que regarder la carte ne coûtait rien, et finalement nous nous sommes enfilé un gigantesque sundae au brownie au chocolat (avec trois cuillères). Gavées – heureusement que ma robe d'été était assez ample –, nous nous sommes acheminées vers le chapiteau qui accueillait les spectacles.

Tony, Debbie et Callum étaient déjà sur place. J'ai été soulagée de constater que Tony était assis entre Debbie et Mme Syed, du restaurant indien (sa fille était la figure de proue des Penstowan Players). Il aurait probablement été vexé si je ne m'étais pas installée à côté de lui – mais moi, bien sûr, je voulais réserver un siège à Duncan. Il a regardé maman et Daisy se faufiler dans la rangée et prendre place à côté de Mme Syed, puis il m'a fait un clin d'œil par-dessus son épaule alors que je m'asseyais sur l'avant-dernier siège, après avoir ostensiblement posé mon sac sur la dernière chaise vide, prête à m'en prendre physiquement à quiconque s'en approcherait.

La campagne de Maurice pour faire venir le public avait manifestement porté ses fruits. Le chapiteau était plein à craquer lorsque le groupe de Duncan est arrivé. Le maire, qui s'agitait dans tous les sens et serrait des mains à qui mieux mieux, s'est arrêté un instant pour leur parler et leur témoigner sa reconnaissance. Il leur a désigné quatre sièges vides au premier rang mais Duncan a regardé autour de lui, ses yeux bleus ont scanné la foule et se sont arrêtés sur moi. Il a souri, s'est retourné pour dire quelque chose à Maurice, qui a paru étonné, puis Duncan s'est dirigé droit vers moi. Derrière, Geneviève, Lauren et Charles Harper l'ont regardé faire. J'ai eu droit à un regard interrogateur de la part de Lauren, et franchement désagréable de la part des autres. Comment ces deux-là, ces hypocrites, osaient-ils me témoigner la moindre hostilité ?

Duncan s'est installé à côté de moi. Les sièges étaient conçus pour des gens de taille normale, voire petite, et les rangées n'avaient pas été disposées pour quelqu'un de plus de 1,90 mètre. Duncan ne disposait pas de beaucoup de place pour ses jambes mais il avait tout de même l'air ravi d'être là.

—Rebonjour, a-t-il murmuré avant de se pencher vers maman et Daisy. Bonsoir, Shirley, comment allez-vous ? Alors Daisy, tu as hâte de voir la pièce ?

—Pas spécialement, a grommelé Daisy, ce qui lui a valu un regard courroucé de ma mère.

—Daisy, baisse d'un ton, tu veux ? Tu pourrais être assise derrière la mère de la comédienne principale, je te signale.

Devant elle, Tony a pivoté pour observer le nouveau venu. Il a vite détourné le regard. Tony avait certes promis de ne pas me faire la morale sur ma relation avec Duncan, mais à voir la tête qu'il faisait, on devinait facilement ce qu'il en pensait. Un jour, Tony m'avait dit que s'il se remariait à l'avenir, ce serait avec quelqu'un qui devait impérativement plaire à tous ses amis – il faut dire qu'aucun de nous n'avait jamais accroché avec sa fiancée de l'époque, Cheryl. Duncan allait-il devenir ma Cheryl à moi ? Heureusement, en temps normal, Tony aimait bien *tout le monde*…

J'ai chassé cette désagréable pensée de mon esprit quand la lumière a commencé à baisser. Le chapiteau a été plongé dans un noir total alors que le soleil était loin d'être couché à cette heure de la soirée. La main de Duncan s'est posée sur la mienne.

—C'est lequel, le mari de Maurice ? a-t-il chuchoté quand les premiers comédiens sont entrés sur scène. Je ne crois pas l'avoir rencontré dimanche.

Sur l'estrade, j'ai reconnu le boulanger, la pharmacienne, des employés du centre médical, tous en costume jacobéen. Certains se déplaçaient avec aisance, d'autres étaient plus hésitants, et, pour l'un d'entre eux, avec un trac évident.

—Non, en effet, il n'est pas là. Maurice et Tim ont un grand entrepôt d'antiquités du côté de Bude, et dimanche, Tim revenait d'une foire aux antiquités dans le Nord, il est rentré tard. C'est lui qui joue le duc, là.

Tim, comme Maurice, avait une soixantaine d'années, mais autant le maire était grand et maigre (il avait des airs de Terence Stamp), autant Tim était trapu, costaud et ressemblait plus au père d'Idris Elba. Il avait un rire extrêmement contagieux (que je ne m'attendais pas à entendre sur scène ce soir-là) et son phrasé trahissait encore des origines de Birmingham, même s'il s'était installé à Penstowan l'année de ma naissance.

Duncan n'a pas cherché à cacher sa surprise.

—Le type noir ? Et ils sont ensemble depuis combien de temps ? Ça n'a pas dû être facile tous les jours pour eux…

—Comment ça ?

—Ce que je veux dire, c'est que non seulement c'est un couple gay, mais mixte, aussi. Tout le monde s'en fiche de nos jours, mais quand j'étais à l'école d'art, je connaissais pas mal d'homosexuels, et ils s'en prenaient, des remarques désobligeantes... Et encore, je te parle de Londres la cosmopolite, pas des Cornouailles profondes.

Le plus naturellement du monde, Duncan s'était mis à me tutoyer. Il ne me restait plus qu'à faire la même chose.

—C'est vrai. Je n'y avais jamais pensé... Je me souviens d'une blague douteuse quand j'étais gamine, sur le Lone Ranger et Tonto... Oui, je sais, c'est ignoble. Je pense que la plupart des gens d'ici les ont vite acceptés, y compris les anciens. Mais tu sais, même ma mère, qui est aussi libérale qu'une personne de son âge peut l'être, a encore du mal à prononcer le mot « lesbienne » sans le dire tout bas.

Duncan a eu un petit rire.

—Tout de même, ça a dû être l'enfer certains jours pour eux.

—Certes. N'empêche que si on aime quelqu'un, on fait ce qu'il faut, non ?

J'avais la tête tournée vers la scène mais je sentais qu'il m'observait.

—Oui... a-t-il dit d'un air pensif, puis, de manière plus décisive : Oui, tu as raison.

La pièce était... intéressante. *La Tragédie du vengeur* de Thomas Middleton était un choix très audacieux pour une troupe de théâtre amateur, et quelque chose me disait que celui qui avait pris cette décision ne serait probablement pas consulté avant un bon bout de temps. Au terme du premier acte, il y avait eu plus de viols et de meurtres que dans une saison entière de *Les Experts : Miami*. La moitié du public avait l'air sous le choc, incrédule, et je pense que l'autre moitié ne comprenait pas grand-chose à la langue de l'époque ; on aurait dit du Shakespeare sous acide – mais au moins, avec Shakespeare, on reconnaît certaines tirades et les répliques les plus célèbres.

Les lumières se sont rallumées à l'entracte et pendant quelques instants, personne n'a bougé d'un iota ; une sorte de « C'était quoi, ce *truc* ? » collectif planait sur l'assemblée, jusqu'à ce qu'une voix (qui ressemblait à celle de Davey Trelawney) au fond du chapiteau se fasse attendre : « J'ai besoin d'un petit remontant, là. » L'idée d'un verre d'alcool a galvanisé tout le monde, les gens se sont levés et se sont rués vers la tente des boissons.

Duncan, lui, est resté assis et m'a pris la main.

—Attends un peu, a-t-il dit.

Ma mère nous a fait un petit signe de la tête en passant devant nous pour aller chercher un soda ou je ne sais quoi à Daisy (après ce qu'elle venait de voir, j'aurais presque pu autoriser ma fille à prendre un alcool fort – mais pas du cidre artisanal, tout de même). Tony nous a superbement ignorés et est parti par l'autre côté. Debbie, quant à elle, m'a lancé un énorme clin d'œil tout sauf discret. Deux ou trois minutes plus tard, nous nous sommes retrouvés seuls dans la salle.

—J'ai repensé à ce que tu as dit tout à l'heure, a lancé Duncan, sur le fait d'avoir à traverser l'enfer si ça te permet d'être avec la personne de ton choix.

Il avait dû préparer ce qu'il voulait me dire pendant le dernier accès de violence sur scène. Mon cœur s'est emballé et mon ventre a eu des petits spasmes. *Alors il a vraiment l'intention de se mettre en couple avec moi* ! ai-je songé, avant de me raviser… *Oh merde…*

—Je vais annoncer à Geneviève que je veux divorcer.

Mon ventre a eu de nouvelles convulsions, cette fois sous l'effet de la panique. *Toutes ces émotions vont finir par me filer un ulcère à l'estomac* !

—On ne se connaît pas depuis très longtemps et… ai-je avancé prudemment.

J'espérais que ma remarque serait plus diplomatique que : « Dis donc, tu ne perds pas de temps, toi, tu me demandes de te choisir et je ne dis pas forcément non, mais ça fait moins d'une semaine que je te connais et on n'a même pas encore consommé. » Il m'a arrêtée en posant délicatement un doigt sur mes lèvres.

—Je sais, et je ne le fais pas pour toi. Enfin bon, d'accord, un peu tout de même, mais je ne tire aucun plan sur la comète en ce qui nous concerne. De toute façon, j'aurais dû le faire depuis longtemps. Tu m'as donné le petit coup de pied au derrière dont j'avais besoin pour passer à l'acte. Mais je redoute de l'annoncer aux autres.

—Les autres ? Tu veux dire Harper et Lauren ? Ce ne sont pas leurs affaires, que je sache.

—Si, justement, c'est exactement ça, ça relève de leurs *affaires*. Il ne s'agit pas uniquement d'un simple mariage entre deux personnes, et depuis longtemps. Je ne mérite peut-être pas mieux, mais en tout cas, j'aspire à n'être plus que deux.

Il m'a pris la main et l'a embrassée.

*

Nous sommes finalement sortis de la salle et avons rejoint ma mère, Daisy et Tony qui discutaient près du bar. Duncan cherchait Geneviève et les autres du regard : il les a aperçus, un peu plus loin, en pleine conversation animée.

—Il faut battre le fer quand il est chaud, a-t-il déclaré en me lâchant la main.

—Vous… tu vas le lui dire, là, maintenant ?

J'étais tiraillée entre terreur et allégresse. Une partie de moi voulait partir ventre à terre en hurlant de trouille, tandis qu'une autre, tout aussi perturbée, voulait hurler de joie parce que voilà, c'était officiel : c'est moi qu'il avait choisie.

Parce que c'est vrai, il me plaisait beaucoup, effectivement. Alors pourquoi ne pas m'abandonner entièrement à mon bonheur ? Duncan s'est penché pour déposer un baiser sur ma joue. Ça picotait encore agréablement, même s'il faut bien avouer que j'étais en pleine crise de panique intérieure.

—Je reviendrai, a-t-il dit de sa voix d'Arnold Schwarzenegger.

—Tu ne le fais pas aussi bien que moi…

Je l'ai observé fendre la foule. Soudain j'ai senti un regard se poser sur moi et le feu m'est monté aux joues. Tony m'observait.

—Quoi ?

—Ça va, Jodie ? s'est-il enquis.

—Tout baigne. Impeccable. La pêche.

Il ne m'avait cependant pas échappé que ma toute première pensée, presque inconsciente, lorsque Duncan avait parlé de divorce, avait été : « Oh merde. »

Une sonnerie a retenti derrière nous. Il restait deux minutes avant le lever de rideau. Ma mère a soupiré.

—On est vraiment obligées d'y retourner ?

Daisy a eu l'air stupéfaite.

—Hein ? Tu ne trouves pas ça bien ?

—Parce qu'à toi, ça te plaît, peut-être ?

—J'adore !

Ma fille m'étonnera toujours. Je leur ai emboîté le pas pour retourner à l'intérieur, non sans avoir jeté un regard par-dessus mon épaule, dans la direction de Duncan, qui bavardait toujours avec les autres. J'ai repris ma place et ai attendu le début de la deuxième partie du spectacle.

*

La seconde partie fut tout aussi… intéressante que la première, mais avec une chaise vide à côté de moi, j'avais encore plus de mal à me concentrer. Mon fessier commençait à souffrir sérieusement sur la chaise en plastique, je gigotais sans arrêt, me demandant où était passé Duncan, s'il l'avait dit à Geneviève, comment elle l'avait pris… Vingt bonnes minutes s'étaient écoulées depuis le début du deuxième acte lorsqu'un cri strident a retenti à l'extérieur de la tente, suivi d'un bruit de moteur rugissant et de pneus qui crissent, comme si un véhicule partait à toute allure. Sur scène, Tim, le méchant duc, a eu un instant d'hésitation. Toutes les têtes se sont tournées vers l'entrée du chapiteau, plusieurs personnes se sont levées.

Le volet de la toile s'est ouvert à la volée et Geneviève est apparue, blême.

—Au secours ! À l'aide ! a-t-elle crié, avant de tourner les talons en chancelant.

J'ai bondi en même temps que Tony. Daisy aussi a voulu quitter son siège mais je lui ai fait signe de se rasseoir.

—Toi, tu restes ici avec mamie jusqu'à ce que je sache ce qui s'est passé.

Dehors, plusieurs personnes s'étaient agglutinées sur le parking, elles regardaient quelque chose, ou quelqu'un, par terre. Charles Harper est venu à la rencontre Geneviève, il l'a prise par le bras et ils sont passés devant un jeune homme que je ne connaissais pas, un type au téléphone qui observait le petit attroupement. En le dépassant à mon tour, j'ai entendu les mots « renversé par une voiture » et mon sang s'est glacé. Où était passé Duncan ?

—Laissez-moi passer ! ai-je beuglé en jouant des coudes. Je suis secouriste.

Quand j'étais dans les forces de police, on m'avait enseigné les premiers gestes à prodiguer lorsque l'on arrive sur les lieux d'un accident. J'avais mis à profit ces compétences à maintes reprises, mais j'espérais bien ne pas avoir à les exercer sur Duncan…

Les gens se sont écartés. Duncan était accroupi au chevet de Lauren, inconsciente. Il avait une entaille au front qui saignait abondamment. Il lui tenait la main et lui parlait doucement.

—Tiens bon, Lauren.

Il était blanc comme un linge, ses lèvres tremblaient.

—L'ambulance est en route. Ça va aller.

Son regard disait pourtant tout le contraire.

22

Les couloirs des hôpitaux se ressemblent tous, il y flotte partout la même odeur : murs et sols en linoléum aux couleurs pâles, apaisantes, passe-partout, pour ne pas trop stimuler les patients ou les visiteurs, et odeur de désinfectant mêlée à celle du mauvais café sorti droit d'un distributeur automatique – l'odeur du désespoir.

Je ne tenais pas en place sur mon siège en plastique, les semelles de mes chaussures crissaient sur le lino froid et propre. J'avais cédé et tenais à la main un mauvais café sorti droit d'un distributeur automatique, dont j'avais oublié l'existence, jusqu'au moment où, distraitement, j'en ai bu une gorgée qui m'a fait plisser le nez. Beurk. Il ne m'était pourtant pas encore venu à l'esprit de le jeter ni même de le poser quelque part. Il était froid, à présent, ce qui aurait pu le rendre encore plus infect, mais quand une boisson est aussi ignoble dès le départ, sa température ne change pas grand-chose à l'affaire.

Quand Duncan est apparu, j'ai bondi de ma chaise, renversant quelques gouttes de café sur le linoléum immaculé. Il était encore pâle et arborait un énorme pansement sur le front, ainsi que plusieurs points de suture au menton. Mais il était vivant. Je ne savais pas encore si on pouvait en dire autant de Lauren Fulstrop.

—Duncan !

Je l'ai pris par le bras et l'ai entraîné vers un fauteuil. Je ne le quittais pas des yeux. Il a souri, faiblement.

—Ça va, je t'assure. As-tu des nouvelles de Lauren ?

—Pas encore. Le médecin a dit qu'elle avait une hémorragie cérébrale causée par un coup porté à la tête. Ils l'ont emmenée au bloc opératoire sur-le-champ mais il faudra encore plusieurs heures avant de savoir ce qu'il en est, je pense.

—Mon Dieu, pauvre Lauren…

—Que s'est-il passé ? Tu te souviens ?

La police avait été appelée sur les lieux pour essayer de reconstituer la scène et retrouver la voiture impliquée, et certains officiers étaient probablement encore dans l'enceinte de l'hôpital. Nathan allait arriver d'un instant à l'autre, il interrogerait Duncan.

Duncan s'est penché en avant et a posé les coudes sur ses genoux, le menton dans ses mains. Il a tressailli en touchant les points de suture.

—Il y avait une voiture… Je l'ai entendue, plutôt que de la voir. Tout est allé très vite…

J'ai passé un bras autour de ses épaules.

—Raconte-moi tout ce dont tu te souviens, même si c'est un détail qui te paraît insignifiant. Toi et Lauren, vous étiez l'un à côté de l'autre. Où étaient Geneviève et Charles ?

—Monsieur Stovall ?

Nous avons levé les yeux. Nathan se tenait devant nous, l'air grave. Derrière lui, deux officiers en uniforme que je reconnaissais sans vraiment les connaître. Dans un réflexe, j'ai retiré mon bras des épaules de Duncan.

—Inspecteur Withers, a dit Duncan d'un ton las. Demandez-moi ce que vous voulez. Je ne suis pas sûr de pouvoir vous aider, je n'ai pas vu grand-chose.

—Tout ce que vous pourrez me dire sera utile. Mademoiselle Parker, vous pouvez rester si M. Stovall est d'accord.

—J'aimerais qu'elle reste, a confirmé Duncan en me prenant la main et en la serrant fort. Je ne sais pas trop par où commencer…

—Par le commencement, ai-je suggéré.

Nathan a acquiescé.

—Ça pourrait être utile de remonter un peu plus tôt, avant l'accident, a précisé Nathan. Vous étiez à l'extérieur de la tente lorsque cela s'est produit, je crois. Et avant, vous aviez assisté au spectacle ?

Duncan a confirmé d'un hochement de tête.

—Oui. C'était… intéressant. Nous sommes sortis pendant l'entracte pour boire un verre.

—« Nous » ? Vous et votre femme ? M. Harper et Mme Fulstrop ?

—Non, enfin je veux dire, si, enfin je suis allé les rejoindre après, mais je suis sorti de la tente avec Jodie, on a regardé la pièce ensemble. Je suis allé voir les autres parce que je voulais m'entretenir avec eux. J'avais besoin de parler à ma femme.

Nathan a levé un sourcil mais il a pris quelques notes sans faire le moindre commentaire.

—Vous êtes donc restés tous les quatre dehors quand Jodie, Mlle Parker, et les autres spectateurs sont rentrés pour la deuxième partie ?

Duncan m'a regardée. Il n'avait pas encore eu l'occasion de me dire comment Geneviève avait réagi après l'annonce de la demande de divorce. Les accidents potentiellement mortels avec délit de fuite ont tendance à éclipser tout le reste.

—Oui, on était encore en train de discuter. On s'est éloignés des tentes du festival pour aller sur le parking, je ne voulais pas qu'on nous entende. Je venais juste de dire à ma femme que je voulais divorcer.

Nathan n'a rien dit mais j'ai vu son stylo glisser sur le calepin. Je me suis sentie un peu mal. Duncan s'adressait toujours à Nathan, même s'il était tourné vers moi.

—Elle n'a pas été particulièrement surprise. Elle n'était pas heureuse elle non plus, vous savez. Quant à Charles Harper, il m'a fait comprendre ce qu'il pensait de moi en termes très clairs, mais... Je m'en fiche, je sais ce que je veux.

Nathan s'est raclé la gorge.

—Hum. Donc vous vous disputiez, si je comprends bien. Et Mlle Fulstrop ? Partageait-elle leur avis ?

Duncan a soudain eu l'air excédé.

—Je ne l'ai pas poussée sous une voiture parce qu'elle n'était pas d'accord avec moi, si c'est ce que vous insinuez. J'aurais été mieux inspiré de réserver ça à ma femme, vous ne pensez pas ? Lauren comprend très bien la situation, elle est au courant pour Gen et Charles... Notre mariage est une imposture depuis longtemps, inspecteur Withers. Il fallait sauver les apparences, mais maintenant, ça suffit.

Nathan l'a dévisagé un long moment avant d'opiner.

—Je vois. Donc quand la voiture vous a foncé dessus, où étiez-vous par rapport à Mlle Fulstrop et aux autres ? Vous étiez tous les quatre ensemble ?

Duncan a froncé les sourcils.

—Non, non... Attendez. Quand je suis allé les rejoindre au début, on était près de la tente à bière, et ils parlaient de Robert Holmes. Lauren était très affectée, je crois qu'elle s'en voulait de ne pas l'avoir écouté quand il avait essayé de lui parler. Charles s'est excusé et s'est éloigné pour passer un coup de fil – je ne sais pas à qui ni de quoi il en retournait. Lorsqu'il est revenu, j'ai dit que je voulais leur parler et nous sommes allés un peu plus loin, sur le parking.

Duncan a marqué une pause pour laisser Nathan noter toutes les informations.

—Après, pendant que nous parlions du divorce, son téléphone a sonné et il a dit qu'il fallait qu'il réponde, alors il s'est à nouveau éloigné et Gen l'a suivi.

—Pourquoi l'a-t-elle suivi s'il était au téléphone ? suis-je intervenue. Alors que vous étiez en train de parler du divorce, non ?

—Oui. Elle était un peu chamboulée, tout de même, a expliqué Duncan en me regardant fixement. Plus chamboulée que je ne l'aurais imaginé.

Mon estomac s'est noué. Elle couchait avec Charles Harper depuis des années, elle n'avait donc, selon moi, pas vraiment le droit d'être chamboulée. Nathan avait cessé de griffonner. Il regardait attentivement Duncan.

—Donc, M. Harper a reçu un appel juste avant que la voiture ne surgisse ?

—C'est ça. J'imagine que c'était en lien avec le coup de fil qu'il avait passé quelques minutes avant…

—Qu'est-ce qui vous fait dire ça ? a demandé Nathan.

—Eh bien, je n'en sais rien, probablement à cause de la façon dont il a dit qu'il *fallait vraiment* qu'il passe un appel, le premier, et qu'il *fallait absolument* qu'il prenne le second appel…

—Je vois. Et M. Harper et Mme Lorre se tenaient où, exactement ?

—Ils étaient de l'autre côté du parking, près du distributeur de tickets, je crois. À une vingtaine de mètres de moi et de Lauren, peut-être un peu moins. On était près de la sortie.

—Avez-vous vu la voiture ?

—Pas avant qu'elle soit tout près de nous.

Il a de nouveau pâli. Je lui ai étreint la main.

—Dis-nous ce que tu peux, ai-je dit.

—Je l'ai entendue arriver derrière nous, dans le parking. Je ne me suis rien dit de particulier, mais d'un coup le moteur s'est emballé, comme si le conducteur accélérait, et l'instant d'après Gen hurlait et Lauren était à terre… J'ai été projeté sur le côté quand elle est tombée, je me suis cogné la tête contre le muret. La voiture a filé, et je me suis précipitée vers Lauren. Je n'ai pas vu qui était au volant, mais peut-être que Gen ou Charles, eux…

Nathan a secoué la tête.

—Mon collègue les a interrogés sur les deux : ils n'ont pas vu qui conduisait.

—Et la plaque d'immatriculation ? ai-je demandé. On a pu l'identifier ?

—Oui, mais ça ne va pas spécialement nous aider. Le véhicule a été volé sur le parking. Nous ne savons pas à quelle heure exactement, le propriétaire est un vacancier venu pour le festival, sa voiture était sur le parking depuis le début de la journée. Elle a été retrouvée abandonnée trois kilomètres plus loin, au bord de la route.

—Y a-t-il quelque chose sur les caméras de surveillance ? ai-je demandé.

—Rien. Un témoin a vu le conducteur partir dans le mauvais sens en sortant du parking, pour éviter le sens unique et les caméras. Après, le véhicule s'est engagé dans une rue résidentielle.

—Et où sont-ils allés ensuite ?

Nathan a commencé à me faire les gros yeux. *Pas devant Duncan.*

—On ne le sait pas encore. L'enquête est en cours. La voiture a été retrouvée près du parc de Wrestwood Avenue, et assez rapidement, donc ils n'ont pas pu aller bien loin. Mais ils se sont envolés dans la nature pour le moment.

Duncan avait suivi nos échanges de la tête, comme un spectateur devant un match de tennis. Il avait bien compris que Nathan ne voulait pas trop en dire mais il s'est abstenu de poser la moindre question. À cet instant, une femme en blouse blanche s'est avancée vers nous.

—Monsieur Stovall ? Vous êtes là pour Lauren Fulstrop ?

—Oui, a dit Duncan.

Nathan a montré sa carte de police et la femme a hoché la tête.

—Bonne nouvelle : nous avons localisé l'hémorragie et l'avons stoppée rapidement, avant qu'elle n'ait eu le temps de causer trop de dégâts.

Duncan a poussé un soupir de soulagement.

—Quand pourrons-nous lui parler ? s'est enquis Nathan.

Là, tu vas peut-être vite en besogne, mon gars, ai-je pensé. La chirurgienne était visiblement du même avis.

—Pas avant un certain temps, inspecteur-chef. Mme Fulstrop n'est même pas encore sortie du bloc opératoire. Je tenais simplement à vous dire que tout s'est passé aussi bien que nous pouvions l'espérer. Nous la maintiendrons peut-être dans un coma artificiel un jour ou deux, mais je ne pense pas qu'elle soit en état de répondre à vos questions pendant plusieurs jours, voire plus.

Nathan lui a donné sa carte de visite.

—Bon. Alors appelez-moi dès qu'elle reprend conscience. Qu'elle soit en mesure de nous parler ou non.

La chirurgienne, qui avait certainement des choses plus importantes à faire, comme sauver des vies, s'est contentée d'acquiescer avant de s'éloigner. Je me suis tournée vers Nathan.

—Tu as d'autres questions à poser à Duncan ? Je pense qu'il va avoir envie de rentrer se reposer.

—Non, pas pour l'instant. Vous avez déjà mon numéro, monsieur Stovall. Si vous pensez à autre chose, un détail, n'importe quoi, appelez-moi, peu importe l'heure. Mademoiselle Parker, puis-je vous dire deux mots ?

Nous avons fait quelques mètres dans le couloir, Duncan est resté auprès des deux officiers en uniforme.

—La vache ! ai-je lâché une fois hors de portée de voix. Qu'est-ce que tu en penses ? Tu crois qu'il s'agit d'un véritable accident ou de quelque chose de plus sinistre ? Ça ne peut pas être une coïncidence.

—C'est trop tôt pour le dire. Il va dormir où, ce soir, Duncan ?

J'ai bien failli lui rétorquer que ça ne le regardait pas, mais il ne m'a pas laissé le temps de répondre.

—Pas que je veuille être indiscret, la Fouine, mais il serait peut-être plus prudent qu'il ne passe pas la nuit seul au cottage.

—Le médecin lui a dit qu'il n'avait rien à craindre.

—Je ne parle pas de prudence d'un point de vue médical. Je me demande plutôt si la voiture a heurté la bonne personne…

*

La maison était plongée dans le silence lorsque j'ai ouvert la porte et que je suis entrée. Duncan m'a suivie dans la cuisine et a regardé autour de lui lorsque j'ai allumé la lumière.

—Il ne faut pas faire de bruit, ai-je dit en apercevant les chaussures de ma mère près de la porte de la cuisine. Ma mère et Daisy doivent être au lit.

—Bien sûr.

J'ai rempli la bouilloire d'eau et l'ai mise en route. Duncan est venu se camper derrière moi, a passé ses bras autour de moi et nous n'avons pas bougé jusqu'à l'ébullition. Je sentais son souffle dans ma nuque, il s'est penché pour m'embrasser sur la joue, puis il est resté sans bouger, sa barbe naissante contre ma peau lisse. J'ai toujours préféré les hommes rasés de près ; cette sensation me plaisait malgré tout. J'ai pivoté dans son étreinte et ai déposé un baiser sur ses lèvres, puis je me suis légèrement écartée pour regarder le pansement sur son menton.

—Comment tu te sens ?

—Tout endolori. Et exténué. À l'hôpital, ça allait, mais là, j'ai mal partout.

—C'est l'adrénaline qui commence à retomber. Tu as tenu grâce à ça. Maintenant que tu te détends un peu, tu vas commencer à sentir tes blessures.

—En tout cas, merci de m'héberger ce soir. Je ne me voyais pas rester seul ce soir, et je ne pense pas que Gen viendra au cottage après…

—Après lui avoir dit que tu voulais divorcer. Elle était vraiment bouleversée ?

Duncan a pris le temps de réfléchir.

—Pas bouleversée, pas comme si elle avait le cœur brisé ou quelque chose comme ça. Je te l'ai déjà dit, elle ne m'aime plus depuis un bon bout de temps. Cela dit… C'est compliqué, évidemment. Il y a beaucoup de… beaucoup de *trucs* qui pourraient sortir maintenant, des trucs qui abîmeraient notre image à tous les deux, et je suis sûr que c'est ça qui la travaille. Personnellement, je n'ai aucune intention de révéler quoi que ce soit à la presse, je n'ai pas envie que la fin de notre relation fasse la une des journaux, merci bien.

J'ai fait du thé puis nous sommes passés au salon et nous sommes installés sur le canapé. Un bâillement m'a échappé alors que nous nous lovions l'un contre l'autre. La journée avait été très longue, il s'était passé beaucoup de choses en vingt-quatre heures.

—On devrait peut-être aller se coucher, ai-je suggéré.

Duncan m'a lancé un regard interrogateur, et alarmé aussi, m'a-t-il semblé ; je crois qu'il se demandait ce que j'allais lui proposer… J'ai secoué la tête.

—Je vais monter me coucher, et toi tu dors ici.

Loin des regards désapprobateurs de Nathan et de Tony, je l'avoue, j'étais toujours très attirée par Duncan. Mais il fallait résister. *Je t'en supplie, n'essaie pas de me séduire,* ai-je songé, *parce que j'ai autant de volonté que quelqu'un au régime devant un cheesecake au chocolat, et je vais craquer.*

Duncan a esquissé un sourire.

—Tu es très raisonnable.

—Il le faut bien. Je ne suis pas encore prête à ce que tu me voies toute nue.

—Je pourrais garder les yeux fermés, a-t-il dit en affichant un sourire ravageur.

Je lui ai donné un petit coup de coude.

—OK, OK, je plaisantais, s'est-il repris. Je comprends, et tu as raison, il est trop tôt. Mais c'est dommage, tout de même…

Un changement de sujet s'imposait.

—Et donc, Lauren… Tu as dit qu'elle était passablement ébranlée par ce qui est arrivé à Robert Holmes. Elle doit pourtant bien avoir compris que ce n'était pas sa faute, non ?

—Je ne sais pas trop, je n'ai pas entendu toute la conversation. Apparemment, il lui avait dit qu'il lui enverrait les résultats de ses recherches pour son nouveau livre, mais elle avait déjà consulté ses e-mails et elle n'avait rien reçu. Sauf qu'après, elle a dit que sa boîte e-mail se comportait bizarrement, parfois, et que la moitié des messages qu'il lui envoyait finissaient dans ses spams, qu'elle n'avait pas vérifiés depuis plusieurs jours…

—Donc cet e-mail se trouve peut-être dans ses spams. Ça pourrait être crucial, ça.

—Tu crois ? Moi, je ne vois pas ce qu'il aurait pu découvrir de si important.

—Assez important pour qu'il se fasse tuer, tout de même.

Duncan a pris quelques instants pour réfléchir.

—Tu as bien dit que selon toi, Charles était probablement mêlé à tout ça, non ? Que Robert Holmes commençait à s'exciter un peu trop, que Charles avait dû l'entendre et qu'il aurait donc décidé de… *couic* ! Le faire taire. Alors s'il pensait que Lauren disposait elle aussi du fichier des recherches, pas encore ouvert, dans ses spams…

J'ai hoché la tête.

—Si c'était assez grave pour que Holmes soit éliminé, ça vaut sûrement pour Lauren aussi, qui devait, à tout le moins, être mise hors d'état de nuire jusqu'à ce que quelqu'un puisse fouiller sa boîte e-mail et supprimer tout ce qui pourrait incriminer Charles.

—Et c'est réaliste, ça ? Qu'il réussisse à accéder à ses e-mails ?

—Quand tu as les moyens et que tu connais les bonnes personnes, tu peux absolument *tout* faire. Il faut que j'appelle Nathan…

23

Nathan était manifestement surpris par mon coup de fil. Toujours très diplomate, il n'a pas fait allusion à mon invité. Il m'a écouté lui parler des spams de Lauren et m'a assuré qu'il allait s'en occuper, puis il a conclu avec un « Bon, eh bien, je te laisse y retourner. Salut » un peu maladroit. « Retourner à QUOI exactement ? » ai-je bien failli lui demander, tout indignée que j'étais, mais il avait déjà raccroché.

Je suis allée chercher une couette et un oreiller pour Duncan, je lui ai souhaité bonne nuit avec un baiser pas spécialement chaste, puis j'ai filé à l'étage avant d'être tentée de changer d'avis et de céder à la tentation. Quand j'avais rencontré mon ex-mari, Richard, je me contrefichais qu'il fût marié (pour être honnête, je ne l'avais appris qu'environ un mois après) et je m'étais jetée à corps perdu dans cette relation, sans réfléchir. C'était tout moi, ça. Désormais, je ne pouvais pas me permettre de me comporter comme ça, pas avec Daisy dans ma vie ; je devais être certaine que la personne sur qui je tombais me méritait autant que je la méritais.

Je suis allée me coucher. J'entendais la respiration de Germaine dans son sommeil, au bout du lit de Daisy, et ma mère qui ronflait dans la chambre d'amis. J'ai cru entendre Duncan, aussi, qui se tournait et se retournait dans le canapé-lit, en bas. Ça m'a fait sourire ; visiblement, il était aussi agité que moi. Mais non, je n'allais pas descendre et me glisser sous sa couette, oh non, certainement pas, hors de question.

Je n'arrêtais pas de gigoter, me remontant la couette jusqu'au menton et la repoussant deux minutes après, parce que j'avais trop chaud, ce qui pouvait être dû à la canicule que nous traversions cet été-là, ou bien lié au fait que je pensais à Duncan en caleçon, au rez-de-chaussée. J'espérais qu'il portait un caleçon de type boxer – les slips kangourou, je kiffe moyennement. Évidemment, il aurait suffi que je descende pour en avoir le cœur net… Dans un soupir j'ai continué à me tortiller un moment, puis, après une dernière pensée (*Je ne vais JAMAIS réussir à m'endormir*), je me suis enfoncée dans un sommeil profond et sans rêve.

*

Je me suis réveillée de bonne heure le lendemain et suis descendue en pyjama, après, bien sûr, m'être passé de l'eau sur la figure pour effacer toute trace de bave nocturne, après m'être brossé les dents pour me débarrasser de l'haleine du matin, et m'être ébouriffé les cheveux avec soin pour donner l'image d'une femme naturellement hyper-sexy au saut du lit. Je ne sais pas vous, mais moi, j'ai beau dormir paisiblement, le matin, mes cheveux donnent toujours l'impression que j'ai passé la nuit à m'adonner à un étrange rituel païen dans des buissons d'ajoncs, en compagnie d'une meute de blaireaux enragés.

Duncan était déjà levé et habillé, la couette soigneusement pliée sur un fauteuil et le canapé-lit remis en ordre. Il était assis, attendant que je descende, et s'est levé d'un bond quand je suis entrée dans la pièce.

—Bonjour, ai-je dit en passant négligemment une main dans mes cheveux hyper-sexy. Tu as bien dormi ?

Ma mise en forme capillaire a eu l'effet escompté, et il m'a attirée à lui pour m'embrasser.

—Très mal. J'ai failli monter te rejoindre, mais je me suis dit que je risquais de tomber sur Shirley et de lui provoquer une crise cardiaque.

J'ai rigolé.

—Tu parles, elle se serait surtout demandé si ce n'était pas son jour de chance. Du thé ?

—Non, merci, je crois qu'il vaut mieux que je parte tout de suite, avant que tout le monde se lève.

—Tu n'es pas obligé de filer à l'anglaise comme ça, tu sais.

J'étais déçue mais il fallait bien admettre que les choses seraient plus simples si je n'avais pas à expliquer sa présence ici. Et même si j'exhibais la couette comme preuve qu'il avait dormi sur le canapé, ma mère n'aurait pas manqué de me glisser des petits sous-entendus, du type : « Cause toujours, ma belle, je ne suis pas née de la dernière pluie… » Duncan avait bien compris la situation.

—Je sais bien. La prochaine fois que je dormirai chez toi, on les préviendra, comme ça, il n'y aura pas de choc ou de situation embarrassante au petit matin.

J'ai levé un sourcil.

—La prochaine fois ? Tu m'as l'air bien sûr de toi…

Il a ri et m'a embrassée, longuement et tendrement. Il s'apprêtait à dire quelque chose lorsque quelqu'un a frappé à la porte.

—Non mais je rêve ! ai-je pesté. À cette heure-ci…

—Va donc ouvrir.

C'était Nathan.

—Ah, bien, tu es levée. Je me demandais si tu ferais la grasse matinée…

—Bonjour, inspecteur Withers, a dit Duncan en émergeant du salon, la couette et l'oreiller dans les bras.

Nathan a eu l'air surpris, mais agréablement.

—Je mets ça où, Jodie ?

—Sur les marches, ça ira. On se retrouve tout à l'heure, d'accord ?

Duncan a hoché la tête, m'a collé une bise sur la joue et est parti. Nathan ne m'avait pas quittée des yeux.

—Qu'est-ce qu'il y a ? Tu t'attendais à le voir dévaler l'escalier après avoir passé la nuit dans mon lit, c'est ça ? Désolée de te décevoir. Thé ?

J'ai filé dans la cuisine. Nathan m'a suivie et quand je me suis retournée, il souriait jusqu'aux oreilles.

—Quoi, encore ?

—Je ne suis pas déçu, en revanche, je parie que Duncan, lui…

J'ai voulu lui administrer une belle tape à l'arrière de la tête, mais il a esquivé.

—Il faut vraiment que tu arrêtes de me frapper, tu sais.

—Arrête, tu adores ça.

J'ai fait du thé et nous nous sommes installés à la table de la cuisine.

—Alors, inspecteur-chef, qu'est-ce qui vous amène de si bon matin ?

Avant de répondre, Nathan a soufflé sur son thé et bu une gorgée.

—Du nouveau, a-t-il dit, énigmatique. Très intéressant.

J'ai attendu. Nathan a bu à nouveau, lentement.

—OK… Et je dois faire quoi pour que tu m'en parles ? ai-je demandé.

Il a ri.

—Je savoure le moment, c'est tout… Donc : concernant la raison de ton appel d'hier soir, on a posté à l'hôpital un agent qui attend que Lauren Fulstrop se réveille. Je l'ai appelé et lui ai dit de fouiller dans les affaires personnelles qu'elle avait sur elle en arrivant. Et devine quoi… Il n'y avait pas de téléphone.

—Pas de téléphone ? Bizarre. Cette femme est agent littéraire, très branchée nouvelles technologies qui plus est. Je ne la vois pas se déplacer sans son téléphone.

—Moi non plus. Alors je suis allé vérifier sur le lieu de l'accident pour voir s'il ne restait rien mais il n'y était pas non plus.

—Quelqu'un s'en sera emparé après l'accident…

Je revoyais Duncan, agenouillé devant le corps de Lauren… Nathan avait une autre thèse.

—Soit sur la scène de l'accident, en effet, dans le feu de l'action, soit après, à l'hôpital.

—Impossible, elle n'était pas autorisée à recevoir des visites.

—Non, mais d'après un de mes collègues, il y avait pas mal de gens autour d'elle en attendant l'arrivée de l'ambulance, donc quelqu'un a pu le faucher à ce moment-là. Les gens ont fini par s'écarter mais ça a pris un peu de temps. Largement assez pour que quelqu'un fouille dans son sac à main. Et bien sûr, Harper et Geneviève ont suivi l'ambulance jusqu'à l'hôpital. Ils ont pu s'approcher elle, ou de ses affaires, à ce moment-là.

—C'est vrai… Donc si quelqu'un a pris son téléphone, s'il a pu le déverrouiller, il a également pu aller dans sa boîte e-mail et supprimer tout ce que Holmes lui avait envoyé.

Il a acquiescé.

—C'est exactement ce que je me suis dit. Alors j'ai repris le téléphone de Holmes et j'ai vérifié ses e-mails envoyés. Je sais bien qu'on y avait déjà jeté un coup d'œil, mais je me suis dit que si on pouvait savoir à qui il avait envoyé ce message, ça nous faciliterait la tâche.

—Et alors ?

—Alors rien. Robert Holmes n'a envoyé aucun e-mail le jour de sa mort, et les seuls qu'il a envoyés à Lauren les jours précédents concernaient sa réservation de chambre d'hôtes et le festival. Les messages que l'on avait déjà vus ensemble.

—Flûte. Rien d'intéressant, en somme. Nous voilà de retour à la case départ.

—Eh bien détrompe-toi, a-t-il dit avec un sourire suffisant. Parce que je ne suis pas encore arrivé à la partie intéressante.

—Si tu n'accélères pas un peu, je sens que je vais crier, ce qui va réveiller ma mère, et je t'assure que tu vas le regretter.

Nathan a frissonné.

—OK, OK ! Duncan a dit que Harper a passé un coup de fil quand ils étaient devant la tente du bar. Tu te rappelles ?

—Oui…

Nathan a siroté son thé. Voyant que j'allais me pencher vers lui et lui en coller une s'il n'allait pas droit au but, il a vite reposé sa tasse.

—J'ai passé en revue ses relevés téléphoniques. Devine qui il a appelé ?

—Scooby-Doo ? Le Dalaï-lama ?

—Non. Il s'est appelé, lui.

—Hein ? Comprends pas.

—Il a appelé son numéro personnel, chez lui.

—Et il n'était pas à la maison, ai-je commenté bêtement.

—Évidemment, je sais bien, c'est même là que je veux en venir.

—Mais pourquoi aurait-il… ?

—Minute, papillon. Tu te souviens que Harper a également reçu un appel juste avant le délit de fuite ? Bon. Eh bien figure-toi que le téléphone de Harper n'a *pas* reçu d'appel à ce moment-là.

—Mais… Pourtant Duncan a dit que son téléphone avait sonné, que Harper devait répondre, et que c'est pour ça qu'il s'est éloigné.

—Ce qui nous laisse avec deux hypothèses. Un, Duncan ment…

Je n'ai pu retenir un petit rire crispé.

—Pourquoi veux-tu qu'il mente ? Et puis, Harper et Geneviève se sont bien éloignés, me semble-t-il, non ?

—Ce qui est certain, c'est qu'ils n'étaient pas avec Duncan et Lauren quand la voiture les a percutés. Mais se sont-ils éloignés volontairement ou Duncan s'est-il arrangé pour les tenir à l'écart ?

—Pour qu'il puisse tranquillement pousser Lauren sous une voiture lancée sur eux à vive allure ? C'est n'importe quoi ! Pourquoi Duncan aurait-il voulu se débarrasser de Lauren ? Je croyais que le suspect, c'était Charles Harper !

—Jodie, je soupçonne tout le monde, a répondu Nathan calmement. Je suis flic. Et tu l'es aussi, dans une certaine mesure. Enfin, tu réfléchis comme un flic. Mais attends, tu ne m'as pas laissé finir. J'ai dit qu'il y avait deux solutions : soit Duncan ment, soit… Harper possède également un téléphone prépayé. Comme les téléphones prépayés qui ont été utilisés avant la mort de Robert Holmes.

*

Nathan est parti après avoir fini son thé, il fallait qu'il retourne au poste. Ma mère et Daisy se sont levées, et le branle-bas de combat du matin a commencé : il fallait faire des toasts, retrouver le tee-shirt que ma fille devait absolument porter ce jour-là sinon sa vie serait foutue, rappeler à ma mère de prendre ses médicaments pour sa tension artérielle.

J'avais été passablement éprouvée par les événements de la veille : d'abord Duncan m'avait annoncé qu'il allait demander le divorce pour être avec moi, ensuite la pièce de théâtre, puis l'accident, le délit de fuite, et pour finir Duncan qui dormait chez moi… Tout se bousculait dans ma tête, j'avais l'impression d'être comme un hamster dans une roue. Je n'arrêtais pas de voir Duncan accroupi à côté de Lauren, lui parlant, essayant de la maintenir éveillée alors qu'elle était déjà inconsciente. Où son sac à main avait-il atterri après le choc ? Je ne me rappelais pas l'avoir vu, mais je ne l'avais pas spécialement cherché non plus. Ou bien son téléphone était-il dans sa poche ? Dans ce cas, Duncan était probablement la seule personne assez près d'elle pour le lui avoir volé. Il fallait que je lui demande. Ou que j'aille à l'hôpital pour voir si Lauren avait repris connaissance, ou que j'aille interroger Charles Harper – Nathan ne m'avait pas laissé l'approcher pour l'instant mais j'aurais peut-être plus de chances que lui. Ah ! J'avais besoin de passer à l'action, cette affaire me rendait folle.

Daisy est sortie promener Germaine. Ma fille avait pris l'habitude de passer prendre Jade en chemin – sa copine aimait autant notre petite bestiole poilue que nous. Ma mère me regardait.

—J'ai dit : « Duncan a-t-il eu des nouvelles de l'hôpital ? »

—Quoi ? Ah, pardon, j'étais dans la lune…

—J'ai bien remarqué, en effet. Il est vraiment resté sur le canapé toute la nuit ou bien vous avez… ?

—Maman, s'il te plaît ! Non, on n'a rien… Et comment sais-tu qu'il était là, d'abord ?

—Oh, je le sais, c'est tout. Et puis, tu as laissé la couette de rechange au pied de l'escalier.

Zut !

—Avec Nathan, on s'est dit qu'il était préférable de ne pas le laisser passer la nuit tout seul.

—Et c'est Nathan qui a suggéré de le faire dormir chez nous ? Tiens, tiens…

Je me suis abstenue de lui demander ce qu'elle sous-entendait ; il y a des terrains glissants sur lesquels il vaut mieux ne pas s'engager, et celui-ci était très glissant.

—Bon, j'ai une tonne de choses à faire aujourd'hui. Là, je dois sortir…

—Ça ne va pas te laisser beaucoup de temps pour préparer le gâteau de la vente aux enchères de demain.

Re-zut ! Pourquoi avais-je accepté, bon sang ?

—Je gère, ça ira. Je vais préparer les génoises maintenant et les laisser refroidir…

Je n'avais aucune envie de rester en cuisine mais j'ai allumé le four et je me suis mise à faire mes fameuses génoises au citron. Un tas de génoises.

24

J'arpentais la cuisine comme un lion en cage (un lion avec un tablier rayé, de la farine dans les cheveux, une mine contrariée, un lion capable de mettre une deuxième fournée de quatre génoises classiques au citron dans le four). J'avais prévu un gâteau beaucoup, beaucoup plus gros à l'origine – je trouvais que ce serait une bonne publicité pour Fourchette & Festins –, mais je ne m'attendais pas à ce que ma vie amoureuse et un meurtre assorti d'une tentative de meurtre empiètent autant sur mon emploi du temps. Avec huit génoises carrées, empilées par quatre et assemblées pour former un seul gâteau, avec de la crème au citron en guise de mortier entre chaque couche, le résultat promettait d'être tout de même impressionnant – enfin, *si* j'arrivais à bien le décorer. Je me demandais si Duncan aurait envie de s'essayer à une nouvelle technique : recréer sa plus célèbre œuvre d'art en glaçage. Probablement pas ; il n'avait même pas été enthousiaste à l'idée de la recréer en peinture.

J'avais procédé à quelques essais un peu plus tôt dans la semaine et avant le festival avec les couleurs du glaçage, mais je n'arrivais pas à obtenir la bonne nuance de bleu. Après de multiples essais, j'étais à court de colorant alimentaire bleu et de patience. Je ne savais pas où me ravitailler en patience, mais heureusement, pour le reste il y avait en ville un nouveau magasin spécialisé en pâtisserie, et en cuisine plus généralement, qui aurait des colorants alimentaires, et peut-être même des paillettes comestibles. J'avais bien compris que pour les gâteaux destinés à des événements prestigieux, il ne fallait pas hésiter à être généreux avec les paillettes. Juste au cas où.

Je suis allée en ville à pied – le stationnement était cauchemardesque en été et le festival n'arrangeait rien à l'affaire –, accompagnée de Germaine. Daisy l'avait ramenée puis était repartie directement, en m'informant (pas en me *demandant*) qu'elle allait à Exeter avec Jade et sa mère et qu'elle rentrerait « après » (heureusement, Nancy, la mère de Jade, et moi avions un accord tacite selon lequel quiconque avait la charge des filles à l'heure des repas les nourrissait et les gardait jusqu'à ce qu'à ce qu'un adulte responsable se présente pour les reprendre).

Germaine était ravie de se balader, elle reniflait l'air délicieusement parfumé du bord de mer britannique. La camionnette de sandwichs au bacon était à nouveau garée au festival, et même à cette heure de la matinée (il n'était qu'environ 10 heures), flottaient dans l'air des effluves de sel et de vinaigre sur des frites chaudes, en provenance du restaurant de *fish & chips*. Sans parler des odeurs moins familières de tous les gens venus visiter la ville. La truffe de Germaine était en surrégime.

Nous venions d'arriver devant la boutique d'accessoires de cuisine quand mon téléphone a vibré. Un message de Nathan.

Ai fait des recherches sur la restauratrice. Sa colocataire a signalé sa disparition, la police de St Ives a enquêté, tous ses vêtements ont disparu, son compte en banque a été vidé, donc ils estiment qu'elle est partie volontairement. Aucun contact avec qui que ce soit depuis. Bizarre, non ?

Un peu, oui, ai-je songé. Un autre message est arrivé.

J'ai rendez-vous chez le dentiste, on se voit après. Je t'enverrai un message. Bisous. Nathan

« Bisous » ? J'ai essayé de ne rien lire dans ce « Bisous ». Peut-être terminait-il tous ses textos non professionnels par des bisous, qu'il avait écrit ça automatiquement, quasiment par erreur, et qu'il s'en voulait déjà, craignant que je ne l'interprète comme une déclaration d'amour éternel. Ah ! Comme si c'était mon genre ! Mais pourquoi me focalisais-je tellement sur ce détail ? N'étais-je pas arrivée à la conclusion que nous étions de simples potes ? Duncan n'avait-il pas quitté sa femme pour moi – alors que je ne le lui avais rien demandé ? J'ai répondu au texto de Nathan en prenant bien soin de ne pas finir par « Bisous », et l'instant d'après, je me demandais si je n'aurais pas dû le mettre, justement, pour qu'il se sente moins idiot s'il s'agissait d'une erreur.

J'ai attaché Germaine devant le magasin et suis allée chercher plusieurs tubes de colorant alimentaire bleu, de la peinture comestible argentée et les indispensables paillettes. D'ordinaire, je suis facilement absorbée par les jolis objets utilisés dans l'art culinaire, et il y en avait des tonnes dans cette boutique, mais en jetant un coup d'œil par la fenêtre j'ai aperçu une femme, que je n'ai pas reconnue immédiatement, en train de faire des papouilles à Germaine. On ne pouvait pas lui en vouloir – ma louloutte poilue est craquante, et non, je n'admettrai jamais en public que je l'appelle « ma louloutte poilue » –, mais j'avais vu un nombre étonnamment élevé de vols de chiens lorsque je travaillais dans la police, et quand on a passé près de vingt ans de sa vie professionnelle à se méfier des gens, on ne se refait pas en un jour. Je suis donc passée sans tarder à la caisse et suis sortie.

La femme était toujours là, on aurait dit qu'elle m'attendait.

—Bonjour. Je me disais bien c'était votre chien ! a-t-elle dit en m'adressant un large sourire.

Voilà, je me rappelais qui était cette dame : Margaret Tiddy, propriétaire de la chambre d'hôtes où Robert Holmes avait séjourné.

—Bonjour, Margaret, ai-je répondu en détachant Germaine. Comment allez-vous ? Ça a dû être un sacré choc pour vous, ce client qui est tombé de la falaise.

—Oh, ne m'en parlez pas, c'est terrible. Pauvre homme. Il était très discret, timide, mais il avait l'air plutôt gentil. Votre ami policier est venu, il a regardé dans ses affaires, mais il n'a pas dit grand-chose.

—L'enquête est en cours, il ne peut pas dire grand-chose à qui que ce soit pour l'instant, j'imagine.

—Je comprends, mais le problème, c'est que toutes ses affaires sont restées dans sa chambre, dont je vais bientôt avoir besoin. Il y a de nouveaux clients qui arrivent lundi. Vous croyez que je peux me permettre de les déplacer ?

—Je ne sais pas. Il faudrait poser la question au commissariat.

—Oui, c'est ce que je me disais aussi. Bon, il va falloir que j'y aille, je suppose, mais j'ai tellement de choses à faire entre cette maison d'hôtes et tout le reste…

J'ai repensé au texto que je venais de recevoir.

—De toute manière il n'est pas au poste de police à cette heure-ci.

—Ah…

Elle m'a lancé un regard implorant et j'ai compris qu'elle allait me demander quelque chose. *Ah, c'est donc pour ça que tu t'es arrêtée en voyant Germaine…*

—Vous allez le voir tout à l'heure, peut-être ? Vous pourriez éventuellement lui remettre quelque chose de ma part ?

*

J'ai remonté Fore Street dans un état second, serrant contre moi l'enveloppe que Margaret Tiddy venait de me donner. J'avais une idée bien précise de ce qu'elle contenait, ce qui me posait un dilemme. J'étais tellement plongée dans mes pensées que je n'ai pas vu Debbie avant de lui rentrer dedans.

—Eh oh ! Reviens sur terre, cocotte ! s'est écriée Debbie en s'agrippant au gros sac qu'elle portait en bandoulière.

—Pardon, j'étais complètement ailleurs.

—Oui, j'avais remarqué. Un problème de mec, c'est ça ?

—Je suis en plein dilemme cornélien.

—Oh là là, je n'ai pas le temps pour les dilemmes cornéliens, moi. Mais raconte quand même à tata Debbie.

—Je viens de mettre la main sur ce qui pourrait être la preuve la plus importante dans l'affaire Robert Holmes, ai-je expliqué en brandissant l'enveloppe. Je devrais la remettre directement à Nathan, mais il est chez le dentiste et donc je suis dans l'impossibilité de la lui donner dans l'immédiat. Je vais perdre une heure à vouloir regarder ce qu'il y a dedans, et au final, si ça se trouve, ce ne sera rien du tout. Donc…

—Donc tu veux savoir si tu dois céder à ta curiosité et l'ouvrir tout de suite.

—C'est ça. Je sais très bien que je ne devrais pas, mais…

—Mais tu ne veux pas non plus faire perdre du temps à la police, n'est-ce pas ? Si tu veux mon avis, tu as une bonne raison… non, plus encore, le *devoir moral* de l'ouvrir au plus vite. Ça te dit d'aller prendre un café ?

*

Nous nous sommes installées dans l'un des bistrots les moins fréquentés de Fore Street, les plus éloignés également de la plage et de l'agitation du festival. Nous avons commandé des cafés au bar puis nous sommes allées nous asseoir à une table d'angle. Germaine s'est glissée sous la table et s'est sagement couchée, pleine d'espoir, attendant de voir s'il y aurait du gâteau.

J'ai posé l'enveloppe sur la table et l'ai observée un moment.

—Allez, vas-y ! m'a incitée Debbie.

Elle exerce une mauvaise influence sur moi, j'étais vraiment contente qu'elle se soit installée à Penstowan. J'ai ouvert l'enveloppe. Il y avait une clé USB à l'intérieur, ainsi qu'une lettre. J'ai pris la clé, quasiment certaine de ce qu'elle contenait : le dernier projet de Robert Holmes.

Debbie, un grand sourire aux lèvres, a posé son sac sur la table et l'a ouvert.

—Tu sais d'où j'arrive ? J'avais un entretien au centre de désintoxication. Il a fallu que je fasse une présentation PowerPoint. Le fiasco total. On pourrait dire que le fait que j'ai eu mon ordinateur portable sur moi à ce moment précis est une coïncidence, mais moi, je préfère le voir comme un signe du destin…

*

J'ai foncé vers la colline en direction de Lowenna Cottage. Germaine galopait devant moi en suivant l'odeur des lapins. Je priais le ciel pour que Geneviève ne soit pas là, même si toute cette affaire la concernait autant que Duncan, mais je souhaitais d'abord en parler avec lui.

J'avais vu les informations sur la clé USB de Robert Holmes. Quand il avait dit à Lauren qu'il allait lui envoyer le fruit de ses recherches, on avait automatiquement pensé qu'il le ferait par e-mail. Mais s'il estimait que conserver ces informations sur son ordinateur portable pouvait présenter un risque, il était logique qu'il se pose des questions sur le niveau de sécurité d'un e-mail. Comme Nathan l'avait fait remarquer, les clés USB sont petites, faciles à cacher et faciles à transmettre par l'intermédiaire de quelqu'un. Seulement, dans ce cas, l'intermédiaire – en l'occurrence Brian, le mari de Margaret – ne l'avait pas transmise. Brian était chauffeur routier à l'international, il n'était pas rare qu'il soit absent plusieurs jours d'affilée.

—Je suis très embêtée, avait expliqué Margaret, parce que Brian vient juste de rentrer du travail et d'entendre les nouvelles sur l'accident, et il m'a donné ça, avait-elle dit en me tendant l'enveloppe avec une expression anxieuse. Il a dit que M. Holmes l'avait croisé dimanche, le jour de l'accident, et lui avait demandé de mettre ça de côté pour lui. Il a dit qu'il fallait le poster, mais il n'était pas sûr de pouvoir aller à la poste le lendemain, alors s'il ne rentrait pas à temps, il voulait que nous fassions pour lui. Brian a accepté, il a pris l'enveloppe et il est parti travailler ce soir-là, avant même que le pauvre homme ne tombe de la falaise. Après, il a complètement oublié cette enveloppe, jusqu'au moment où il est rentré et l'a retrouvée dans la poche de sa veste. Je ne sais pas si c'est important, mais je me suis dit que je devais en faire part à la police, d'autant plus que c'est adressé à cette pauvre dame qui s'est fait renverser hier soir. Voilà ce qui arrive quand la ville est pleine de touristes, des accidents, en veux-tu en voilà.

—Eh oui, ça fait beaucoup d'accidents… ai-je dit en prenant l'enveloppe.

Le nom et l'adresse étaient indiqués sur l'enveloppe, écrits de la main du mort.

Lauren Fulstrop
c/o Parkview Manor Hotel

*

J'ai frappé à la fenêtre de la véranda. Duncan a levé les yeux de sa toile et s'est précipité pour m'ouvrir la porte.

—Jodie !

Après m'avoir embrassée, il m'a entraînée vers la toile. Devant, il a fait un pas de côté, fièrement, pour que je puisse admirer son travail.

—Qu'est-ce que tu en penses ?

—Magnifique…

Et j'étais sincère. Il s'agissait des falaises où nous nous étions promenés le premier après-midi, seulement six jours plus tôt alors que j'avais l'impression que cela faisait des lustres, avec un rendu magnifique, très romantique. Mais ce tableau ne ressemblait pas aux autres toiles de la série de Penstowan, le style était très différent cette fois-ci. Et là, j'ai compris que les soupçons de Robert Holmes étaient tout à fait fondés.

Duncan n'a rien remarqué de particulier dans ma réaction – à vrai dire, la toile que j'avais devant moi me plaisait beaucoup –, il a commencé à m'en parler, à m'indiquer les endroits du tableau qu'il estimait avoir bien réussis. Même Germaine avait l'air satisfait ; elle ne montrait aucune velléité d'uriner dessus, sagement couchée sur le carrelage froid pour se rafraîchir.

—C'est comme ça que je veux peindre, a déclaré Duncan. Produire des toiles en série pour imiter le style des premiers succès, c'est terminé. L'artiste que je suis réellement maintenant, il peint comme ça.

—Super, ai-je dit sans véritable enthousiasme, ce qui ne lui a pas échappé.

Il m'a prise par le bras et m'a fait m'asseoir sur le canapé.

—Ça va, Jodie ? Tu es toute pâle.

J'avoue que soudain, j'ai été prise d'un vertige. Si ce que je subodorais était vrai, étais-je réellement en sécurité dans cette maison ? Je ne croyais toujours pas Duncan capable de meurtre, mais il restait tout de même un tas de choses inexpliquées – Charles Harper et ses étranges appels téléphoniques, pour commencer. Tout cela me rappelait, une nouvelle fois, que je ne connaissais pratiquement pas l'homme assis près de moi sur ce canapé.

—Duncan, tu as dit que tu ne pourrais jamais quitter Geneviève parce qu'elle sait où les cadavres sont enterrés, c'est l'expression exacte que tu as employée.

Duncan a lâché un petit rire.

—On peut dire que c'était une expression malheureuse à la lumière des événements récents. Je me moque éperdument de tout ça, maintenant. Mais attends… tu ne penses tout de même pas que… Ce que je voulais dire, c'est que Geneviève et moi connaissions nos petits secrets respectifs et que je ne lui ferais pas confiance pour garder les miens si je la quittais.

—Qu'est-ce qui a changé, alors ?

—Qu'est-ce qui a changé ? Tu le sais très bien, ce qui a changé. Je t'ai rencontrée.

—Tu me rencontres, et soudain tu te fiches que ces secrets soient révélés au grand jour ?

Je lui parlais sèchement mais il fallait que je sache à quoi m'en tenir. Il a posé la main sur mon bras.

—Ils ne seront pas révélés. J'ai fait tout ce qu'il fallait.

—Comment ?

En éliminant l'une des deux personnes qui savait et en envoyant l'autre à l'hôpital ? Ta femme serait-elle la prochaine sur la liste ?

Il a soupiré.

—Avec Gen, on a eu une longue discussion ce matin, quand je suis rentré. Je lui ai fait une offre très généreuse – non pas qu'elle soit dans le besoin, crois-moi –, et elle a compris qu'une séparation dans la discrétion serait mieux pour elle aussi. Nous avons laissé le passé nous enchaîner l'un à l'autre trop longtemps.

Je me suis écartée de lui et j'ai croisé les bras, à la fois comme une mesure de prévention et pour l'empêcher de me prendre dans ses bras.

—Et alors, ces secrets, de quoi s'agit-il ? Qu'est-ce qui est arrivé à ton colocataire il y a quelques années, au juste ?

Je l'avais pris au dépourvu, il ne s'attendait pas à cette question.

—Mon colocataire ? Alistair Ward ? Qu'est-ce que… ?

—Il était à Penstowan avec vous et Geneviève, la première fois, non ?

—Certes… Tu as dû lire ça dans le livre de Gen. Je ne sais pas ce qu'il est devenu, nous nous sommes perdus de vue il y a des années.

—Perdus de vue, vraiment ? Pourtant on pourrait imaginer que quand on commence à devenir célèbre, les autres artistes ont envie de rester dans votre entourage, pour profiter de la gloire de l'autre.

Duncan avait l'air ahuri.

—Je n'en sais rien… De toute façon, Alistair avait des problèmes…

—Le fait est, ai-je exposé avec détachement, qu'il a disparu des radars quelques mois avant le succès de la première peinture de Penstowan, et qu'il n'a jamais refait surface, pour autant qu'on sache.

Duncan commençait à s'énerver. L'inquiétude se lisait également dans ses yeux.

—Mais qu'est-ce que tu racontes ?

—Samantha Groves. Disparue, elle aussi.

—La restauratrice de tableaux ? Je sais qu'elle a quitté le milieu de l'art, mais…

—Sa colocataire a signalé sa disparition quelques mois après l'accusation de Samantha Groves, selon laquelle Charles Harper aurait vendu un faux tableau de Duncan Stovall aux Lester. La police affirme qu'elle avait emporté ses vêtements et que son compte bancaire avait été vidé, de sorte que tout acte criminel a été exclu. Mais elle n'a plus donné signe de vie. Ce n'est pas aussi facile que ça de laisser sa vie derrière soi et de tout recommencer sous un autre nom. Et il est peu probable qu'une restauratrice de tableaux de Cornouailles ait eu les contacts nécessaires pour se procurer une fausse identité.

Duncan commençait à céder à la panique.

—Qu'est-ce que tu veux dire par là ? Qu'elle a été assassinée ? Je ne comprends rien…

—Qu'est-il arrivé à ton colocataire, Duncan ?

Il s'est levé et s'est avancé vers la fenêtre.

—Je ne suis pas sûr de bien comprendre ce que tu es en train de demander, Jodie. Tu veux savoir si je l'ai tué, c'est ça ?

25

Je ne le quittais pas des yeux.

— Robert Holmes a mené une enquête sur l'époque où vous étiez tous les deux étudiants en art, ai-je commencé. J'ai mis la main sur ses recherches. Elles sont actuellement sur le bureau de Nathan Withers au poste de police mais je voulais t'en parler avant qu'il n'ait l'occasion d'y jeter un coup d'œil.

J'étais tendue car le fruit de ces recherches était en réalité dans ma poche Duncan m'a regardée longuement, puis a lâché un soupir et s'est laissé tomber dans un fauteuil en face de moi.

—Qu'est-ce que tu veux savoir exactement ?

—C'est simple : tout. Alors commençons par le début.

Duncan a réfléchi un moment, a pris une profonde inspiration et s'est enfin lancé.

—Alistair et moi, on s'est rencontrés à Goldsmiths College. Après avoir obtenu notre diplôme, on s'est installés dans une colocation, tous les deux. On partageait tout, les fournitures d'art, l'inspiration… Et quand Geneviève s'est installée chez nous, on… on l'a partagée aussi. Ce qui ne m'enchantait guère, je précise, mais j'étais fou d'elle et je ne voulais pas la perdre.

—Continue.

—Alistair était mon ami, certes, mais il n'était pas très malin. Il avait un réel talent de peintre, qu'il prétendait ne pouvoir utiliser que s'il était défoncé. C'était des conneries, il cherchait simplement une excuse pour se droguer. Au bout d'un moment, le travail n'était même plus une excuse. Quand on est venu passer un mois ici, je pensais que c'était pour se vider la tête et s'inspirer des paysages environnants, mais en réalité, Alistair voulait se planquer parce qu'un gros dealer à qui il devait de l'argent voulait lui mettre le grappin dessus.

—Quand vous êtes venus ici… Ce n'est pas cette fois-là que tu as peint la série de Penstowan, si je me souviens bien.

Duncan avait l'air très mal à l'aise.

—Bien sûr que non. Il y a huit tableaux, il me faudrait plus d'un mois pour en peindre autant. J'ai peint, certes, mais rien qui ait valu la peine d'être conservé. Alistair a fait quelques croquis et pris des tas de photos, et loin de Londres et de son dealer, il a recommencé à s'intéresser sérieusement à son travail. Dès que nous sommes rentrés chez nous, évidemment, il est allé se droguer. Mais c'était différent, cette fois. Il s'est enfermé dans son atelier et a beaucoup travaillé, pour la première fois depuis très longtemps. Ça a duré environ trois mois.

—Et après, que s'est-il passé ?

—Il nous a ouvert son atelier pour nous montrer ce qu'il avait peint.

Duncan a levé les yeux vers moi. La culpabilité se lisait sur son visage, et là, j'ai compris.

—Samantha Groves avait donc raison. Les tableaux des Lester ont bel et bien été peints par deux artistes différents. Seulement, elle s'est trompée sur les auteurs. C'est Alistair Ward qui a peint les tableaux de Penstowan, pas toi. C'est pour ça que tu étais très embêté quand Geneviève a accepté l'atelier ouvert. Tu savais que tout le monde attendait un autre tableau de Penstowan, et tu ne pouvais pas leur en donner un.

Il a acquiescé, au ralenti.

—Ses toiles étaient superbes. Tellement mieux que les croûtes que je produisais. Je me suis dit qu'il allait avoir une carrière extraordinaire, qu'il allait déménager et prendre Geneviève…

—Ça ressemble beaucoup à un mobile pour le zigouiller, ça, si je ne m'abuse.

C'était effectivement un bon mobile, et pourtant, je n'y croyais pas.

—Oui, c'est indéniable, mais je n'ai pas eu le temps de me poser la question parce que très peu de temps après, il s'est envolé pour l'Inde et s'est installé dans un *ashram*. Les gens à qui il devait de l'argent avaient menacé de le tuer s'il ne les payait pas, et bien entendu, il ne pouvait pas régler ses dettes, alors il a pris la fuite.

—En vous laissant le soin d'expliquer tout ça aux dealers ?

—Oui. On a eu quelques visites de gros mafieux, en effet. Je suis peut-être grand mais j'admets que j'ai eu la trouille. Je ne suis pas quelqu'un d'agressif, je ne me suis jamais battu, et je ne savais vraiment pas comment protéger Geneviève. Et puis un jour, Alistair m'a appelé.

—D'Inde ?

—Je suppose, oui. Il m'a suggéré de vendre ses tableaux pour rembourser les dealers. Il pensait qu'on pouvait en tirer assez d'argent pour les faire patienter un peu. Et c'est ce que j'ai fait.

—C'est là que tu as commencé à faire passer ses toiles pour les tiennes ?

—Je maudissais Alistair à cette époque. Le fait qu'il ait couché avec ma petite amie et qu'il se soit enfui en nous laissant dans cette situation… Je lui en voulais beaucoup. Et puis, je lui en voulais aussi de posséder ce talent incroyable et de tout gâcher à cause de la drogue. Je lui en voulais parce que même si moi, je me tuais à la tâche, jamais je ne lui arriverais à la cheville en tant que peintre. Mais je n'ai jamais voulu que les choses tournent comme ça, a-t-il ajouté en se levant brusquement. J'ai besoin de boire un verre. Tu en veux un ?

—Oui, je veux bien, me suis-je surprise à répondre.

Je ne bois jamais aussi tôt, mais là, j'en avais besoin moi aussi. Duncan est allé à la cuisine et est revenu avec deux verres et une bouteille de whisky. Il m'a tendu un verre d'une main légèrement tremblante et y a versé une généreuse dose d'alcool.

Après avoir bu son whisky d'une traite, Duncan a voulu s'en servir un autre mais s'est ravisé. Il a posé la bouteille avec précaution sur le sol et s'est remis à parler.

—J'ai apporté une des toiles d'Alistair à la galerie Hyperion. Charles Harper était venu voir l'exposition de fin d'année des diplômés de Goldsmiths et même s'il n'avait rien acheté, il avait distribué quelques cartes de visite. C'était le seul marchand que je connaissais, de près ou de loin. Il a aimé le tableau et m'a demandé si j'en avais d'autres, alors bien sûr j'ai dit oui. Et puis il m'a fait remarquer que s'il voulait vendre mes œuvres, il faudrait qu'elles soient signées. Là, j'ai hésité. Alistair avait un talent fou, il avait peint ces toiles époustouflantes mais il s'en foutait tellement qu'il n'avait même pas pris la peine de mettre son nom dessus.

—Alors tu as mis le tien.

—Oui. Je suis rentré chez moi et j'ai signé tous ses tableaux de Penstowan, et je les ai emportés à la galerie de Charles. Il m'en a acheté deux pour sa collection personnelle et a vendu les autres en mon nom. Il voulait connaître leur origine, l'histoire de leur création, il disait que les gens n'achetaient pas seulement de l'art mais également des histoires. C'est Gen qui a bâti la légende sur le fait qu'ils avaient été peints pendant un séjour de débauche dans une maison de bord de mer dans les Cornouailles. Elle voulait nous faire passer pour Shelley et Byron, défoncés au laudanum, hyper-productifs. C'était à mille lieues de la vérité mais les médias ont adoré, et ils l'ont adorée elle aussi, bien sûr, parce qu'il n'y avait qu'à la regarder. Elle ressemblait à une star de cinéma.

—C'est toujours le cas, ai-je réussi à dire sans m'étrangler. Que s'est-il passé quand Alistair a découvert ce que vous aviez fait ?

—Je n'en ai aucune idée : on n'a plus *jamais* entendu parler de lui. Pour autant que je sache, il est toujours dans cet *ashram* en Inde. Ou bien les gens à qui il devait du fric l'ont retrouvé et l'ont fait disparaître.

—Ce serait pratique, ai-je commenté, plus pour le plaisir de dire quelque chose que parce que je doutais de sa parole.

Je comprenais qu'il ait fait passer ces tableaux pour les siens sur un coup de tête, et je comprenais aussi qu'il n'ait pas été malheureux de voir Alistair prendre le large, mais je ne le voyais toujours pas tuer quelqu'un, même porteur d'un tel secret, totalement inavouable. Duncan se tordait les mains, il me faisait presque pitié.

—Je sais bien que tout joue contre moi. Je sais aussi que je n'aurais jamais dû mettre un doigt dans cet engrenage, mais tout est allé tellement vite, je n'ai pas pris le temps de penser aux conséquences de mes actes. Toute ma carrière est construite sur un mensonge. Mon propre travail ne se vend que grâce à ses peintures à lui. Sans ça, je serais probablement assis dans une de ces galeries en ville, en train d'essayer de fourguer des aquarelles aux touristes.

—Un travail honnête, au moins, ai-je fait remarquer.

Il a baissé les yeux vers le sol.

—Je sais.

Nous sommes restés en silence un moment. Il s'est servi un autre verre et m'a tendu la bouteille. J'ai bu la dernière goutte de mon whisky et décliné : ça m'avait calmé les nerfs mais la chaleur de l'alcool me brûlait encore la gorge et je ne me voyais pas en boire un jour par plaisir. J'aurais plutôt eu envie d'une tasse de thé à cet instant mais le moment était mal choisi pour lui demander d'aller faire chauffer de l'eau.

—Je comprends mieux pourquoi tu disais que ton mariage était compliqué.

—Eh oui. Crois-moi, je ne te racontais pas de bobards à ce sujet.

Il m'a regardée dans les yeux et j'ai senti mes mécanismes de défense se mettre en place, sans grand succès cependant. Parce qu'il n'y avait pas à tortiller, il me plaisait toujours autant, malgré le fait qu'il me mentait depuis le premier jour de notre rencontre. Et puis, il ne s'agissait pas d'un mensonge de couple, me suis-je dit, pas comme les foutaises que Richard m'avait sorties quand j'avais découvert qu'il était marié. Avec Duncan, disons que c'était plutôt un mensonge d'ordre professionnel, sans aucun rapport avec moi, et donc tout à fait pardonnable…

Duncan sirotait son whisky. Il paraissait nettement plus calme à présent, comme si, le pire étant désormais dit, une certaine forme d'apaisement l'avait gagné.

—Qu'est-ce qui va se passer, maintenant ? m'a-t-il demandé.

—Je ne sais pas. Il faut bien te mettre en tête que cette histoire te fournit un mobile pour le meurtre de Robert Holmes. Que tu n'as pas commis, je sais. Je te crois, même si ça ne va pas spécialement t'aider. Holmes connaissait un secret te concernant, jalousement gardé, qu'il s'apprêtait à révéler à la terre entière. Si ce n'est pas un mobile, ça, alors je ne m'y connais pas.

—Je sais bien... Mais je ne l'ai pas tué, et je n'ai pas tué Alistair non plus, ni Samantha Groves, si elle est vraiment morte. Et je n'ai absolument rien à voir avec l'accident de Lauren. Je te rappelle que moi aussi, je me suis fait renverser.

—Je sais.

—Ce qui compte pour l'instant, c'est que je te l'ai dit, et ça me fait du bien d'en avoir fini avec ce poids énorme du silence Je suis resté trop longtemps avec Geneviève simplement pour que ça ne se sache pas, mais maintenant, je meurs d'envie de dire la vérité à tout le monde. Je ne veux plus faire semblant d'être quelqu'un qu'en réalité je ne suis pas.

—C'est drôle, tu as déjà dit ça cet après-midi-là sur la falaise. Tu as parlé de tout laisser derrière toi et de recommencer à zéro. Ça m'a interpellée.

—De toute façon, ça va forcément se savoir. Maintenant que la police dispose des recherches de Robert Holmes.

Un vague sentiment de culpabilité m'a envahie : l'enveloppe contenant la clé USB était toujours dans ma poche et Nathan n'était même pas au courant de son existence. Mais j'allais la lui donner, bien entendu.

—Oui... Et ça ne va pas être facile pour toi, tout t'accuse. À moins de découvrir qui d'autre que toi avait intérêt à protéger ce secret. Qui est au courant ?

—Je ne l'ai jamais dit à personne.

—Ce n'est pas ce que je t'ai demandé. Qui d'autre est au courant ? Geneviève ? Aurait-elle pu... ?

—Non, non. Ce n'est pas un ange, mais pas une tueuse non plus. Elle peut se montrer impitoyable quand elle veut vraiment quelque chose mais il ne faut pas exagérer. Et de toute façon, elle pourrait facilement endosser le rôle de la pauvre épouse sans défense sous l'emprise de son tyran de mari, tout le monde la croirait sur parole. C'est une formidable actrice. Tu sais, les premières années, on était assez heureux. Enfin, évidemment, moi, je me sentais mal de m'approprier le travail de quelqu'un d'autre, mais je mentirais si je disais que l'argent que ça me rapportait n'était pas une compensation suffisante. Au début, en tout cas. On était invités à des soirées formidables, aux vernissages les plus *select*, et Gen adorait tout ça. Elle a eu quelques aventures – elle a toujours aimé le frisson de la nouveauté –, mais jamais rien de sérieux ni de durable. La première fois que je les ai soupçonnés, elle et Charles, d'entretenir une relation, c'était au moment où les Lester et leurs tableaux sont entrés en scène.

—Tu crois qu'elle aurait pu en parler à Charles à ce moment-là ? Et lui aurait choisi de se taire aussi, naturellement ?

—Peut-être bien. Quand je pense que je suis resté avec elle tout ce temps pour qu'elle sache que le secret était bien gardé, et que c'est elle qui est peut-être allée le raconter ! Ce serait logique, remarque, que Harper ne dise rien, c'est sa réputation de marchand d'art qui était en jeu. Ça aurait pu faire baisser la valeur de mes tableaux, et il en possédait déjà quelques-uns à l'époque. En même temps, le monde de l'art étant ce qu'il est, le scandale aurait également pu ajouter quelques zéros au prix de vente.

—Hum… En arriver au meurtre, c'est tout de même un peu radical. Est-ce qu'il possède encore beaucoup de tableaux de toi ? Combien cela représente-t-il comme perte potentielle ? Assez pour se dire que se débarrasser de quelqu'un serait une solution raisonnable au vu des enjeux financiers ?

—Je n'en sais rien. Je crois qu'il n'a plus aucune de mes dernières œuvres – je parle de tableaux peints par moi –, mais il doit lui rester quelques toiles de Penstowan. Probablement exprès, au cas où le scandale éclaterait. Il fait également office d'intermédiaire entre les collectionneurs d'art privés qui aiment mon travail. « Qui aiment mon travail » est d'ailleurs une drôle de façon de le dire : la grande majorité d'entre eux ne voient probablement jamais ce qu'ils ont acheté, jamais ils n'accrochent chez eux les œuvres qu'ils ont payées à prix d'or.

—Ils les conservent dans des entrepôts spécialisés, c'est ça ?

—Oui, parce que ces tableaux ont beaucoup trop de valeur pour qu'on prenne le risque de les sortir du contexte d'un musée. Mais je suis loin d'être le seul artiste qu'il représente. Je sais qu'il a vendu des œuvres de Damien Hirst, Fiona Rae, Sarah Lucas…

—Tous les autres YBA, quoi, ai-je dit.

Duncan a eu l'air surpris puis il m'a décoché ce petit sourire en coin qui fait palpiter mon cœur.

—Les Young British Artists, c'est ça. Mes contemporains à Goldsmiths. Même si moi, je n'ai jamais vraiment fait partie de la bande. Je n'étais pas assez cool ni assez enragé.

—C'est très surfait, d'être cool et enragé.

Il a eu un petit rire.

—Oh, j'aurais bien voulu être comme ça, je t'assure, mais tout en moi était voué à l'échec. Jusqu'à ce qu'Alistair prenne les voiles. À partir de là, je n'avais plus aucune chance de m'intégrer à la bande.

—Ne pas faire partie d'une bande, c'est beaucoup plus cool. Quoi qu'il en soit, tout ça ne fournit aucun mobile particulier à Charles Harper…

J'étais contrariée parce que j'avais longtemps été convaincue que Harper avait quelque chose à voir avec cette histoire – le pataquès avec le garde du corps lors de la conférence, son ou ses appels téléphoniques étranges juste avant l'accident… Ou peut-être avais-je laissé le fait qu'il ait été soupçonné de fraude par le passé influencer mon jugement à son égard ? Cet homme était de toute évidence quelqu'un à qui l'on ne pouvait pas se fier, un homme arrogant et franchement désagréable, mais cela ne faisait pas forcément de lui un meurtrier. Ça ne f*ait pas non plus de lui un non-meurtrier*, ai-je songé dans mon obstination.

Mon téléphone a vibré.

Tu es où ? Je sors de chez le dentiste, je retourne au poste. Tu peux me rejoindre là-bas. N

J'aurais voulu ne pas remarquer l'absence de « Bisous » à la fin du texto mais voilà, trop tard, je l'avais remarquée. Ce qui était un peu ballot de ma part vu que j'étais avec Duncan.

En relevant la tête, j'ai vu qu'il me souriait.

—Ne me dis rien : Jodie Parker mène l'enquête, je parie qu'il faut qu'elle y aille, maintenant.

J'ai répondu par un grand sourire. Je priais le ciel pour que la confiance qu'il venait de placer en moi en me confessant son histoire porte ses fruits et qu'il ne termine pas sa peinture en cours entre les quatre murs d'une cellule de prison…

26

J'ai laissé Duncan, tout sourire, retourner à son chevalet. Malgré les difficultés qui se profilaient pour lui, il semblait soulagé, comme s'il venait de se débarrasser d'un poids énorme. Et c'était effectivement le cas. Désormais, il n'était plus dans l'obligation de se montrer à la hauteur des tableaux de Penstowan ; il pouvait enfin faire ce qu'il voulait et il était libre de quitter sa femme une bonne fois pour toutes.

En chemin vers le centre-ville, j'ai envoyé un message à Debbie pour lui dire que tout s'était bien passé ; au café, elle avait jeté un coup d'œil aux recherches de Robert Holmes, je n'avais pas pu l'en empêcher étant donné que j'avais utilisé son ordinateur portable. Germaine trottait à mes côtés, la langue sortie. Il faisait chaud sous le soleil de midi.

Nathan nous attendait devant le poste de police, un énigmatique sourire aux lèvres.

—Ça va, toi ? On dirait que tu viens d'avoir une attaque, ai-je dis-je en haletant. (Oui, j'étais à bout de souffle ; et non, ce n'était pas à cause de ses lunettes de soleil qui lui donnaient une allure très séduisante.) Tu veux aller manger un morceau ou tu comptes rester là, à prendre racine ?

—Très drôle. Pub ?

Nous sommes allés à l'Anchor, un pub assez mal entretenu qui surplombe la plage. De par sa localisation, il aurait dû être bondé de vacanciers et de festivaliers, mais la direction avait eu la bonne idée d'opter pour une ambiance « poussière et crasse » qui faisait fuir tout le monde, à l'exception des irréductibles locaux qui souhaitaient se tenir à l'écart de la folie de la saison estivale. Je me demande comment ils continuaient à faire tourner leur commerce, mais quoi qu'il en soit, c'était l'endroit idéal pour parler tranquillement.

Nathan a balayé la salle du regard en entrant.

—Tu crois qu'on met notre vie en danger si on déjeune ici ? C'est la première fois que je mets les pieds dans ce pub… Je me suis dit que ce serait parfait pour un rendez-vous discret.

—T'inquiète, c'est bon, l'ai-je rassuré. Je connais la propriétaire. Elle cuisine très bien et cet été, ils n'ont pas de rats.

Nathan a levé les yeux au ciel, puis s'est détendu en comprenant que je plaisantais. Il a commandé un sandwich au bacon et moi, à l'avocat, puis nous sommes allés nous asseoir.

—Alors ? ai-je commencé. Tu as des nouvelles ?

Il m'a regardée fixement.

—Oui, mais je préfère que tu commences, toi. Allez, je sais que tu me caches quelque chose.

—Je n'ai rien à cacher.

C'était vrai, je n'avais rien à lui cacher : j'avais la ferme intention de partager le contenu de la clé USB avec lui, mais je voulais d'abord savoir ce qu'il avait découvert.

—Debbie s'est trompée, c'est ça ? a-t-il demandé avec détachement.

Mon cœur a fait un bond.

—Dis donc, vous êtes devenus sacrément proches, Debbie et toi, depuis quelque temps, ai-je dit d'un air – presque – indifférent. Tu sais qu'elle est mariée ?

Il a levé un sourcil.

—Et c'est toi qui vas me dire d'éviter les gens mariés ?

—Oui, bon, d'accord, mais il ne va pas rester marié longtemps, Duncan. Il a demandé le divorce. Bref, oui, j'ai quelque chose à te montrer, mais c'est donnant-donnant, et toi d'abord.

Nous nous sommes regardés avec défiance un moment et j'ai su que je le tenais – je suis très forte pour fixer quelqu'un sans baisser les yeux, je n'ai pas été battue à ce petit jeu depuis très, très longtemps. L'astuce consiste à changer la focale de vos yeux de manière à ne pas *vraiment* regarder votre adversaire dans le blanc des yeux, de sorte qu'il ne vous distraira pas, ne vous fera pas cligner des yeux ni détourner le regard. On est comme dans une sorte de transe. Je prends peut-être ça un peu trop au sérieux, je l'admets, mais ça marche à tous les coups. Nathan a fini par tourner la tête vers le bar et rire.

—Têtue comme une mule, celle-là…

Il a attendu que le barman apporte nos assiettes et une gamelle d'eau pour Germaine, puis a sorti une feuille de sa poche et l'a dépliée. Il l'a posée sur la table et l'a poussée vers moi.

—Cadeau.

—C'est quoi, ça ?

J'ai pris le papier. Il s'agissait d'une liste de numéros de téléphone et d'horaires.

—C'est un historique de téléphone portable. J'ai épluché les appels du soir de l'accident avec la voiture. Charles Harper a appelé chez lui à 20 h 07, pendant l'entracte de la pièce. Regarde. Duncan, lui, affirme avoir reçu un appel juste avant l'accident, à 20 h 28…

—Tu le crois, alors ?

—Je n'ai jamais dit que je ne le croyais pas. Regarde bien cette liste.

—Aucun appel reçu sur le téléphone de Harper vers cette heure-là.

—Exact. Maintenant, jette un coup d'œil aux autres numéros de téléphone que j'ai également passés en revue. Tu en reconnais un ?

J'ai regardé de plus près chaque numéro avant de répondre.

—Non, je n'en connais aucun. En revanche, je remarque que quelqu'un a passé un coup de fil à 20 h 07 et a reçu un appel à 20 h 28…

Nathan a acquiescé.

—Oui. C'est un téléphone prépayé, intraçable…

—Pas celui qui a été utilisé le jour de la mort de Robert Holmes ?

—Non, ce n'est pas le même. Mais le numéro appelé est le même que celui qui a reçu un appel ce jour-là, juste après la mort de Robert Holmes.

—Donc… donc quoi ? Attends, je me mélange les pinceaux avec tous ces portables prépayés.

Nathan a posé un index sur l'un des numéros de la liste.

—Écoute bien : celui-ci, appelons-le prépayé 1. Le prépayé 1 a appelé Robert Holmes le jour de sa mort, peu de temps après que Duncan a envoyé un texto à Geneviève.

—OK…

—Ensuite, il a appelé ce numéro-là, que l'on va appeler le prépayé 2, juste après. C'est clair ?

—Comme de l'eau de roche.

—Le soir où Lauren s'est fait renverser, ce numéro, là – attention, prépayé 3 –, a appelé le prépayé 2 au moment où Charles Harper téléphonait chez lui. Ils ont parlé environ trois minutes et ont raccroché quelque cinq secondes avant que le portable de Harper ne raccroche également. Puis, à 20 h 28, le prépayé 2 a rappelé le prépayé 3, et ils ont parlé moins d'une minute avant de raccrocher et de s'éteindre.

Je n'en revenais pas.

—Donc… Donc le prépayé 2 était actif juste avant *les deux* accidents. Et dans les deux cas, les téléphones utilisés pour l'appeler ont été éteints et n'ont plus jamais été utilisés.

—Tu as tout compris.

—Et… Est-ce que tu penses ce que je pense ?

Il a de nouveau hoché la tête.

—Si tu penses que celui qui utilisait le prépayé 2 est le meurtrier, alors oui.

J'ai renversé la tête en arrière.

—Waouh. Et tu sais ce que ça signifie, aussi ? Que Duncan n'est pas l'assassin.

—Mais tu le savais déjà, ça, non ?

Nathan avait l'air amusé, ce qui m'a sérieusement agacée, parce que oui, bien sûr, je le savais déjà, mais je ne le savais pas encore *vraiment*, pas à 100 %.

—Duncan n'a passé ou reçu aucun appel téléphonique le soir où il s'est fait renverser, ai-je senti le besoin de préciser malgré tout.

—En effet, pas d'après ce qu'on sait. Il y avait plusieurs autres témoins, si tu te souviens bien, et je leur ai demandé de me raconter ce que Duncan et Lauren étaient en train de faire avant que la voiture les percute. Aucun d'entre eux n'a vu Duncan au téléphone. Donc en effet, je pense que c'est à exclure.

D'un coup je me suis sentie beaucoup plus légère. Je venais de comprendre que même si je croyais Duncan, je portais toujours sur les épaules ce poids écrasant de l'incertitude. Après tout, je le connaissais à peine. Cela dit, j'étais avec mon ex, Richard, ce connard de coureur de jupons, depuis dix ans quand j'avais appris qu'il me trompait, donc parfois, le temps passé avec une personne ne veut rien dire du tout. On ne connaît jamais vraiment bien les gens.

—Et le coup de fil de Harper ? ai-je demandé. Tu crois qu'il l'a passé pour se fournir un alibi ?

—Exactement. Il vit seul, donc je ne vois pas à qui il s'attendait à parler en appelant chez lui. J'ai appelé le même numéro, ce matin, et je suis tombé directement sur sa messagerie vocale.

—Il voulait peut-être écouter ses messages…

—Je parie que c'est précisément ce qu'il va dire. Personne ne pourra prouver le contraire. Mais rien ne l'empêchait de passer un autre appel au même moment, sur le téléphone prépayé.

—Et il n'a pas d'alibi pour le moment où le meurtrier l'a rappelé.

—Eh non… Malheureusement, Duncan est la seule personne qui affirme avoir reçu cet appel. Personne ne faisait spécialement attention à lui, et les seules personnes qui étaient près de lui, c'étaient Lauren, dans le coma à l'heure où nous parlons, et Geneviève, que je n'arrive pas à joindre.

—Comment ça, tu n'arrives pas à la joindre ? Tu crois qu'il lui est arrivé quelque chose ?

—Je ne sais pas. Je l'ai appelée deux fois et j'ai laissé des messages, mais elle n'est pas encore revenue vers moi.

—Elle est peut-être à l'hôpital. Elle et Lauren sont proches.

—Non, non, j'ai encore des hommes là-bas et ils ont des instructions précises, ils doivent m'appeler tout de suite si elle rapplique. Je suis allé faire un petit tour au festival en sortant de chez le dentiste mais elle n'y était pas non plus. Je pensais faire un saut à l'hôtel de Harper après avoir mangé pour voir si elle ne serait pas là-bas. Tu veux venir avec moi ?

J'ai fait la grimace.

—Je ne suis pas sûre que ce soit une bonne idée, compte tenu de ma relation avec son futur ex-mari…

—Comme tu veux. Bon, eh bien voilà, je t'ai tout dit. À ton tour, maintenant.

J'ai sorti l'enveloppe de ma poche et en ai extrait le contenu.

—J'ai croisé Margaret Tiddy tout à l'heure, la propriétaire de la chambre d'hôtes où logeait Robert Holmes. Elle m'a raconté que Brian, son mari, venait de rentrer d'un voyage. Il était parti dimanche en fin d'après-midi. Et avant de partir, devine qui il a croisé ?

—Robert Holmes.

—T'es pénible, je ne te demandais pas de répondre *pour de vrai*. Mais oui, en effet, Robert Holmes est retourné à la maison d'hôtes après ce mystérieux coup de fil du prépayé 1. Brian était à la réception, il dit que Holmes a dû arriver vers 16 heures et qu'il est redescendu à la réception quarante-cinq minutes à une heure plus tard. Il voulait poster une lettre mais bien entendu, le bureau de poste n'était pas ouvert et il n'avait pas de timbre. Le coup de bol, c'est qu'il se soit adressé à Brian et pas à sa femme – Margaret m'a dit qu'ils avaient des timbres à la réception et qu'elle lui en aurait donné un. Bref. Donc Robert Holmes demande à Brian s'il peut garder cette lettre et lui explique qu'il doit sortir, et que s'il ne rentre pas ce soir-là, il faudrait qu'il la poste pour lui le lendemain. Brian, qui n'est pas très finaud, n'a pas trouvé ça louche, il a simplement dit oui et a fourré l'enveloppe dans la poche de sa veste. Une heure plus tard, il est parti au travail avec la veste sur le dos.

Nathan a posé la main sur la clé USB.

—Et ça, ça contient des révélations explosives, fruit des recherches de Robert Holmes, c'est bien ça ? Et cette feuille ? a-t-il demandé en dépliant la note manuscrite, avant de la lire... Eh bien, on dirait qu'il pensait sincèrement que quelqu'un pourrait s'introduire dans sa chambre et voler son ordinateur portable pour lui piquer son dossier. Donc il en a fait deux copies, sur deux clés USB séparées. Il a envoyé celle-ci à Lauren, par sécurité, et l'autre... où est-elle ?

—Il l'avait sur lui, peut-être, ai-je suggéré. Il avait rendez-vous avec quelqu'un, quelqu'un qu'il essayait de faire chanter, qui sait ? Ou peut-être cette deuxième clé est-elle toujours cachée quelque part.

—Pas dans sa chambre, en tout cas. Davey Trelawney l'a fouillée de fond en comble.

—Alors il l'avait sur lui. Celui qui l'a tué la lui a prise avant de le pousser du haut de la falaise.

—Mais qu'est-ce qu'il a bien pu découvrir de compromettant au point de finir au pied d'une falaise ? Tu le sais, toi ? Tu as regardé ce que contenait cette clé ?

J'ai remercié intérieurement Debbie de ne pas avoir vendu la mèche ; je dois admettre que j'ai toujours eu un faible pour les révélations à haut potentiel dramatique, et que par ailleurs *j'adore* sentir que j'ai l'avantage sur Nathan Withers.

—Oui. Oui, je sais, moi.

*

J'ai donc détaillé le contenu des recherches de Robert Holmes à Nathan, puis je lui ai raconté la conversation que j'avais eue avec Duncan à ce sujet – conversation qui était venue confirmer les soupçons de Holmes. Après avoir exprimé sa surprise à plusieurs reprises en jurant comme un charretier, il est arrivé à la même conclusion que moi : Charles Harper semblait toujours le suspect numéro 1 à cause des appels téléphoniques, des moyens financiers dont il disposait pour engager quelqu'un chargé de faire le sale boulot à sa place, et plus généralement parce que c'était un sale type. Mais – et c'était un gros « mais » – tout cela constituait-il un mobile suffisant pour une tentative de meurtre ? Par ailleurs, la disparition de la pauvre Samantha Groves, la restauratrice de tableaux qui n'avait fait que son travail, pouvait également être considérée comme suspecte.

—Quoi qu'il en soit, ai-je dit, on ne sait toujours pas qui est le véritable meurtrier. À qui appartient le téléphone prépayé numéro 2 ? Qu'est-il arrivé au garde du corps de Harper ? Est-il vraiment rentré à Londres ?

—Ça, on le sait, a dit Nathan. Le type est bien à Londres, il n'a pas bougé depuis qu'il est rentré de Penstowan. Ce n'est pas lui le meurtrier.

—Remarque, avec un garde du corps qui surveille tous vos mouvements, pas évident de planifier un meurtre sans que ça se voie, ai-je dit. Donc on peut supposer que Harper n'a pas soudain décidé de ne plus prendre au sérieux les menaces qu'il avait reçues, mais plutôt qu'il s'est débarrassé d'un témoin potentiel.

—Possible, en effet… Si on pouvait avoir accès aux transactions de la galerie de Harper, ça pourrait nous aider à comprendre pourquoi il a tellement envie d'étouffer le scandale. Mais je ne pense pas que j'aie assez d'éléments pour obtenir un mandat. Dommage que je ne connaisse à la brigade des fraudes personne qui soit disposé à nous rendre un petit service. Je suis certain qu'ils ont déjà un dossier sur lui.

Ah. J'ai sondé son regard mais il était l'innocence même. Il ne savait pas. Il ne pouvait pas savoir.

—Eh bien moi, je connais quelqu'un à la direction des fraudes de Londres…

27

— Ça alors ! Qui voilà ! Que me vaut cet honneur, ma chère Jodie ? Aurais-tu enfin changé d'avis ?

La personne à l'autre bout du fil avait toujours ce ton légèrement moqueur et arrogant qui m'a tout de suite donné envie de lui en coller une.

—À quel sujet ? Celui de te larguer, de quitter la police, ou d'aller m'installer à Penstowan ? Aucun des trois, si tu veux savoir.

J'ai dû me contrôler pour rester aimable malgré tout et me suis efforcée de desserrer les poings. Nathan a remarqué et m'a souri gentiment pour m'aider à rester maître de moi-même.

—De toute façon, ai-je poursuivi, je ne t'appelle pas pour bavarder. Je prête main-forte à la police du coin sur une enquête en ce moment et…

—Oh la vilaine ! Elle fait sa fouineuse ! Je savais bien tu continuerais à te mêler des affaires des autres.

Nathan a levé les sourcils et a articulé silencieusement : « C'est qui, ce branleur ? », ce qui m'a fait plaisir.

—Richard, avant que tu ne dises autre chose – *qui te fasse passer pour ce que tu es, un abruti fini*, ai-je pensé –, il faut que je te dise que tu es sur haut-parleur. Je suis avec un inspecteur de police de Penstowan, on aurait besoin que tu nous rendes un petit service.

Richard – l'homme qui a les yeux (et la zigounette) qui traînent partout, grand prix toutes catégories confondues du Pire Père de l'année –, s'est esclaffé :

—Tiens donc ! Et pourquoi je ferais ça ? Si ton inspecteur ne peut pas obtenir de mandat, c'est son prob…

—Sergent Doyle ? Ici l'inspecteur-chef Nathan Withers, l'a interrompu Nathan d'une voix autoritaire. J'enquête actuellement sur une affaire impliquant un individu bien connu des services de répression des fraudes. Je ne veux pas demander de mandat pour enquêter sur les affaires de cet homme car je ne tiens pas à l'alerter. Par ailleurs, j'ai de bonnes raisons de croire que votre unité, ou l'une des agences avec lesquelles vous collaborez a déjà cet individu dans le collimateur.

—Ouais, peut-être, mais bon…

Richard n'était pas convaincu. Il avait toujours été du genre à respecter les règles au pied de la lettre – sauf en matière de fidélité conjugale, bien entendu.

—Naturellement, a développé Nathan, si mes soupçons sont exacts et que je suis en mesure de l'inculper, toute information qui pourrait avoir trait à un délit financier vous sera transmise personnellement et vous pourrez l'utiliser comme bon vous semblera.

Nathan m'a fait un clin d'œil et j'ai levé le pouce. J'étais très impressionnée par son petit laïus. Sans voir Richard, je le sentais vaciller.

—Ouais mais bon… a répété Richard. (*Mon Dieu, ce type s'exprimait comme un retardé mental, surtout comparé à Nathan* ; *comment avais-je pu m'enticher de lui* ?) Bon. Comment s'appelle le suspect ?

Nathan a esquissé un sourire, le sourire carnassier d'un homme qui s'apprête à porter le coup fatal.

—Charles Harper.

—Putain, mais j'le connais pas, ce mec, moi !

J'ai levé les yeux au ciel. Nathan est à nouveau intervenu.

—*Primo*, sergent Doyle, je vous rappelle que vous vous adressez à un inspecteur-chef, je vous saurais gré bien vouloir soigner votre langage ; *deuzio*, vous êtes assis devant un ordinateur, me semble-t-il, n'est-ce pas ? Alors cherchez ce nom.

On a posé le téléphone et attendu que Richard se montre enfin utile. On l'a entendu taper sur son clavier, puis plus rien. Ensuite, un grognement.

—Bon. Je l'ai. Qu'est-ce que vous voulez savoir ?

*

Nous avons demandé à Richard de passer en revue les dossiers sur Harper et les transactions de la galerie Hyperion. Nous ne savions pas exactement ce que nous cherchions, ce qui compliquait les choses, alors on a dit à Richard de tout examiner : les tableaux achetés, les tableaux vendus, les mouvements bancaires, les partenaires commerciaux, les clients réguliers… *tout*. Je croisais les doigts pour qu'on ne se trompe pas de cible. Je ne tenais pas à avoir contacté ce connard pour rien.

—C'est ton ex-mari, ce type ? m'a demandé Nathan quand on a raccroché.

J'ai acquiescé.

—Ouais. Tu comprends pourquoi c'est mon *ex* avant tout, maintenant ?

—En effet. Il n'a même pas demandé de nouvelles de sa fille. C'est dingue. J'ai déjà du mal à imaginer comment on peut vivre loin de son enfant, mais ne même pas demander de ses nouvelles, alors là, ça me dépasse…

Les paroles de Nathan ont fait ressurgir une blessure profonde. Ma petite fille, ma pauvre petite fille, adorable, elle qui ne se plaignait jamais (je ne parle pas des caprices insupportables de toute adolescente qui se respecte), méritait mieux qu'un père comme Richard. Soudain j'ai revu Daisy et Tony sur le chemin de halage, à Bude. Ils s'amusaient bien, tous les deux. Tony essayait de lui apprendre l'art de l'observation des oiseaux… Il aurait fait un père formidable si sa vie amoureuse n'avait pas tourné au fiasco. Quelle tristesse de se dire que c'était probablement trop tard pour lui, maintenant.

Et Duncan, dans tout ça ? Si après son divorce, nous entamions une relation sérieuse, à long terme, quel genre de beau-père serait-il ? Je ne veux pas dire par là que je comptais déménager à Londres, où il habitait, non, et je n'étais pas certaine qu'il ait, de son côté, l'intention de s'installer définitivement à Penstowan, mais si j'avais un homme dans ma vie, il ferait également partie de celle de Daisy. Et puis, il y avait ma mère…

Sans compter Nathan, avec son air contrarié à chaque fois que je parlais de mon abruti d'ex. S'il s'était installé ici, c'est parce que lui et sa fiancée de l'époque pensaient que Penstowan serait l'endroit idéal pour élever des enfants, et en fin de compte elle avait changé d'avis et était retournée à Liverpool. Un homme capable de déménager jusque dans les Cornouailles pour le bien de sa future descendance était forcément quelqu'un qui prenait l'éducation des enfants très au sérieux. J'ai haussé les épaules.

—J'étais jeune, seule et pas très maline. On est bien mieux toutes les deux comme ça, sans lui, ai-je dit pour clore le sujet. Bon, et maintenant ? Tu comptes toujours aller à l'hôtel ?

—Oui. À la réflexion, il vaut peut-être mieux que tu ne viennes pas. Si Geneviève est là, elle sera très probablement avec Harper et je préférerais qu'il n'y ait pas d'irrégularités lors de mon interrogatoire.

—Et c'est moi, l'irrégularité ?

Nathan n'a pas eu le temps de répondre, un texto est arrivé sur son téléphone. Il l'a regardé puis a relevé la tête.

—Changement de programme. Lauren Fulstrop est réveillée. On lui apporte des oranges ?

*

Lauren Fulstrop était assise dans son lit quand nous sommes arrivés – sans Germaine, que nous avions déposée à la maison. Elle disposait d'une chambre individuelle, remplie de fleurs offertes par des clients inquiets, dont un énorme bouquet de Geneviève, sa grande vedette.

En entrant, Nathan a montré sa carte de police à l'infirmière au chevet de la patiente. Lauren semblait de bonne humeur malgré sa pâleur, elle nous a accueillis chaleureusement.

—Ah, enfin, des visiteurs ! Je m'ennuie à mourir, si vous saviez !

L'infirmière a fait une moue et secoué la tête.

—Regardez-moi ça, a-t-elle dit d'un ton bon enfant, elle n'est pas réveillée depuis une heure qu'elle a déjà envie de partir.

—Je ne m'ennuierais pas autant si vous me laissiez regarder mon téléphone, a ronchonné Lauren.

L'infirmière a levé les yeux au ciel.

—Mais puisque je vous dis que nous ne l'avons pas. Peut-être que ce charmant policier l'a, lui.

Lauren a regardé Nathan avec des étincelles dans les yeux. Espérait-elle obtenir son téléphone en lui faisant les yeux doux comme ça ou cherchait-elle autre chose ? Elle s'était mise sur son trente-et-un le jour où je l'avais interrogée à l'hôtel et qu'elle s'attendait à le voir, lui. Nathan s'est contenté de sourire et a attendu que l'infirmière termine ses soins et s'en aille. Lauren lui a retourné son sourire avec tout le pouvoir de séduction dont elle était capable à cet instant, mais soyons honnêtes, quand on vient de sortir du coma, on n'est pas franchement au top de son pouvoir de séduction, et Lauren me faisait pitié. Allez savoir pourquoi j'étais aussi impitoyable avec cette pauvre femme. Ce n'est pas comme si nous étions en compétition… Hum.

—Alors, inspecteur Withers, avez-vous quelque chose pour moi ?

—J'ai bien peur de n'avoir que des questions pour vous. Nous n'avons pas récupéré votre téléphone sur les lieux de l'accident, et si l'équipe des ambulanciers sur place l'avait trouvé, ils l'auraient confié au personnel soignant de l'hôpital.

Lauren a émis un petit gémissement.

—Ma vie entière est dans ce téléphone…

—Vous avez déjà de la chance d'être encore en vie, lui ai-je fait remarquer. Vous l'avez échappé belle.

Elle m'a dévisagée.

—Encore vous. Vous êtes donc bien de la police. Je me suis posé la question, vous savez… Oui, je sais, vous avez raison, j'ai eu de la chance. C'est drôle, je me souviens très bien de tout ce qui s'est passé juste avant l'accident, mais pas de la voiture qui m'a percutée.

—Ce n'est pas forcément le genre de chose dont on a envie de garder le souvenir, de toute façon, a dit Nathan.

Vous rappelez-vous l'endroit où vous aviez mis votre téléphone juste avant ?

—Il était dans mon sac à main, a-t-elle répondu du tac au tac. J'en suis sûre et certaine, dans mon sac à main, parce que je me souviens l'avoir consulté quand nous étions dehors, devant la tente où il y avait le bar.

—Et qu'est-ce qui vous a poussée à le consulter ? Vous attendiez un appel ? ai-je demandé comme s'il s'agissait d'une question de routine.

Elle a secoué la tête.

—Non, non, c'est parce qu'on parlait…

—Qui ça, « on » ? est intervenu Nathan en sortant son calepin.

—Geneviève, Charles et moi. On sortait de la première partie de cette pièce de théâtre abominable, c'était l'entracte. Duncan est venu nous rejoindre.

Nathan lui souriait pour l'encourager à poursuivre.

—Et de quoi parliez-vous ? Je sais que ça peut vous paraître anodin, mais plus vous nous raconterez cette soirée en détail, plus nous pourrons nous faire une idée précise du déroulé de l'accident.

—Oui, bien sûr… Nous parlions de ce pauvre Robert. Si je regardais mon téléphone, c'est parce qu'il m'avait dit qu'il allait m'envoyer ce projet « incroyable » sur lequel il travaillait. Jusque-là je n'avais pas reçu de message de sa part, mais tout à coup je me suis souvenue que ses e-mails atterrissaient parfois dans mes spams.

—C'est donc ça que vous vouliez vérifier ? ai-je dit, tout en connaissant déjà la réponse puisque Duncan m'en avait parlé.

—C'est ça, oui. Mais il n'y avait pas de réseau, donc je n'ai pas pu le faire. Quand j'y pense, ça semblait peu probable, de toute façon. Le pauvre homme n'avait rien eu l'occasion d'envoyer avant de se retrouver au pied de la falaise.

Nathan notait tout, même si Lauren ne faisait que confirmer ce que nous savions déjà.

—Bien. Et que s'est-il passé, après ? Vous vous êtes éloignés de la tente…

—Oui. Duncan était avec nous à ce moment-là. Charles a fait quelques pas de côté un instant pour passer un coup de fil, puis il est revenu, là Duncan a dit qu'il avait quelque chose à nous annoncer… Je crois que vous savez déjà de quoi il s'agissait, a-t-elle ajouté en me regardant.

—Mais moi je ne suis pas au courant, a dit Nathan.

Elle me fixait toujours, d'un air vaguement désapprobateur. Elle a fini par se tourner vers Nathan et s'adresser à lui.

—Duncan a déclaré qu'il voulait divorcer. J'ai trouvé ça un peu indélicat de sa part d'aborder le sujet devant Charles et moi, et Charles était manifestement d'accord avec moi, d'ailleurs, c'est lui qui a suggéré d'aller dans un endroit un peu plus calme pour en discuter.

—Et qu'a répondu M. Stovall ?

—Il a dit qu'il s'en fichait si on les entendait, mais je pense tout de même qu'il s'est senti un peu mal quand il a vu la réaction de Geneviève. Elle était très affectée. Enfin, non, peut-être pas affectée, mais surprise, en tout cas. Je ne sais pas si vous connaissez la situation de Geneviève et Duncan, inspecteur Withers, mais leur mariage est très libre, disons, depuis des années. Je pensais que ça leur convenait parfaitement comme ça, mais Duncan a expliqué que ça n'avait jamais été un choix de sa part, qu'il avait simplement accepté la situation pour faire plaisir à Geneviève. Il faut vous dire que Gen et Charles sont ensemble depuis plusieurs années, donc Duncan ne venait pas de l'apprendre, ce n'était pas une réaction à chaud. Par ailleurs, il a n'a pas fait mystère sur sa nouvelle amie ici, à Penstowan…

Je l'ai regardée droit dans les yeux.

—Oui. Tout comme Mme Lorre et M. Harper ne font pas mystère sur la nature de leur relation, à l'hôtel, par exemple.

Lauren a éclaté de rire.

—Il a dit que vous étiez au courant de tout. Mais c'est vrai, Gen exagérait un peu, à s'afficher avec Charles. C'est dommage, dans un sens, Gen et Charles étaient ensemble depuis si longtemps, mais que voulez-vous, si Gen et Duncan n'étaient pas heureux…

Nathan s'est raclé la gorge. Je crois qu'il n'avait aucune envie de s'embarquer dans une discussion qui concernait ma vie amoureuse.

—Donc, c'est à ce moment-là que vous vous êtes tous éloignés du bar ? Qui a suggéré d'aller sur le parking ?

—Je ne pense pas que quelqu'un en particulier ait suggéré d'aller sur le parking. Ce que je veux dire, c'est que la tente du bar se trouvait simplement à côté du parking… On s'est écartés, c'est tout. Charles a voulu emmener Gen un peu plus loin, pour s'isoler de la foule qui stagnait devant la tente, mais je ne pense pas qu'il savait vraiment où il allait ; il voulait simplement l'éloigner.

—Que s'est-il passé ensuite ?

Lauren a réfléchi quelques instants, les sourcils froncés.

—Charles avait l'air très remonté contre Duncan à propos du divorce. À bien y penser, sa réaction était un peu bizarre, parce qu'un divorce, ça lui aurait facilité la vie. À moins que mener une double vie en toute discrétion avec Gen soit son truc. Ça plaît à certains hommes, ce style d'existence, vous savez.

—Oui, je sais, ai-je confirmé.

Lauren a eu un petit rire.

—Moi aussi, je le sais ! Bref. Charles a commencé à lui dire qu'il était égoïste, qu'ils avaient juré qu'ils resteraient ensemble… Je ne sais pas, c'est vraiment étrange, ce qu'il a dit, quand j'y repense. On aurait dit qu'il parlait d'autre chose, pas de leur mariage. Ou peut-être que je réfléchis trop, je ne sais pas…

—Et qu'a répondu M. Stovall ?

—Il n'a pas vraiment eu l'occasion de dire quoi que ce soit parce que Charles a dû prendre un autre appel… Je m'en souviens très bien parce que le téléphone a sonné un moment avant qu'il ne se rende compte que c'était le sien. Il avait dû changer de sonnerie récemment, ou quelque chose comme ça, en tout cas, il n'a pas reconnu la sonnerie immédiatement.

Nathan et moi nous sommes regardés d'un air entendu. Je me suis retenue de lever le poing en l'air. Charles avait donc reçu un appel téléphonique juste avant l'accident, et pas sur son téléphone habituel.

—Si je comprends bien, ai-je résumé, Harper n'attendait pas d'appel. Il ne s'attendait pas à ce que son téléphone sonne, apparemment. C'est bien ça ?

Elle a froncé les sourcils.

—Non, en effet… Il aurait dû ?

Nathan avait une autre question à poser à Lauren.

—Avez-vous entendu ce qu'il a dit au téléphone ? Quelques mots, peut-être ? Je m'excuse d'insister, mais cet appel a eu lieu juste avant que la voiture ne vous percute, donc tout ce dont vous pourrez vous souvenir pourrait également vous aider à vous souvenir de l'accident en lui-même.

L'argument de Nathan n'était ni plus ni moins qu'un prétexte, une façon d'amener tout en douceur Lauren à nous parler sans éveiller ses soupçons.

—Non, parce que quand Charles a vu qui appelait, il a dit qu'il devait répondre et il s'est éloigné.

Nathan s'est arrêté de griffonner.

—Et où était Mme Lorre à ce moment-là ?

—Charles lui a pris la main et l'a emmenée. Elle était encore toute chamboulée. Je pense qu'en réalité, c'est le fait que Charles qui s'en soit pris à Duncan qui l'a chamboulée, pas la demande de divorce.

—Donc, vous et M. Stovall êtes restés ensemble, près de la sortie du parking. Et M. Harper et Mme Lorre se tenaient un peu plus loin, à quelques mètres de vous.

—Oui. J'ai demandé à Duncan s'il était bien certain de vouloir divorcer et il m'a parlé de… eh bien, de vous, a-t-elle dit en se tournant vers moi. Il a dit que vous étiez sa nouvelle muse. Grâce à vous, il s'est remis à peindre, à vraiment peindre, et pas seulement à reproduire à l'infini de vieux tableaux. Je crois me rappeler, très vaguement, avoir entendu une voiture derrière moi, puis Duncan m'a attrapée et… je me suis réveillée ici.

Nous avons été interrompus par la sonnerie du téléphone de Nathan. Il a dégainé son appareil et jeté un rapide coup œil à l'écran, puis m'a lancé un regard significatif – significatif de quoi, j'avoue avoir eu du mal à le déchiffrer.

—Excusez-moi, il faut que je réponde, a-t-il dit en se dirigeant vers la porte.

Lauren et moi sommes restées seules, passablement mal à l'aise de nous retrouver en face l'une de l'autre. Après un long silence, elle a inspiré profondément, comme si elle venait de prendre une décision, et s'est remise à parler.

—Écoutez, je vous avouerais que je n'étais pas enchantée quand il a annoncé qu'il voulait divorcer. Je trouve qu'il a fait preuve de maladresse en en parlant à Geneviève devant moi. Mais en même temps… Plus j'y pense, plus je me dis que Gen l'a utilisé pour servir ses propres intérêts. Ce qui ne veut pas dire qu'elle ne l'a jamais aimé, je suis même sûre du contraire, mais aujourd'hui… Il y a encore beaucoup d'affection entre eux, mais ce n'est plus un vrai mariage si la femme couche depuis des années avec un autre homme, même si le mari n'y voit pas d'inconvénient.

—C'est un peu bizarre, j'en conviens.

Elle n'est pas au courant pour les tableaux, ai-je songé. *Elle ne sait pas pourquoi ils sont restés ensemble aussi longtemps.* Cela avait-il véritablement un rapport avec l'affaire ? Comme elle avait été victime de ce qui ressemblait de moins en moins à un accident et de plus en plus à une tentative de meurtre, nous ne l'avions pas considérée comme un suspect potentiel dans le meurtre de Holmes. Si les révélations de Robert Holmes sur l'identité du véritable peintre des tableaux de Penstowan étaient à l'origine de sa mort, on pouvait définitivement écarter Lauren de la liste des suspects.

—Lauren, ma chérie, on m'a dit que tu étais réveillée…

La voix de Geneviève nous a fait sursauter. Elle est apparue dans l'embrasure de la porte, talonnée par Charles Harper. Geneviève s'est arrêtée net en apercevant la femme qui avait mis fin à son mariage, assise au chevet de son agent.

28

Reviens, bon sang, Nathan, reviens tout de suite, ai-je pensé. La situation devenait affreusement gênante. Mais au moins, l'arrivée de Geneviève nous prouvait qu'elle était toujours en vie et qu'elle s'était simplement terrée quelque part avec Harper, comme nous le pensions, comme nous l'espérions.

Lauren s'est redressée et a accueilli ses nouveaux visiteurs avec un large sourire.

—Ah, merci de passer me voir ! Entrez, il y a de la place…

—On ne veut pas vous déranger, a dit Geneviève en me dévisageant d'un air méfiant.

Nul doute qu'elle se demandait ce que Duncan avait bien pu me raconter sur leur passé. Elle devait me voir comme une personne susceptible de la dénoncer, plutôt que comme une voleuse de mari, ce qui m'a aidée à me sentir un peu moins mal à l'aise ; la personne en position de force dans cette pièce, c'était bien moi.

—Pas du tout, ai-je rebondi en souriant aimablement. Je n'allais pas tarder à partir. Tenez, prenez ma chaise.

Je me suis levée et j'ai tourné le siège vers Geneviève Consciente qu'elle passerait pour quelqu'un de malpoli, voire de suspect, si elle m'ignorait, elle s'est gentiment assise. Charles Harper s'est approché à son tour, sans me quitter des yeux. Je souriais encore, mais beaucoup moins aimablement. Je suis allée me poster près de la porte, sans dire un mot, mais sans partir non plus. L'ambiance hypertendue de cette pièce commençait à m'amuser. Oui, je peux être mesquine parfois, mais aucun d'eux n'avait fait de cadeaux à Duncan, et qui sait s'ils n'étaient pas coupables de choses bien plus graves…

Geneviève avait visiblement décidé de se comporter comme si je n'avais pas été là.

—Lauren, on tenait absolument à passer te voir avant de partir.

Mes oreilles se sont dressées. Lauren a eu l'air étonnée.

—Vous rentrez à Londres aujourd'hui ? Je pensais que vous resteriez jusqu'à dimanche. Attendez au moins la vente aux enchères, demain… C'est demain, non ? Ou est-ce que je me trompe de jour ?

—Non, vous ne vous trompez pas, suis-je intervenue. C'est bien vendredi après-midi. La vente aux enchères, la kermesse, le jour de gala, c'est demain.

Et mon maudit gâteau *n'a pas encore de glaçage*, me suis-je soudain souvenue, avant de repousser cette pensée loin, très loin. À ce rythme-là, j'allais finir mes dernières mouettes en pâte à sucre à 3 heures du matin.

—Gen est complètement retournée par… par tout ce qui s'est passé, a dit Harper en me fusillant du regard. Elle est sous le choc, je pense qu'elle devrait rentrer sans tarder.

J'ai dû me mordre la langue pour me retenir de lui faire remarquer que, étant donné que sa maîtresse avait passé la semaine dernière et je ne sais combien d'années auparavant dans son lit plutôt que dans celui de son mari, elle devrait, en toute logique, se réjouir à l'idée de divorcer. J'ai préféré me contenter de sourire intérieurement en pensant au dossier long comme le bras que Richard et son équipe de la répression de fraudes avaient sur lui. Duncan aurait sa revanche un jour. Dans le regard de Geneviève, je ne voyais pas quelqu'un « sous le choc », je voyais simplement une femme déstabilisée par la tournure des événements. Déstabilisée, et peut-être même un tantinet inquiète.

—Je comprends, a dit Lauren avec compassion et regret à la fois. Vous ne voulez vraiment pas assister à la vente aux enchères, au moins ? La nouvelle du divorce va se répandre mais vous pourriez au moins donner l'image d'un couple toujours scellé par l'amitié – parce que vous restez amis, non ? Pour vos carrières, je veux dire. Ton livre sort dans deux semaines, Geneviève…

Geneviève a ouvert la bouche pour répondre mais Harper l'a devancée.

—Non, ce serait trop éprouvant pour elle.

Plus j'observais Harper, plus je le trouvais tendu, à la limite de la panique. Il n'avait qu'une envie, s'en aller au plus vite. S'il avait pu décider de tout lui-même, à l'heure qu'il était, il aurait été sur l'A30 en direction de Londres.

—Alors comme ça, vous partez ?

Nathan avait réussi à se faufiler derrière moi à bas bruit. Il m'a fait tressaillir. (J'ai honte, mais je l'avoue, son apparition soudaine m'a fait lâcher une sorte de couinement, et il y a peut-être même eu une petite fuite au niveau urinaire – ce sont des choses qui arrivent quand on atteint la quarantaine.) En me retournant j'ai vu qu'il me souriait, mais d'un air sinistre. *Ah, le coup de fil qu'il a reçu* était donc *intéressant*, ai-je pensé. Nathan m'a adressé un petit signe de la tête, ce qui m'a fait légèrement flipper : au vu du nombre de fois où je m'étais laissée aller à des pensées impures sur ses abdominaux, j'ai prié le ciel pour qu'il ne soit pas télépathe.

Charles Harper a plaqué un grand sourire forcé sur son visage.

—Eh bien le devoir m'appelle maintenant, donc si vous voulez bien m'exc…

—Je comprends, l'a interrompu Nathan, mais il faut d'abord que je vous parle de l'« accident ». Juste quelques questions avant que vous ne partiez.

J'ai admiré sa façon d'évoquer clairement les guillemets autour du mot « accident » pour bien faire comprendre à Harper que nous savions que ça n'en était pas un.

—Écoutez, monsieur l'agent, ça pourrait peut-être att…

—Inspecteur-chef, a corrigé Nathan. Non, ça ne peut pas attendre. L'hôpital dispose d'une salle qu'il met à notre disposition. Si vous voulez bien me suivre. Comme ça, ce sera fait, n'est-ce pas ?

Nathan a fait un pas de côté et indiqué la porte. Il ne s'agissait manifestement plus d'une simple suggestion. Lauren s'est rallongée en regardant tout le monde.

—Allez-y, je vous en prie. De toute façon, je suis épuisée rien qu'à essayer de savoir quel jour on est.

Harper a poussé un gros soupir.

—C'est très contrariant, tout ça.

—Une tentative de meurtre aussi, monsieur Harper. Surtout pour la victime.

*

Nathan a ouvert la voie et nous a conduits dans une salle d'ordinaire réservée aux familles des patients. Il a ouvert la porte puis a laissé entrer Harper et Geneviève. Sur le pas de la porte, j'ai eu un instant d'hésitation.

—Qu'est-ce que tu as, Jodie ?

—Je suis une irrégularité, tu te souviens ?

Il a haussé les épaules.

—Il me faut un autre officier dans la pièce pendant l'interrogatoire, et j'ai envoyé l'agent qui était ici faire autre chose. Ton contact à la brigade des fraudes m'a donné des informations cruciales donc j'estime que tu mérites d'être là. Je te nomme remplaçante.

Nous sommes entrés et avons refermé la porte. Quand je me suis assise, Harper, qui faisait les cent pas, m'a regardée avec insistance.

—Qu'est-ce qu'elle fait ici, elle ? C'est un agent de police ?

—Mme Parker collabore avec la police du Devon et de Cornouailles en tant que consultante. Du reste, ceci est une simple discussion informelle…

Harper et Geneviève ont échangé un regard puis se sont assis. Nathan a pris son stylo et son carnet, qu'il a calé sur une cuisse.

—Monsieur Harper, la nuit de l'accident suivi du délit de fuite, j'ai cru comprendre que vous avez passé un appel téléphonique. Pouvez-vous me dire à qui vous avez parlé ?

Un petit vent de panique, fugace mais bien réel, a traversé le visage de Harper. Il s'est vite repris.

—J'ai appelé mon téléphone fixe. Si vous regardez l'historique de mon portable…

—C'est ce que nous avons fait. Pourquoi avez-vous appelé chez vous ? Vous vivez seul, me semble-t-il ?

—Tout à fait, a confirmé Harper d'un air compassé. Je voulais consulter mes messages vocaux.

—Nous sommes un jeudi soir, vous êtes avec des amis pour voir une pièce de théâtre amateur, vous sortez prendre un verre à l'entracte, vous discutez de la triste fin de Robert Holmes, et vous décidez soudain de consulter les messages de votre répondeur… Puis-je vous demander ce qui vous a poussé à faire cela ?

Harper souriait mais je voyais bien qu'il était agité et qu'une tempête se déchaînait sous son crâne.

—Oui… Lauren venait de vérifier ses e-mails et ça m'a rappelé que je n'avais pas écouté les messages vocaux de mon téléphone fixe. Elle n'avait pas de réseau, mais moi, j'en utilise un autre.

—Ah, je vois, a dit Nathan en notant quelques mots. Ce que je ne comprends pas, cependant, c'est que j'ai appelé votre galerie tout à l'heure, j'ai parlé à votre assistante, et elle m'a dit qu'elle vérifie toujours elle-même vos messages quand vous n'êtes pas là. Et qu'en l'occurrence il n'y avait pas eu de messages sur votre téléphone fixe de toute la semaine ; il y en a rarement, d'ailleurs, puisque tous vos clients appellent soit directement la galerie, soit votre numéro de portable.

Harper, vaguement décontenancé, ne se départait pas pour autant de son sourire crispé.

—C'est exact, mais je me suis dit que ça ne faisait pas de mal de revérifier…

—Et il y avait des messages quand vous avez appelé ?

—Non.

—Pourtant, vous êtes resté au téléphone pendant trois minutes…

Nathan s'est remis à griffonner en silence. Harper a baissé les yeux sur le carnet, on aurait dit qu'il essayait de lire à l'envers ce que Nathan écrivait. Nathan a relevé la tête.

—Mlle Fulstrop et M. Stovall nous ont tous les deux dit que vous avez reçu un appel juste avant l'accident. Vous en souvenez-vous, mademoiselle Lorre ?

Geneviève a eu l'air prise de court. Elle a levé les yeux vers Harper sans répondre. Nathan ne l'a pas lâchée.

—Mademoiselle Lorre ?

—Oui, oui, je m'en souviens…

La panique s'est à nouveau lue sur les traits de Harper le temps d'une milliseconde, mais ce type était trop malin, trop arrogant et trop riche pour se sentir sérieusement inquiété. À moins que… Nathan a feuilleté son carnet, comme s'il se référait à ses notes, mais d'où j'étais, je voyais qu'il fixait des pages entièrement blanches.

—Mlle Fulstrop se souvient que vous avez mis du temps à répondre, comme si vous ne reconnaissiez pas la sonnerie de votre téléphone. Selon elle, vous aviez peut-être récemment changé la sonnerie de votre appareil…

Était-ce moi ou une minuscule goutte de sueur perlait sur le front de Harper ?

—Euh, oui, en effet, a bafouillé Harper. Oui, c'est ça, j'avais dû changer la sonnerie par erreur parce que je ne me suis pas tout de suite rendu compte que…

Nathan a secoué la tête.

—Monsieur Harper, je vous ai déjà dit que nous avons épluché vos relevés téléphoniques. Votre portable n'a reçu aucun appel ce soir-là.

Geneviève, ahurie, regardait Harper.

—Charles, je ne comprends pas. Tu as dit que…

—Tais-toi, Geneviève, a-t-il dit sèchement avant de se lever. Je ne répondrai à aucune question supplémentaire sans la présence de mon avocat. Laissez-nous tranquilles, maintenant. Tout cela est totalement irrégulier, nous ne sommes même pas au commissariat…

—Monsieur Harper, je vais vous demander de vous rasseoir, l'a prié Nathan le plus aimablement du monde.

Mais Harper a refusé de l'écouter, il a ouvert la porte et est tombé nez à nez avec Davey Trelawney, l'air tout aussi surpris que Harper. L'agent de police avait un poing levé, il s'apprêtait manifestement à frapper à la porte. À la main, il tenait une liasse de papiers.

—Ah, pardon, monsieur, s'est excusé Davey. Je ne voulais pas vous faire peur. Patron, j'ai ce que vous m'avez demandé.

Nathan m'a fait un signe de tête et je me suis levée pour aller prendre les papiers de Davey.

—Merci, Trelawney, a dit Nathan. Si vous voulez bien attendre derrière la porte… Merci. Monsieur Harper, refermez la porte, s'il vous plaît.

J'ai jeté un rapide coup d'œil aux documents. Il s'agissait d'une longue liste, celles des clients de la galerie Hyperion. J'ai remis le paquet de feuilles à Nathan et me suis rassise. Nathan, une main tendue vers la chaise vide, souriait poliment à Harper.

—Monsieur Harper, je vous en prie, rasseyez-vous. Vous n'êtes pas obligé de répondre à mes questions, mais j'aimerais que vous entendiez une de mes théories.

Geneviève, l'air furieuse, a levé les yeux vers son amant qui ne s'asseyait toujours pas.

—Pour l'amour du ciel, Charles, tu ne vois donc pas que tu ne fais qu'empirer les choses ? Inspecteur Withers, je ne comprends rien à ce qui se passe en ce moment mais je peux vous assurer que Charles et moi sommes entièrement prêts à coopérer avec vous.

Harper lui a jeté un regard glacial, et je me suis dit : *Parle pour toi, ma cocotte*, parce que Harper n'avait de toute évidence qu'une envie, prendre ses jambes à son cou et partir loin, très loin d'ici. Pourtant il s'est ravisé, s'est résigné, et s'est enfin rassis.

—Je vous remercie, madame Lorre, a dit Nathan en regardant Harper. Sage décision. J'aimerais vous faire part de ce que j'ai découvert au cours de l'enquête et des raisons qui, je le pense, ont mené à ces événements tragiques.

—Quand vous dites « enquête »… s'est interrogée Geneviève.

—Je parle de l'enquête sur le meurtre de Robert Holmes, madame Lorre, et de la tentative de meurtre sur la personne de Mlle Lauren Fulstrop.

Geneviève est devenue pâle.

—Un meurtre ? Et une tentative de meurtre ? Mais... il ne s'agissait pas d'accidents ?

—Si vous le voulez bien, je vais vous lire quelque chose que j'ai reçu dans la journée, a dit Nathan en posant les documents sur le sol, face contre terre, avant de sortir l'enveloppe que Margaret Tiddy m'avait donnée le matin même.

Il a renversé le contenu de l'enveloppe dans le creux de sa main en prenant bien soin de dissimuler la clé USB, puis il a défroissé la note manuscrite qui l'accompagnait, lentement – un véritable show. *Quel frimeur.* Il me faisait penser à l'inspecteur Columbo, à la télé, quand il se prépare pour la grande révélation finale...

29

Nathan s'est raclé la gorge. Visiblement, il prenait son pied.

—« Chère Lauren, voici le fruit des recherches que j'ai effectuées sur le projet dont je t'ai parlé. Je suis plus convaincu que jamais que les personnes impliquées dans cette conspiration dissimulent des délits et crimes à grande échelle, et qu'il s'agit à tout le moins d'une vaste escroquerie dont le milieu de l'art et le public en général ont été les premières victimes. »

Geneviève a eu un petit rire dédaigneux.

—Ah ! Je suppose que c'est Robert qui a écrit ça. Le pauvre homme, il n'avait aucun talent en tant qu'écrivain, et en tant que journaliste il a toujours cherché à salir la réputation de gens plus doués que lui.

—J'admets que ça peut sembler un peu exagéré, a concédé Nathan, mais le fait qu'il soit mort peu de temps après avoir écrit ces mots nous oblige à examiner ses déclarations de plus près, vous ne pensez pas ? Revenons à cette missive… Où en étais-je ? « J'ai essayé de parler de mes découvertes à l'une des personnes impliquées, mais cette personne ne m'a pas pris aux sérieux. En revanche, peu de temps après, j'ai reçu un appel téléphonique de l'un de ses associés, qui a demandé à me voir… »

Harper arborait un petit sourire suffisant.

—On dirait qu'il tient tellement à rester vague dans ses accusations qu'il ne cite personne, aucun nom, rien, et donc on ne sait pas de qui ou de quoi il parle. L'impasse, en somme.

—Pas tout à fait, car nous avons également ceci, a dit Nathan en montrant la clé USB.

Un éclair de rage a traversé les yeux du marchand d'art.

—Il lui a envoyé une clé USB…

J'ai hoché la tête.

—Eh oui. Allez savoir pourquoi, il craignait que son e-mail soit intercepté et supprimé. Au cas où quelqu'un mettrait la main sur son téléphone, par exemple. Mais l'idée que quelqu'un puisse essayer d'empêcher définitivement Lauren Fulstrop d'accéder à ses e-mails ne lui a pas traversé l'esprit.

L'expression du visage de Geneviève trahissait à nouveau sa stupéfaction. Elle avait évidemment deviné que Robert Holmes connaissait la véritable histoire des tableaux de Penstowan, mais elle venait tout juste de comprendre, à sa grande horreur, que d'une manière ou d'une autre, c'était à cause de cela qu'il avait été éliminé.

—Nous savons, a poursuivi Nathan, que M. Holmes s'est rendu à Lowenna Cottage, où il avait l'intention de rencontrer M. Stovall. Toutefois, il a apparemment changé d'avis à la dernière minute.

—Il faut dire que Duncan est particulièrement bien bâti, n'est-ce pas ? ai-je dit en regardant Geneviève qui m'a lancé un regard noir en retour. J'aurais eu la trouille, moi aussi, si j'avais été Robert Holmes.

—Nous savons que M. Stovall vous a ensuite envoyé, à vous, madame Lorre, un SMS auquel vous n'avez pas répondu immédiatement. Le coup de fil auquel la victime fait référence a été passé peu de temps après que vous avez reçu ce message.

Harper, les bras croisés, souriait toujours. Il avait l'air d'avoir retrouvé son calme et d'être confiant, parce que bien sûr, il savait exactement de quoi parlait Nathan, et même ce qu'il allait dire.

—Il a été passé d'un téléphone prépayé – vous savez ce que ça veut dire ? –, vers le portable de la victime, et juste après, ce téléphone a émis un autre appel, vers un second téléphone prépayé.

—Et ce second téléphone, à qui appartenait-il ? a demandé Harper. Ah oui, pardon, vous ne savez pas, parce qu'il s'agissait d'un téléphone jetable. Décidément, on dirait que vous ne savez pas grand-chose.

Nathan s'est fendu d'un sourire à son tour.

—Je peux continuer avec la lettre ? Je vais vous la résumer, car M. Holmes a été un peu longuet. Pour faire court, Robert Holmes a supprimé de son ordinateur portable toute trace de ses recherches : il estimait que ses trouvailles auraient déclenché un tel scandale que quelqu'un aurait pu chercher à s'introduire dans sa chambre d'hôtes et lui dérober son ordinateur, pour éviter toute fuite. Il a fait deux copies de ses recherches, sur clé USB : il en a pris une avec lui, et l'autre, celle-ci, il l'a confiée au propriétaire de la maison d'hôtes en lui demandant de la poster s'il ne revenait pas de son rendez-vous sur les falaises.

—Mais pourquoi en aurait-il emporté une ? a demandé Geneviève, toujours un peu perdue.

—Peut-être essayait-il de faire chanter la personne avec qui il avait rendez-vous, ai-je suggéré. Il avait l'air convaincu que cette personne voudrait mettre ces données en sécurité en proposant de l'argent en contrepartie, beaucoup d'argent.

—Mais la personne qui était au rendez-vous s'est emparée de la clé et a poussé Holmes de la falaise, c'est ça ?

Geneviève avait l'air vraiment choquée : *Elle n'a pas une seule seconde envisagé ce scénario*, ai-je songé. Certes, elle et son mari avaient fait passer les toiles de Penstowan pour celles de Duncan, en leur inventant une belle histoire, mais ça, c'était le passé. J'étais convaincue qu'ils n'avaient rien à voir avec les récents événements.

Nathan a confirmé d'un hochement de tête.

—Je pense en effet que c'est ce qui s'est passé. Robert Holmes a peut-être même parlé d'une autre personne qui recevrait une copie de ses recherches s'il ne rentrait pas chez lui le soir même, mais soit l'agresseur a pensé qu'il bluffait, soit il savait qui allait les recevoir, soit encore l'agresseur en question n'était pas assez copieusement rémunéré pour s'en préoccuper, étant payé pour faire taire Robert Holmes et rien d'autre.

Geneviève s'est tournée vers Harper, qui regardait toujours Nathan fixement.

—Mais… ce qu'il a découvert, a-t-elle dit, ça ne constitue tout de même pas un motif suffisant pour tuer quelqu'un, si ?

—Non, ai-je dit. Moi non plus, je n'y croyais pas. Et Duncan s'en moque. D'ailleurs, il est heureux que la vérité soit enfin révélée au grand jour. Fini les faux-semblants.

Geneviève m'a regardée puis a soupiré.

—Je sais bien… Il était grand temps, en effet. Cette histoire a toujours rendu Duncan malheureux. C'est un type bien, vous savez, mademoiselle Parker. Je suppose que vous aussi, vous connaissez la vérité, inspecteur ? Vous savez que les recherches de Robert sur les tableaux de Penstowan expliquent leur véritable origine, et que la carrière de Duncan, et la mienne par conséquent, est fondée sur un mensonge. Vous pensez probablement que cela fournit à mon mari un mobile idéal pour tuer Robert Holmes, mais je vous assure qu'il serait bien incapable de faire une chose pareille. Duncan ne ferait pas de mal à une mouche…

—Madame Lorre, je ne pense pas que votre mari soit coupable d'autre chose que d'avoir menti au sujet des tableaux. Si tout ce dont nous disposons se limitait à cette lettre et la clé USB, ce ne serait pas bon pour lui, en effet. Mais il y a les appels téléphoniques. Le téléphone prépayé avec lequel on a contacté Robert Holmes a été désactivé juste après le deuxième appel. Mais le second appareil, lui, n'a pas été désactivé. Et ce même second appareil a émis un appel la nuit où Lauren Fulstrop a été renversée. Juste avant l'accident, pour être précis, au moment même où M. Harper recevait un appel sur un téléphone qui ne lui était pas destiné officiellement, un appareil avec une sonnerie qu'il ne connaissait pas.

—Vous êtes en plein délire, a commenté Harper avec une arrogance naturelle tout de même tempérée par ce qui ressemblait beaucoup à de la peur.

Et je me suis souvenue de ce que j'avais pensé peu de temps auparavant, quand il avait annoncé leur départ à Lauren : *Ce type a la trouille.*

Nathan s'est baissé et a pris les papiers que Davey Trelawney avait apportés.

—Ces documents sont très intéressants. Mlle Parker a des contacts au sein de la brigade de répression des fraudes, à Londres. Vous les connaissez, monsieur Harper, me semble-t-il, n'est-ce pas ? En tout cas, eux, ils vous connaissent bien.

Charles Harper s'est levé d'un bond.

—Ça suffit, maintenant, c'est terminé, cette… cette mascarade ! Si vous voulez me parler, ce sera à une heure et dans un endroit que je choisirai, moi, et en présence de mon avocat. Allez, viens, Gen, on s'en va.

Mais Geneviève n'a pas bougé. Elle le regardait d'un air presque implorant.

—Oh, Charles… qu'est-ce que tu as fait ? Je t'en prie, dis-moi que tu n'as pas tué ce pauvre Robert.

—Ce pauvre Robert essayait de nous faire chanter ! Toi, Duncan et moi ! Il a dit qu'on avait tué cette foutue restauratrice de tableaux il y a dix ans, et il a même dit qu'il y avait des zones d'ombre à éclaircir concernant la disparition de votre copain Alistair au début des années 1990.

—Asseyez-vous, monsieur Harper, l'a enjoint Nathan d'un ton égal.

Charles Harper respirait fort et secouait la tête.

—Je n'ai tué personne, moi ! Et je n'ai pas tué Robert Holmes ! J'étais avec toi tout l'après-midi, Gen, tu le sais bien, j'étais présent à la séance de questions-réponses…

—Mais tu es sorti passer un coup de fil, a-t-elle dit dans un murmure. Inspecteur, quand j'ai reçu le texto de Duncan, je savais pertinemment qu'il n'aurait pas un seul instant imaginé la véritable raison de la colère de Robert ; il s'est simplement dit que Robert était jaloux de toute l'attention que je recevais de Lauren. Par contre, quand je t'en ai parlé, Charles, toi, tu as tout de suite compris, n'est-ce pas ?

—Monsieur Harper, suis-je intervenue, vous aviez entendu ce que Robert Holmes avait dit un peu avant au cours de leur discussion. Holmes n'avait même pas songé à baisser la voix devant vous parce qu'il ne savait pas que vous étiez déjà au courant, jusqu'au moment où vous l'avez appelé.

Harper n'a pas daigné répondre mais il s'est laissé choir sur la chaise.

—Tu es sorti quelques minutes après, lui a rappelé Geneviève. Tu as dit que c'était pour ton travail…

—C'était le cas, a-t-il répondu sèchement.

Nathan a brandi une feuille.

—En effet, c'était un appel professionnel, a-t-il confirmé. Le contact de Mlle Parker à la Répression des fraudes nous a envoyé ceci pendant que nous bavardions avec Mlle Fulstrop. J'ai demandé à un collègue de l'imprimer. Tenez, regardez.

Nathan a tendu la feuille à Harper, qui l'a à peine regardée. Nathan a fait un geste vers un autre exemplaire de cette feuille, que j'ai prise à mon tour.

—C'est une liste de transactions, a développé Nathan. Votre galerie, monsieur Harper, le lieu, les expositions, c'est une sorte d'activité subsidiaire pour vous, n'est-ce pas ? Par rapport à vos activités de courtage, je veux dire. Vous agissez en tant qu'intermédiaire dans de grosses transactions, c'est bien ça ? Vous négociez la vente d'œuvres d'art très réputées entre collectionneurs privés, dont certaines sont signées de votre ami Duncan, mais je vois aussi Damien Hirst, Tracey Emin… beaucoup de grands noms. D'après ce que je comprends, a ajouté Nathan en posant un index sur un numéro, ces numéros de série se rapportent à des tableaux spécifiques. Celui-ci, par exemple, est celui d'un des tableaux de la série de Penstowan, *La* Plage à marée haute. Apparemment, la toile a été achetée et vendue plusieurs fois depuis une dizaine d'années, même si nous n'avons qu'un aperçu des deux dernières années.

J'ai regardé la liste. Le tableau de Duncan était effectivement passé entre les mains de plusieurs collectionneurs. Nathan a indiqué une autre colonne.

—Vous remarquerez que certains noms reviennent régulièrement dans la colonne des clients. Vous avez un paquet de clients réguliers, monsieur Harper.

—Et alors ? a aboyé le galeriste. Ce sont des clients très fidèles. Ils aiment ma façon de travailler.

—C'est surprenant, tout de même, quand on sait qu'ils ont tous perdu des sommes considérables à chaque fois qu'ils ont acheté puis revendu un tableau par votre intermédiaire.

J'avais beau être abasourdie par ce que j'entendais, je commençais à comprendre où Nathan voulait en venir.

Harper s'est contenté de hausser les épaules.

—Dans le monde de l'art, il y a des hauts et des bas, c'est comme ça.

—Plus de hauts que de bas, je dirais, monsieur Harper, ce qui m'a paru un peu étrange. Mais le plus bizarre, c'est qu'une personne a vendu le tableau en juin, alors que la toile avait été achetée par quelqu'un d'autre le mois précédent, et ce quelqu'un d'autre en était apparemment toujours le propriétaire officiel. Si je le sais, c'est parce que parmi les autres services que vous proposez – là encore, à un prix non négligeable – figure une assurance spécialisée pour les collections de vos clients.

Harper s'est passé une main dans les cheveux et a eu un petit rire nerveux.

—Probablement une erreur de comptabilité, rien de plus.

Nathan a fait semblant d'y réfléchir.

—Peut-être, oui... Dans ce cas, permettez-moi de vous dire que vous avez besoin d'un meilleur comptable. Au début, je me suis dit que vendre le même tableau à deux personnes à la fois, c'était impossible. Les gens s'en rendraient forcément compte, non ? Personnellement, si j'achetais un tableau et qu'il ne finissait pas accroché chez moi, parce qu'en réalité il décore la maison de quelqu'un d'autre, je le remarquerais, je pense.

—Ah, non, pas forcément ! suis-je intervenue à ce moment-là. Duncan m'a expliqué que lorsqu'un tableau atteint une certaine valeur, les gens ne l'achètent pas pour l'accrocher chez eux. La toile n'est qu'un investissement qu'on achète et qu'on revend, comme n'importe quelle autre marchandise. Il m'a parlé d'entrepôts spécialisés, remplis d'illustres œuvres d'art. Les plus chères ne sont jamais exposées, elles restent là, à prendre de la valeur.

—Dans ce cas, il est très facile de transférer la propriété entre clients sans que personne ne s'en rende compte, a commenté Nathan en opinant du bonnet. C'était en effet ma deuxième piste.

À ce stade, Nathan a feint de consulter d'autres documents et moi, je me suis penchée sur une feuille que Richard, ou un de ses collègues, nous avait également fournie. Il s'agissait d'une liste d'activités inhabituelles ou suspectes.

—Bon, les erreurs de comptabilité mises à part, a repris Nathan, je constate que même lorsque les dates de transaction n'ont pas de sens – des toiles sont achetées avant d'avoir été vendues, ce genre de choses ; en fait, c'est un tel bazar dans vos comptes qu'on pourrait presque croire que cela a été fait exprès pour embrouiller un enquêteur –, tout finit par s'arranger : ce sont toujours les quatre ou cinq mêmes personnes, ou plutôt leurs sociétés, devrais-je dire, car tous ces collectionneurs privés utilisent des personnes morales pour leurs transactions, qui achètent des œuvres d'art et les revendent assez rapidement. Et en bout de course, trois de ces mêmes sociétés – celles-ci, regardez – finissent par récupérer la ou les toiles dans leur collection. Voilà qui est pour le moins inhabituel, monsieur Harper, non ?

—Dans le monde de l'art…

—Il y a des hauts et des bas, oui, je sais, monsieur Harper. J'ai ici une liste des propriétaires de ces trois sociétés. Ce sont les mêmes noms qui reviennent sans cesse. Reconnaissez-vous ce nom, monsieur Harper ? Charlotte Havers. Bien entendu puisque c'est votre assistante, n'est-ce pas ? Et celui-là, Anthony Bogdanovich…

Geneviève a écarquillé les yeux.

—Tony Bogdanovich ? s'est-elle écriée. C'était un de nos stagiaires à la galerie il y a quelques années ! Qu'est-ce que… ?

—Comment avez-vous procédé ? a continué Nathan. Lui avez-vous dit que vous aviez besoin d'une simple signature sur un document sans importance et lui avez-vous demandé de signer les papiers sans les lui faire lire ? *Idem* avec votre assistante, je suppose, car je ne vous vois pas la mettre au courant.

Geneviève était complètement désemparée, elle me faisait presque pitié.

—La mettre au courant de quoi ?

—Du blanchiment d'argent, ai-je dit. Car c'est bien de cela qu'il s'agit. Oh, c'est parfaitement bien pensé : vous faites circuler de très grosses sommes sans avoir à fournir de marchandises. Tout ce qu'il y a à acter, c'est le transfert de propriété d'un tableau. Ensuite, une fois que l'argent est passé par le système plusieurs fois, le tableau est revendu, avec perte – cette perte représentant votre commission pour le blanchiment des fonds qui vous ont été confiés. Pas étonnant que vous ne teniez pas à ce que la vérité sur Duncan éclate au grand jour. Il fallait à tout prix éviter que quelqu'un mette le nez dans vos affaires.

Harper a secoué la tête.

—Non, non, ça ne s'est pas passé comme ça… Je ne savais pas qu'ils allaient tuer Robert, et imaginer qu'ils allaient essayer de s'en prendre à Lauren était tout bonnement impensable. Je croyais qu'ils les feraient taire, comme ils ont fait taire la restauratrice de tableaux.

—Et comment ont-ils fait taire cette personne, monsieur Harper ? a demandé Nathan tandis que je me demandais qui était derrière ce « ils ».

—Ils ont dit qu'ils allaient acheter son silence. Qu'ils lui donneraient assez d'argent pour qu'elle recommence sa vie ailleurs. Mais vous, inspecteur, vous n'y croyez pas, n'est-ce pas ? Vous pensez qu'ils l'ont tout bonnement liquidée.

—Nous n'en savons rien, monsieur Harper. Personne n'a réussi à retrouver sa trace.

Soudain, Harper s'est penché en avant, la tête entre les mains.

—Mon Dieu… J'ai été d'une grande naïveté… Je ne savais pas… Je ne voulais pas savoir. Alors… j'ai paniqué quand Gen m'a dit qu'elle était convaincue que Duncan finirait par vous parler de la véritable origine des tableaux. Elle ne lui faisait pas confiance, elle pensait qu'il vous raconterait tout, et en plus, elle savait bien qu'il s'en fichait complètement. Alors moi… j'ai…

Je me suis levée et j'ai haussé le ton.

—Qu'est-ce que vous avez fait exactement, monsieur Harper ?

—J'ai rappelé ce numéro…

30

Nathan m'a emboîté le pas dans le couloir, il a franchi les portes de l'hôpital devant moi et moins de trente secondes plus tard, il était au volant de sa voiture. Je me suis glissée du côté passager et j'avais à peine bouclé ma ceinture de sécurité que le véhicule démarrait sur les chapeaux de roues.

C'était une voiture banalisée mais grâce au gyrophare sorti pour l'occasion, et à grands coups de klaxon, on s'est faufilés dans la circulation en direction de Penstowan. Nathan a fait un signe de tête vers la radio.

—Appelle, vite.

Je me suis exécutée malgré la peur qui me prenait aux tripes. La peur de ce que nous allions trouver à Lowenna Cottage. Pendant tout le trajet à travers les rues, j'étais parcourue de frissons. Le frisson de la chasse…

Davey Trelawney avait été chargé de surveiller Harper et Geneviève jusqu'à ce que des renforts arrivent à l'hôpital pour les emmener tous les deux au poste de police. Toute la combativité de Harper avait disparu, remplacée par une attitude d'effroi, l'effroi que j'avais senti chez lui. Je ne comprenais toujours pas exactement ce qui se passait, mais à ce moment précis, je m'en fichais éperdument. Tout ce que je voulais, c'était retrouver Duncan avant qu'il ne soit trop tard.

Dans Penstowan, nous avons pris par Cliff View Drive, une longue route sinueuse qui monte le long des falaises et mène à Lowenna Cottage. *Allez, allez, plus vite.* J'ai lâché un cri de frustration lorsqu'un tracteur et sa remorque nous ont bloqué le passage. Nathan s'est mis à klaxonner mais le conducteur a simplement levé la main pour s'excuser. Il a bien tenté de se mettre sur le bord de la route pour nous laisser le doubler, mais il n'y avait pas la place de passer et cette manœuvre nous faisait perdre encore plus de temps.

—Nom de Dieu ! Je ne peux pas attendre ! me suis-je écriée.

Je suis sortie de la voiture et me suis mise à courir. Derrière moi j'ai entendu la deuxième portière de la voiture claquer. Nathan me suivait. Au loin résonnaient déjà les sirènes ; les renforts étaient en route.

J'ai gravi la colline au triple galop, Nathan derrière moi au même rythme. Arrivés au cottage, nous nous sommes approchés à pas de loup. La porte d'entrée était grande ouverte. Après un échange de regards, nous avons foncé à l'intérieur.

Il n'y avait personne. J'ai eu envie de hurler quand j'ai aperçu une chaise renversée et une bouteille de whisky fracassée.

—Mon Dieu…

Nathan scannait la pièce du regard. La porte de la véranda était entrouverte.

—Ils sont sur les falaises. Allons-y !

Nous sommes sortis de la maison sans perdre un instant et avons foncé vers falaises. En reprenant notre souffle, nous avons scruté les alentours, espérant repérer quelqu'un, quelque chose. À gauche, le sommet de la falaise était désert : un tapis d'herbes sauvages, quelques rochers et une immense étendue de ciel bleu magnifique, rien de plus. À droite, l'avancée d'Elephant Rock, cernée par les ajoncs et les mûriers. J'ai filé vers le point de vue.

—Par là !

Imaginer que mon histoire d'amour avec Duncan se termine là où elle avait commencé, moins d'une semaine auparavant, avait quelque chose de cruel et de poétique à la fois.

Soudain, j'ai aperçu du mouvement dans cette direction. Une silhouette… un homme qui se déplaçait dans les buissons, traînant quelque chose vers le bord de la falaise, quelque chose de volumineux, lourd et… affreusement inerte. Les cheveux roux de l'homme se détachaient sur le vert foncé des taillis, et je me suis souvenue de l'Écossais belliqueux que j'avais surpris en pleine discussion avec Charles Harper, bien avant de savoir qui était Charles Harper.

—Arrêtez ! Police ! a crié Nathan.

L'homme aux cheveux roux a relevé la tête, regardé autour de lui et nous a vus. Il a hésité un instant, puis on a entendu le son des sirènes et deux 4 × 4 de la police ont surgi à quelques centaines de mètres, ils fonçaient vers nous. L'homme a lâché son fardeau et s'est enfui à toutes jambes vers le bord de la falaise, bondissant par-dessus les buissons. La silhouette au sol était bien le corps de Duncan. Je me suis mis agenouillée près de lui en priant pour que nous ne soyons pas arrivés trop tard. Une entaille sur son front saignait abondamment, il était pâle et inconscient, mais il respirait encore. Dieu merci.

Nathan s'était lancé à la poursuite du rouquin.

—Arrête ! ai-je hurlé. Nathan, arrête-toi ! Le bord de la falaise… c'est dangereux !

Nathan a dérapé et fait une embardée pour contourner une brèche dissimulée par les broussailles, derrière laquelle la falaise chutait à pic. Il a sauté sur un rocher et poursuivi sa course alors que, devant lui, une voiture de police s'était arrêtée le long du précipice, lui bloquant le passage. D'un coup, il a voulu changer de cap, il a trébuché sur une bosse, crié, et a disparu.

—Nathan ! Arrête !

À bout de forces, j'ai regardé les deux officiers sortis de la voiture de police se précipiter vers le bord de la falaise. Dans sa course-poursuite, Nathan s'était arrêté juste à temps.

*

À la manière des princesses en détresse que l'on vient de sauver d'un grand péril, c'est à cet instant précis que Duncan a choisi de se réveiller, la bouche en cœur.

—Où suis-je ?

J'étais tellement soulagée que sur le moment, je n'ai même pas relevé cette phrase digne d'un conte de fées. Je me suis penchée, je l'ai embrassé, et j'étais encore plus soulagée quand il a réussi à glisser sa langue entre mes lèvres. Visiblement, il n'était pas aussi gravement blessé que ça.

Il s'est relevé avec l'aide du sergent Adams, un officier de police d'ordinaire pas mécontent d'être considéré comme trop vieux pour s'occuper d'autre chose que de la paperasse du commissariat. Mais il avait entendu dire qu'il y avait de grabuge sur les falaises et avait tenu à venir. En bas de la colline, une ambulance nous attendait, garée, curieusement, exactement à l'endroit où elle s'était arrêtée le jour où Duncan était descendu le long de la falaise pour venir en aide à Robert. Pendant que l'ambulancier l'examinait, Duncan m'a raconté ce qui s'était passé.

Il était en train de terminer une toile – dont il était très satisfait – et il lui tardait de montrer au monde la nouvelle direction que prenait son travail, le vrai style de Duncan Stovall. Avais-je vu le tableau quand j'étais passée au cottage ? J'ai pu sans mentir, mais avec une pointe de sarcasme, lui répondre que malheureusement, non, parce que j'étais un peu occupée à ce moment-là, à essayer de lui sauver la vie, tout ça, quoi. Donc, il était en train de peindre, et comme l'atelier ouvert était toujours d'actualité, il ne faisait pas vraiment attention à qui entrait et sortait, jusqu'au moment où il avait entendu des bruits de pas. En apercevant l'homme aux cheveux roux, il n'avait rien pensé de particulier puisqu'il avait déjà croisé ce type plusieurs fois au festival. Le rouquin s'était d'abord tranquillement installé pour le regarder peindre, et Duncan, très concentré sur son tableau, n'avait pas entendu le type arriver derrière lui et le frapper à la tête…

Malheureusement pour le présumé assassin, Duncan était beaucoup plus grand que lui et dans un réflexe, il s'était défendu. Il a attrapé la bouteille de whisky qui traînait sur une table et l'a jetée à la figure de son assaillant. L'espace d'un instant, Duncan avait bien cru qu'il allait remporter la première et unique bagarre de sa vie. Mais l'agresseur était malin et avait manifestement beaucoup de pratique en la matière ; il avait suffi d'un coup bien placé de sa matraque ou de l'arme qu'il avait utilisée (Duncan ne l'avait pas vue) pour assommer le peintre. Et la dernière chose dont Duncan se souvenait, alors qu'il était encore trop sonné pour se relever et se rebiffer, ou même crier, c'était de sentir son corps traîné sur la falaise.

Le médecin a rassuré Duncan sur son état de santé tout en l'avertissant qu'il pouvait avoir un traumatisme crânien. Il fallait qu'il passe la nuit à l'hôpital, sous surveillance. Duncan, une main dans la mienne, a refusé tout net.

—Je dois finir mon travail.

L'ambulancier a secoué la tête. Après avoir obtenu de Duncan la promesse solennelle qu'il ne passerait pas plus d'une heure à mettre la touche finale à sa toile et qu'ensuite il irait se coucher, le médecin nous a laissés partir.

*

Nous sommes retournés à Lowenna Cottage. Deux policiers en uniforme étaient sur les lieux, ainsi que l'officier de police dont j'avais *encore* oublié le nom, ce qui était une honte parce que nos chemins se croisaient sans arrêt. Nous sommes entrés dans la véranda avec précaution en faisant attention à ne pas marcher sur les éclats de verre de la bouteille de whisky. Duncan a tendu une main pour redresser une chaise renversée mais je l'ai arrêté.

—C'est bon si on range tout ça maintenant ? ai-je demandé au type de la police judiciaire.

Il a secoué la tête.

—Non, non, ne touchez à rien. J'ai pris quelques photos mais le patron voudra peut-être que la Scientifique y jette un coup d'œil d'abord. Ça ne devrait pas être long.

Nous avons contourné les bris de verre pour nous approcher du chevalet. Duncan avait l'air fier de sa peinture, qui, à mes yeux, paraissait terminée. L'œuvre était splendide : le sommet des falaises témoins de notre premier baiser, où Duncan avait failli connaître une fin tragique, était couvert d'un vert profond tacheté d'ajoncs jaune vif et de fleurs de mûres d'un blanc rosé. Le ciel et la mer, peints d'un même bleu vibrant, gagnaient en profondeur à mesure qu'ils se rejoignaient sur la ligne d'horizon. Il se dégageait de cette toile une chaleur qui allait au-delà d'un simple paysage gorgé de soleil ; elle évoquait les pique-niques en famille, les longues promenades main dans la main avec l'être que l'on aime, et surtout l'espoir et l'optimisme. Un tableau bien différent des anciennes peintures de Penstowan, et très loin également des petites aquarelles vendues dans les galeries de la ville. C'était la première véritable peinture de Duncan Stovall, et elle m'a immédiatement séduite.

—Sublime, ai-je dit, très impressionnée.

—C'est vrai ? Il te plaît, ce tableau ?

—J'adore. Il me plaît mille fois plus que ces satanés tableaux auxquels tu t'es limité pendant toutes ces années, quand tu essayais de peindre comme Alistair et que tu aurais dû peindre comme Duncan.

Il a souri et s'est penché pour m'embrasser. Notre baiser a été interrompu par Nathan qui toussotait derrière nous. Comme une idiote qui se sent coupable, je me suis écartée d'un bond de Duncan, qui ne m'a cependant pas lâché la main.

—Comment vous sentez-vous, monsieur Stovall ? Pas de blessures graves, à ce que je vois.

—Juste un peu mal à la tête, merci.

Les deux hommes se sont assis à la table de la cuisine pendant que je préparais du thé. Nathan a pris sa déposition.

—Et l'agresseur, alors ? ai-je demandé quand ils ont eu fini. Je l'ai déjà vu, tu sais. Avant tous ces événements, il parlait à Harper, mais jamais je n'aurais imaginé que…

Pourtant, en y repensant, je devais bien avouer que dès cette première rencontre, je l'avais trouvé un peu louche.

—Il a survécu à la chute, a expliqué Nathan. Il a plusieurs fractures, je crois, et il va faire un petit séjour à l'hôpital sous surveillance policière. En parlant de ça, vous êtes sûr que vous n'avez pas besoin d'y faire un petit tour vous aussi, monsieur Stovall ? Vous avez tout de même reçu un méchant coup sur la tête.

—Ça va aller, je vous remercie. Jodie s'occupe de moi.

L'expression de Nathan était difficile à déchiffrer. Il a refermé son calepin et s'est levé.

—Je vais vous laisser vous reposer. Passez une bonne soirée.

Je l'ai raccompagné à la porte d'entrée.

—Merci, ai-je dit un peu gauchement.

Avec un sourire, il m'a saluée en soulevant un chapeau imaginaire.

—Je ne fais que mon travail, madame, a-t-il dit en partant.

*

L'équipe de la police scientifique est venue faire son travail et est repartie. Les autres agents ont également quitté la maison peu de temps après. Nous nous sommes enfin retrouvés seuls. Duncan était de bonne humeur mais toujours très pâle.

—Alors, Jodie, on fait quoi, maintenant ? On a la maison pour nous seuls…

J'ai ri.

—Aller au lit, ça pourrait être bien.

Il a levé les sourcils.

—Ah bon ? Je croyais que tu ne te sentais pas encore prête.

—Ah, non, je voulais dire que *toi*, tu devrais aller te coucher. Tu as entendu ce qu'a dit l'ambulancier, non ?

—Zut alors, et moi qui croyais que…

Il m'a attirée à lui et m'a embrassée dans le cou. La volonté me filait entre les doigts à chaque seconde… Mais je n'allais pas céder, même si une petite partie de moi (bon, d'accord, pas si petite que ça) ne demandait que ça, parce que Duncan allait très probablement quitter Penstowan dans un ou deux jours et que je n'avais aucune idée de ce qui allait se passer après. Si c'était la fin, alors coucher avec lui juste avant qu'il ne parte rendrait les choses encore plus difficiles.

—J'ai failli mourir aujourd'hui, tu sais… a-t-il dit d'une voix fluette, et j'ai ri.

D'accord, il était à la limite du chantage, mais que voulez-vous, il tentait le tout pour le tout… Il m'a embrassée tendrement.

—Je pense que tu as raison, de toute façon. J'ai un peu mal à la tête, ce serait peut-être mieux que j'aille faire un petit somme. Et toi, j'imagine que tu dois aller retrouver ta fille.

J'ai regardé ma montre : 18 h 30.

—Oh la vache ! me suis-je écriée, même si les vaches n'avaient rien à voir là-dedans et que la journée avait simplement été bien remplie. Il faut que je rentre préparer le dîner, et puis j'ai encore ce foutu gâteau à glacer pour demain…

*

J'ai envoyé un texto à ma mère et Daisy pour leur dire que je rentrais et que je m'arrêterais en chemin acheter du *fish & chips*. Alors que je faisais la queue au Captain's Fish Bar, je me suis autorisée à envisager l'avenir : j'ai pensé à Londres, à l'appartement très chic de Duncan et Geneviève. Je me demandais si Duncan retournerait y vivre ou s'il le laisserait à Geneviève. Ou bien peut-être rentreraient-ils tous les deux là-bas et poursuivraient-ils leur vie comme si rien ne s'était passé. Avec Charles Harper probablement derrière les barreaux, ils pouvaient décider de donner une deuxième chance à leur mariage. Sans cet énorme secret à garder, ils se rendraient peut-être même compte que finalement, ils s'aimaient encore. Je les imaginais tous les deux, ensemble, et j'avais l'impression de me triturer les méninges comme on triture une croûte ; ça faisait mal, mais je ne pouvais pas m'en empêcher. J'ai fini par réussir à me convaincre que je n'avais vraiment pas ma place dans la vie de Duncan.

—On a un petit creux ?

Je me suis retournée en sursautant tellement violemment que j'ai failli faire tomber Nathan.

—Oh, espèce d'idiot, tu m'as fichu une de ces frousses ! Qu'est-ce que tu fais là ?

—J'ai le droit de manger, aussi, tu sais. Je viens de finir l'interrogatoire de Charles Harper. Il s'est mis à table et balance tout le monde. C'est ton ex-mari qui va être content.

—Ah, mince alors, ai-je dit, ce qui l'a fait rire.

—Oui, c'est un peu dommage, je te l'accorde. Mais dis-moi, je croyais que tu « veillais » sur Duncan ce soir ?

—Mais c'est exactement ce que j'ai fait ; je l'ai envoyé se coucher pour qu'il récupère.

Nathan n'a pas caché sa surprise, puis, lentement, un sourire s'est dessiné sur son visage. Le genre de sourire à faire péter l'élastique d'une culotte de nonne, comme on dit chez nous.

Mon tour est arrivé pour la commande.

—C'est pour moi, je paie, a décrété Nathan. En guise de salaire pour ton travail de consultante.

—Euh, mais je commande pour toute la famille, tu sais.

Il a haussé les épaules.

—Tu le mérites largement. Et puis comme ça, tu vas te sentir obligée de m'inviter à manger chez vous.

—Tu me raconteras l'interrogatoire de Harper ?

—Bien sûr.

—Dans ce cas, *mi casa es tu casa.*

31

Si ma mère et Daisy ont été étonnées que je ramène un invité surprise à dîner à la maison, elles n'ont en rien laissé paraître. Nous nous sommes attablés pour manger, et à ma grande surprise, la conversation s'est engagée avec un naturel presque déroutant. Ma mère, ce n'est pas nouveau, a une faculté incroyable à papoter avec n'importe qui, elle trouve toujours quelque chose à raconter. J'étais ravie de constater la facilité avec laquelle Nathan échangeait avec elle et demandait à Daisy ce qu'elle avait fait de sa journée.

On a terminé notre cabillaud et nos frites – Nathan a regretté l'absence de pois chiches, ce qui, à mon avis, est typique des gens du Nord – et j'ai laissé Daisy quitter la table sans débarrasser le peu de vaisselle qu'il y avait à faire, à condition qu'elle emmène sa grand-mère dans le salon, qu'elles y restent toutes les deux, et qu'elle mette la télé très fort pour empêcher ma mère d'écouter aux portes. Daisy a pris un air vaguement outré, je pense qu'elle s'est imaginé que j'allais sauter sur Nathan dès qu'elles auraient le dos tourné (ce qui n'était pas une mauvaise idée en soi), jusqu'à ce que je lui précise qu'on devait parler de l'affaire en cours.

—Tu laves ou t'essuies ? ai-je demandé à Nathan avant de lui lancer le torchon puisqu'il ne répondait pas. Trop lent, tu essuies. Allez, raconte-moi tout. C'est qui, ces « ils » ceci, « ils » cela ? De qui Harper a-t-il tellement la trouille ?

Nathan me regardait remplir l'évier d'eau chaude.

—Ah, toi aussi tu avais remarqué ? Il a raison d'avoir peur, remarque. Tu as entendu parler de Christian DeMarco ?

—Non, pourquoi ? Je devrais ? On dirait le nom d'un styliste italien douteux.

Nathan s'est marré.

—Eh bien, il est douteux, en effet, et sa famille est en effet originaire d'Italie, mais il vit à Édimbourg maintenant. C'était le patron de Charles Harper, des années avant le *krach* boursier dont Harper est sorti miraculeusement indemne. DeMarco a également réussi à bien s'en tirer... et même à *se* tirer avec son argent et celui de plusieurs autres personnes. Je ne comprends pas bien les tenants et les aboutissants de son business apparemment louche, c'est la Répression des fraudes qui s'en occupe, mais en tout cas, ils essaient de lui mettre le grappin dessus depuis un certain temps, sans succès pour l'instant. Qui sait s'ils y arriveront un jour ? Quoi qu'il en soit, DeMarco dirigeait le fonds spéculatif pour lequel Harper travaillait, et en gros, il a aidé Harper à sortir l'argent du système avant que tout ne tourne au vinaigre. Harper est parti monter sa galerie et n'a plus eu aucun contact avec DeMarco pendant environ cinq ans.

—Attends, laisse-moi deviner, je parie que DeMarco l'a recontacté en lui disant qu'il lui devait bien une petite faveur.

Nathan a acquiescé.

—Exactement. Les criminels sont tellement prévisibles, tu ne trouves pas ? DeMarco était impliqué dans des transactions immobilières louches et il avait besoin d'un moyen de blanchir les profits générés par ces opérations.

—Par le biais de la galerie ?

—C'est ça. Harper m'a expliqué qu'après cinq années florissantes, durant lesquelles il a rencontré Duncan et commencé à vendre ses tableaux, la galerie s'est mise à perdre de l'argent et s'est retrouvée en difficulté. Lorsque DeMarco l'a contacté, il y a vu l'occasion rêvée de sauver sa galerie. D'après lui, il ne s'attendait pas à ce que leurs affaires prennent une telle ampleur.

—Et comme Harper était un peu trop bon dans ce domaine, je parie que DeMarco, bien content d'avoir réussi une première collaboration avec le galeriste, a voulu en faire un petit arrangement régulier. C'est ça ?

Nathan a hoché la tête.

—Plus ou moins. Il s'avère qu'il connaissait beaucoup d'autres investisseurs véreux dans le secteur immobilier. Il a blanchi des millions.

—Alors qu'est-ce qui a mal tourné ? Pourquoi Harper avait-il tellement la frousse ? Et ce type, ce rouquin, il traînait déjà à Penstowan avant même que Harper ait entendu parler des recherches de Robert Holmes.

—Il dit que Harper a commis une erreur. Je crois qu'il est peut-être un peu devenu trop gourmand. En tout cas, Harper a vendu, en toute légalité, l'un des tableaux utilisés pour le blanchiment d'argent. Harper avait donné à DeMarco une liste des œuvres d'art qu'ils devaient utiliser, toutes émanant d'artistes suffisamment reconnus pour être considérées comme des chefs-d'œuvre importants, de sorte que les sommes qui changeaient de main ne semblaient pas excessives. Mais en même temps, ces œuvres ne devaient pas être célèbres au point d'attirer l'attention à chaque fois qu'elles étaient vendues. Harper a donc cédé une toile de Duncan à un véritable collectionneur d'art qui la voulait pour la mettre chez lui, à Miami. Et DeMarco s'en est rendu compte quand le tableau a quitté l'entrepôt. Harper a fait porter le chapeau à une fille de son équipe de vente et l'a licenciée, puis tout s'est emballé ; la fille a menacé de l'attaquer en justice pour licenciement abusif, et DeMarco a très mal réagi, il était furieux contre Harper. Harper savait que Geneviève allait venir passer quelque temps à Penstowan, alors il s'est dit qu'il allait l'accompagner, que ce serait une bonne occasion de s'éclipser quelque temps.

—Mais DeMarco l'a fait suivre et il a envoyé ce type à ses trousses.

—C'est ça. Harper craignait que DeMarco n'ait plus réellement besoin de lui, sans parler du fait qu'il ne lui faisait plus confiance parce qu'il avait fait cette grosse erreur. Qui plus est, Harper en savait beaucoup trop pour être simplement mis sur la touche. Il savait pertinemment que DeMarco voudrait se débarrasser de lui. C'était ça, la véritable raison derrière la présence d'un garde du corps. Harper a réussi à convaincre le sbire aux cheveux roux de DeMarco que tout ça n'était qu'un stratagème dans le but de tendre un piège à quelqu'un de son équipe qui l'avait escroqué, et que c'était pour ça qu'il était venu dans les Cornouailles ; quelqu'un de chez lui avait mis son nez dans leurs affaires et il avait suivi cette personne jusqu'à Penstowan pour la tenir à l'œil. Harper savait bien que tôt ou tard DeMarco se rendrait compte que c'était une pure invention, mais il essayait de gagner du temps.

—C'est là que Robert Holmes, le pauvre écrivain maudit, a débarqué dans l'histoire, à point nommé. Le bouc émissaire parfait pour Harper.

—Exactement. Harper a compris que c'était l'occasion idéale de prouver sa loyauté à DeMarco, qui a appelé son homme de main pour s'occuper de Holmes.

—Pauvre bougre… Si Holmes avait gardé son calme et n'avait pas fait une scène à Lauren en plein festival, il serait encore en vie.

—En effet. Mais dans ce cas, c'est Harper qui serait peut-être mort. Le monde est injuste, tu ne trouves pas ?

J'ai terminé de laver la dernière assiette et ai retiré la bonde de l'évier.

—Un meurtre, c'est toujours injuste. Et Harper a-t-il avoué avoir organisé l'« accident » de Lauren ?

—Oui, mais il jure qu'il n'avait aucune intention de la tuer. Il dit qu'il voulait simplement la mettre « hors jeu », le temps d'intercepter l'e-mail de Robert Holmes ou de réussir à mettre la main sur le dossier avec les résultats de ses recherches. DeMarco le voulait, ce dossier, parce qu'il était convaincu qu'il contenait des preuves de leurs opérations de blanchiment d'argent. Et si Harper voulait lui aussi tellement mettre la main dessus, c'est justement parce qu'il savait que ça n'avait rien à voir avec le blanchiment d'argent, mais que c'était la seule chose qui lui garantissait la vie sauve.

—Et c'est bien Harper qui a pris le téléphone de Lauren dans son sac, après l'accident ?

—Oui. Ce soir-là, il lui a suggéré, mine de rien, de consulter sa boîte e-mail sur son téléphone. Il savait que même si elle avait reçu un message de Holmes, elle ne l'aurait pas lu, là, tout de suite, dans ce parking. Mais bien sûr, il n'y avait pas d'e-mail. Par contre, Harper l'a bien observée quand elle a tapé son code d'accès pour déverrouiller son écran.

—De toute façon, DeMarco aurait fini par mettre la main sur la clé USB que Holmes avait sur lui lors du rendez-vous sur la falaise, et il aurait compris que Harper mentait. Pas étonnant que Harper ait inventé toute cette histoire.

—Ensuite, évidemment, il aurait bien fallu qu'il parle de Duncan à DeMarco. Même si DeMarco n'avait pas découvert que Harper avait raconté des bobards, comme Holmes était sur le point de révéler les mensonges de Duncan sur les tableaux, certaines personnes auraient forcément commencé à s'intéresser de plus près à la galerie. Dans tous les cas, il était foutu, à moins que Duncan ne soit à son tour éliminé.

J'ai frissonné.

—Heureusement qu'il a décidé de se mettre à table.

—Il aurait été bien bête de ne pas le faire. Je te rappelle qu'il est déjà accusé de complicité de meurtre, de fraude en bande organisée, et j'en passe.

Nathan a bâillé et s'est étiré. Sous sa chemise cintrée, ses muscles saillants étaient bien dessinés. Ce n'est pas que je lorgnais…

—Je t'empêche d'aller te coucher, peut-être ?

—Pardon, ça n'a rien à voir avec ta charmante compagnie, je t'assure, a répondu Nathan. Mais j'ai eu une journée chargée et il me reste un tas de paperasse à remplir. On forme une bonne équipe, toi et moi, tu sais. J'espère qu'on aura encore l'occasion de travailler ensemble.

Vu le regard qu'il me coulait, je me suis demandé s'il parlait simplement du fait que nous formions un duo de choc en matière de lutte contre la criminalité, ou s'il avait autre chose en tête… Le feu m'est monté aux joues. *Le retour des picotements*, ai-je songé.

—Moi aussi, ai-je dit, surtout si je ne suis pas obligée de m'occuper de la moitié de la paperasse.

Il a ri et a fait un signe de tête vers la ribambelle de beaux gâteaux au citron sur le plan de travail de la cuisine – gâteaux qui avaient largement, mais alors largement eu le temps de refroidir.

—Je crois que tu n'es pas encore couchée, toi non plus.

—Ne m'en parle pas. J'espérais à moitié que le chien les aurait bouffés, ça m'aurait fait une bonne excuse…

*

Pour commencer, j'ai préparé un glaçage tout simple à la crème au beurre. J'ai empilé les gâteaux les uns sur les autres pour en faire un seul, très haut. J'avais eu quantité d'idées fantaisistes de gâteau sculpté en forme de vague ou d'autre chose, mais je n'avais plus assez de temps pour tout recommencer si je me plantais. Ce n'était pas la première fois que je me maudissais d'avoir accepté la proposition de Maurice ; après tout, j'étais cheffe cuisinière, pas pâtissière. Mes gâteaux sont toujours délicieux, et un gâteau d'anniversaire en forme de dinosaure flippant ou de sirène toute mignonne ne me fait pas peur, mais je n'ai aucune patience pour confectionner des pétales de rose en sucre ou tous ces petits machins minutieux et compliqués. Ah ! Pourquoi n'avais-je pas suivi les cours de pâtisserie à l'école hôtelière ? Et il était un peu tard pour apprendre avec un tuto YouTube.

Bon, j'ai quand même regardé un tuto YouTube. Ensuite, j'ai étalé le glaçage sur le gâteau et ai fourré le tout à durcir au congélateur, après avoir poussé sur le côté, pour faire de la place, les sacs de petits pois surgelés et de frites au four (j'ai eu une petite pensée pour l'autre snob, Mme Lester, et ses pauvres chérubins privés toute leur enfance de bonnes frites industrielles).

J'avais tout ce qu'il me fallait pour une tentative de glaçage miroir : du chocolat blanc, de la gélatine, du sucre, du colorant alimentaire en gel de plusieurs couleurs, des paillettes, du lait concentré suc… Oh non ! J'avais oublié le lait concentré sucré ! Et il m'en fallait absolument ! Et il était déjà tard, et j'étais vannée, et pourquoi j'avais accepté de faire ce satané gâteau, et j'en avais ras la casquette, et j'ai eu envie de me mettre à pleurer…

La sonnerie de mon téléphone m'a ramenée à la raison. Je m'attendais à moitié à ce que ce soit un appel de Duncan pour me faire une proposition indécente, et j'espérais aussi que ce soit un appel de Nathan, mais c'était Tony.

—Salut, la Fouine, je viens aux nouvelles. Ça roule ?

Ah, mon petit Tony Penhaligon, ai-je pensé, *en fait c'est toi que j'avais besoin d'entendre pour me calmer.*

—Il paraît qu'il y a eu de l'action sur la falaise cet après-midi, a-t-il ajouté.

—Tony, tu fais quoi, ce soir ? Tu peux venir ?

—Euh, oui… d'accord. Mais ça va, toi ?

—Ça ira mieux quand tu seras là. Apporte-moi du lait concentré sucré, s'il te plaît.

*

Grâce à Tony, toujours aussi fiable, une demi-heure plus tard, j'ouvrais une boîte de lait concentré sucré et le versais dans une casserole. Tony, qui jetait un coup d'œil par-dessus mon épaule, regardait l'épais liquide avec une fascination mêlée d'horreur.

—T'es sûre que c'est comme ça qu'on fait ? a-t-il demandé en faisant la grimace.

—Mais oui ! Et merci pour la confiance.

J'ai fait chauffer le lait concentré avec le sucre et un peu d'eau, puis j'ai ajouté la gélatine ramollie dans la casserole. Une fois que tout a été bien mélangé, j'ai ajouté le chocolat blanc, préalablement fondu au micro-ondes. Voilà, j'avais obtenu un glaçage miroir blanc, que j'ai divisé en trois bols.

—C'est maintenant qu'on va se marrer, ai-je dit avec un grand sérieux.

Tony a ri.

—Tu n'as pas tellement l'air de te marrer. Qu'est-ce que tu essaies de faire, exactement ?

Je me suis laissée tomber sur la chaise et j'ai jeté ma spatule en pleurnichant.

—Pff… J'en sais rien ! Ce gâteau est censé évoquer un tableau, *La Plage à marée haute*, mais comment veux-tu que je reproduise ça avec du glaçage ?

Tony a ouvert la bouche pour me répondre mais je ne lui en ai pas laissé le temps.

—Si jamais tu me parles de mouettes en pâte à sucre, je te jure que ça va mal se passer entre nous.

Comme les cheveux me tombaient dans les yeux et que j'avais les mains collantes à cause du glaçage, je me suis contorsionnée pour repousser les mèches rebelles avec un coude. Tony, plié de rire, a fini par s'installer à côté de moi, puis il a délicatement écarté mon bras et a repoussé mes cheveux en arrière.

—Ce que je voulais dire, la Fouine, c'était : quel est l'élément qui te plaît le plus, dans ce tableau ?

—Hein ?

—Parce qu'elle est gigantesque, cette toile, non ? Tu ne peux pas reproduire une immense toile sur un petit gâteau au citron. Donc : qu'est-ce que tu aimes le plus dans cette toile ? La mer. Je me trompe ?

—Comment tu le sais ?

—C'est toi qui me l'as dit, banane. Tu me l'as dit un jour où on se promenait sur les falaises ; tu m'as raconté que quand tu étais sur le point d'accoucher, la sage-femme t'a dit de visualiser ton endroit préféré, et toi, tu as pensé à la mer au large de la côte nord des Cornouailles.

Incroyable : il se souvenait de ça. Cela dit, c'était typique de lui. Il a souri en voyant qu'il m'impressionnait.

—Alors faisons la mer, OK ?

Il s'est levé et est allé vers le plan de travail.

—C'est normal qu'il y ait une peau qui se forme ?

—Quoi ?!?

J'ai bondi de ma chaise, paniquée, mais d'une main levée, il m'a intimé de me tenir à distance et de l'autre, il remuait déjà le glaçage.

—Oublie ce que je viens de dire. Tout va bien. Tiens, regarde ce bleu, a-t-il dit en s'emparant d'un tube de colorant. Il est bien, ce bleu, non ? Allez, on prend celui-ci.

Il a versé quelques gouttes de colorant dans l'un des bols, il a touillé, haussé les épaules, puis en a remis un peu.

Oh zut... Mon gâteau ! ai-je hurlé intérieurement avant de me précipiter pour voir le résultat. Qui n'était pas mal du tout, à vrai dire.

—Elle n'est pas mal cette nuance de bleu, non ? a demandé Tony, et j'ai bien dû admettre que c'était parfait.

—Moi, je me suis entraînée toute la semaine et je n'ai pas réussi une seule fois à obtenir la bonne couleur.

Tony arborait un petit sourire en coin.

—À croire que j'ai des talents cachés, alors.

—Sacrément bien cachés, si tu veux mon avis.

Il a pouffé avant de se concentrer de nouveau sur les bouteilles de colorant.

—Alors, on va garder un bol de blanc pour l'écume et… Oooh, cette couleur argentée, ce serait génial pour le troisième.

Il s'est remis à l'œuvre dans le dernier bol de glaçage et a incorporé le gel couleur de métal.

—Ooooh, et tu as acheté des paillettes, aussi !

Là, j'ai dû intervenir.

—Ah non ! Pas de paillettes dans le glaçage ! C'est mieux de le saupoudrer avec après, quand le glaçage est encore chaud, pour qu'elles fondent dedans. Maintenant, il faut mélanger, mais pas trop, les trois couleurs ensemble pour créer un effet tourbillon, et on pourra verser le tout sur le gâteau.

Tony a sorti ma tour de génoises du congélateur et l'a placée sur mon plus beau présentoir à gâteau en verre, que j'avais posé sur le plan de travail de la cuisine. Il s'est approché de moi, tout près, observant chacun de mes gestes par-dessus mon épaule. Je sentais son souffle sur ma nuque. Je n'ai pas pu m'empêcher de l'imaginer en train de m'enlacer, de verser le glaçage tout chaud et collant sur moi et ma génoise au citron, dans un *remake* de la célèbre scène du film *Ghost*, avec un gâteau à la place du tour de potier. Allez savoir ce qu'il y avait de plus troublant : le fait que je puisse avoir cette pensée, ou le fait que cette pensée ne me déplaise pas du tout…

Pff, ça va être chaud, me suis-je dit, sans vraiment savoir si je pensais à mon glaçage ou à ma vie amoureuse en général. J'ai commencé à verser.

32

Le lendemain matin – dernier jour du festival de Penstowan –, la journée s'annonçait ensoleillée et chaude. La veille, après avoir terminé mon gâteau avec l'aide précieuse de mon improbable assistant Tony, j'étais finalement allée me coucher tranquille et heureuse. J'avais reçu un texto de Duncan, ce qui m'avait rassurée ; j'avais hésité à l'appeler pour voir s'il allait bien, mais j'avais craint de le réveiller.

Le soleil brillait donc dans le ciel comme dans ma vie, mais il subsistait une ombre au tableau : Duncan allait rentrer chez lui dans quelques jours, et après, que se passerait-il ? Irait-il au bout du divorce ? Et moi, était-ce ce que je souhaitais vraiment ? Si c'était en effet ce que je souhaitais, comment les choses se goupilleraient-elles ? Comment pourrions-nous poursuivre notre relation, lui à Londres et moi ici ? Il y avait beaucoup de questions en suspens, et beaucoup de réponses auxquelles je ne voulais pas vraiment penser. J'ai sauté dans la douche et essayé de ne plus penser à tout ça.

Nous sommes arrivés à Penstowan assez tôt et, après avoir déposé le gâteau dans la tente de la restauration, où il a été soigneusement mis de côté jusqu'à la vente aux enchères, j'ai invité ma mère et Daisy à prendre un petit déjeuner dans l'un des nombreux cafés ayant ouvert sur Fore Street pendant mes années d'absence. Je ne connaissais pas les propriétaires, mais il y avait du monde et les plats servis sur les autres tables étaient alléchants. J'ai commandé des œufs Bénédicte, ma mère a pris un sandwich au bacon et Daisy, un mini-petit déjeuner anglais – bacon, saucisse, toast et haricots blancs. Germaine s'est installée sous la table et a attendu les restes de nos assiettes, que nous étions toutes d'accord pour ne pas lui donner, mais que nous lui avons toutes donnés. C'est surtout le bacon qu'elle aimait. On voyait bien qu'elle était de la famille.

Tout en mangeant mes œufs parfaitement pochés, avec des jaunes coulants juste comme il faut, et une sauce hollandaise onctueuse légèrement citronnée, je pensais que Penstowan un jour de kermesse – oups, je veux dire, un jour de gala –, ce n'était peut-être pas le paradis sur terre, mais que ça y ressemblait tout de même un peu. Ma mère avait l'air heureuse, je savais qu'elle était aux anges de nous avoir près d'elle à présent, et Daisy s'était fait des copines ici très rapidement – bien plus vite que je ne le pensais. Je ne regrettais vraiment pas ma décision. Je ne pensais plus à ce salopard de Richard, installé à cinq cents mètres de notre ancienne maison à Londres. Je n'avais plus à redouter de tomber sur lui et sa petite amie (et leur nouveau bébé – il n'avait pas traîné) à chaque fois que Daisy et moi mettions un pied dehors. Et quand je lui avais parlé de Charles Harper, je n'avais pas ressenti la moindre émotion – hormis l'envie de le baffer. Peut-être la présence de Duncan dans ma vie y était-elle pour quelque chose (*Ou celle de Nathan*, a murmuré une petite voix dans ma tête, avant d'ajouter, tout bas : *Ou de Tony…*). Ou bien, tout simplement, ma nouvelle vie me plaisait. Ou un peu des deux.

Après le petit déjeuner, nous sommes allées flâner au gala – qui avait des airs de kermesse si vous voulez mon avis, mais ce que j'en dis, moi… Des stands de tir avaient été installés, ainsi que des jeux de pêche à la ligne, sans oublier les stands de lancer de cerceaux (on lance un cerceau sur des trucs qui ont tous l'air d'être de la même largeur que le cerceau mais qui sont en réalité un tout petit peu plus grands, de sorte qu'il est impossible de gagner). La bonne surprise fut de constater qu'en guise de prix, personne n'avait prévu de poissons rouges condamnés à une mort certaine dans leur sac plastique. Au stand de fléchettes, Rob Trevarrow – du garage du coin – avait l'air un peu nerveux ; apparemment, dans la matinée il avait déjà été touché par une fléchette égarée alors qu'il n'était pas encore midi. Nous avons décidé de faire une partie. Daisy et moi avons échoué lamentablement, incapables d'atteindre quoi que ce soit (même pas Rob). Ma mère, en revanche, s'est montrée très douée. J'ai appris à cette occasion qu'elle avait été recrutée pour participer à un tournoi de jeux de pub pour personnes âgées l'été dernier et qu'elle avait été l'atout majeur de l'équipe. Visiblement, ma vieille maman avait une vie privée des plus actives, dont j'ignorais tout…

Après avoir fait la queue à la tente des rafraîchissements pendant environ trente secondes, ma mère a décidé d'utiliser son réseau du troisième âge et a fait signe à la vieille Joanie, enfin remise de sa mauvaise chute, qui officiait au bar d'une main tremblotante. Joanie nous a apporté deux thés et un soda, sans en renverser la totalité avant d'atteindre notre table, et trois scones à la crème et à la confiture qui, après avoir dangereusement glissé au bord de l'assiette pendant leur transport, sont revenus, par miracle, au centre de l'assiette au moment où Joanie arrivait devant nous.

Pendant la dégustation de nos scones, alors que je remerciais silencieusement l'inventeur des ceintures élastiques, mon téléphone a vibré.

Tu es arrivée ? Je suis en route, on se voit à la tente des enchères dans 5 minutes. Duncan XXX

*

Il me restait une vingtaine de minutes avant le début de la vente aux enchères. Je suis allée chercher mon gâteau – en le protégeant du soleil qui menaçait de faire fondre mon magnifique glaçage miroir – et j'ai filé droit vers le chapiteau des spectacles, où la vente aux enchères devait avoir lieu. Daisy a aperçu sa copine Jade à l'autre bout de la kermesse – du *gala*, je veux dire – et nous a abandonnées séance tenante. Dès que nous sommes entrées sous la tente, ma mère est allée saluer Brenda et Malcolm Penhaligon, installés au premier rang. Je l'ai vue montrer la chaise vide à côté d'eux, et s'y installer. Elle m'abandonnait donc elle aussi. À croire que j'avais oublié de mettre du déodorant ce jour-là.

—Eh ! Jodie ! Là !

À l'autre bout du chapiteau, Debbie et Callum agitaient les bras. Après avoir déposé mon gâteau sur la table des enchères en priant pour que la chaleur à l'intérieur de la tente ne fasse pas dégouliner le glaçage, je les ai rejoints.

—Je sens que tu as plein de trucs à me raconter, a dit Debbie.

—Exact. Mais après la vente aux enchères.

Tony est arrivé à son tour, il a échangé quelques mots avec ses parents puis il nous a vus, tous les trois. Il est venu s'asseoir à côté de moi. Je croyais n'avoir rien laissé transparaître mais mon visage a dû me trahir.

—Ne fais pas cette tête : quand ton petit copain arrivera, je bougerai.

—Oh, ce n'est pas la peine… ai-je bredouillé, un peu gênée.

Tony a souri.

—T'inquiète, je te dis. De toute façon, il va bientôt rentrer chez lui, non ? Tu ferais mieux d'en profiter tant que tu peux.

Super, merci de me le rappeler, Tony, ai-je ronchonné intérieurement. Je n'ai pas eu le temps de répondre car à cet instant il y a eu de l'agitation à l'entrée du chapiteau. Duncan avait fait son entrée, portant à bout de bras son tableau recouvert d'un drap pour ne pas gâcher la grande révélation. Et derrière lui, tout sourire, Geneviève.

Mon cœur s'est serré. J'ai senti, plutôt que vu, Debbie se tourner légèrement vers moi avec un regard inquiet.

—Ce n'est pas parce qu'ils sont arrivés ensemble que ça veut forcément dire que…

J'ai haussé les épaules pour bien montrer que je m'en fichais complètement.

—Ça ne me dérange pas.

Duncan a monté le tableau sur l'estrade et est resté quelques instants à parler avec Maurice, qui allait faire office de commissaire-priseur. Le visage du maire s'est nettement rembruni en écoutant Duncan. Qu'avait-il bien pu lui dire ? Je n'aurais pas à attendre longtemps pour le savoir.

Duncan a tourné les talons et balayé du regard les rangs de chaises qui se remplissaient rapidement. Il m'a vue, m'a adressé un grand sourire puis a fait un geste du pouce : « On sort ? »

*

Je me suis faufilée entre les rangées de sièges, à présent presque tous occupés par des enchérisseurs tous aussi impatients les uns que les autres – enfin, c'est ce que j'espérais. Duncan m'attendait déjà dehors. En m'approchant, j'ai vu son sourire s'élargir et j'ai su qu'il n'avait pas changé d'avis à mon sujet.

Il a posé les mains sur mes joues et m'a attirée à lui pour me donner un long et tendre baiser qui m'a fait fondre. Il m'a serrée fort dans ses bras.

—J'avais peur que tu sois contrariée en nous voyant arriver ensemble, a murmuré Duncan.

—Non, non, pas du tout, ai-je protesté, même s'il devait bien se douter que je mentais.

—Gen a passé la nuit au cottage, mais uniquement parce qu'elle ne se sentait pas le courage de retourner toute seule à hôtel, dans la chambre de Charles. Et elle s'inquiétait pour moi, aussi. On n'est pas à couteaux tirés, tous les deux, tu sais, même si je pense qu'on aurait fini par se détester si cette situation avait duré davantage.

—Bien sûr, je comprends, ai-je dit malgré mon petit pincement au cœur encore bien présent.

—Quoi qu'il en soit, on a bien discuté tous les deux et elle est tout à fait d'accord pour divorcer, maintenant. Elle a eu le temps d'y réfléchir, et comme tout va bientôt éclater au grand jour, il est évident que ce sera mieux pour nous deux si on peut maintenir des rapports amicaux.

—Oui, c'est bien, ça… ai-je dit en repensant au cauchemar qu'avait été mon divorce.

Richard ne pouvait pas nier ses infidélités mais il avait tout de même remué ciel et terre pour me faire passer pour la méchante.

—Je vais faire une petite allocution avant la vente aux enchères du tableau, a dit Duncan. Je voulais te prévenir. Et puis, mon avocat arrive de Londres en soirée donc je ne pourrai peut-être pas te voir ce soir – c'est une réunion de crise, disons, sur, eh bien… à peu près tout. Je tenais à te le dire pour que tu ne penses pas que je t'évite.

—Bien sûr, pas de problème.

Il allait bientôt partir, cette soirée pourrait bien être notre dernier ensemble. L'étau autour de mon cœur s'est resserré d'un cran. Duncan a souri, s'est penché et m'a embrassée sur le front.

—Je suis désolé. Mais tout va s'arranger, tu verras.

J'étais moins optimiste que lui.

*

Nous sommes retournés à l'intérieur. En tant qu'invité d'honneur, Duncan (accompagné de Geneviève) s'est assis au premier rang, tandis que je suis retournée m'asseoir entre Tony et Debbie, qui se sont tous deux rapprochés de moi pour former une sorte de bulle protectrice, ce qui m'a fait bien plaisir.

La vente aux enchères a commencé. Il y avait plusieurs lots : des poteries d'un collectif d'artistes locaux, un dîner pour deux et une nuit au Parkview Manor, une partie de golf suivie d'un repas au club d'Holsworthy. En somme, des lots de qualité… et mon gâteau. Tony s'est retourné et m'a regardée fièrement.

—On a fait du bon boulot avec ce gâteau, a-t-il déclaré, et j'étais tout à fait d'accord, il était superbe.

Maurice, rayonnant, a lancé les enchères.

—Je vois que nous avons déjà une offre pour ce magnifique gâteau, de la part d'une personne du cru qui malheureusement ne peut être parmi nous aujourd'hui : 50 livres pour ce magnifique gâteau ont été proposées par l'inspecteur Withers, du poste de police de Penstowan ! Qui dit mieux ? Une offre à 55 livres ?

Debbie me souriait, avec un regard complice. La bouche ouverte, elle s'apprêtait à me dire quelque chose.

—Pas de commentaire ! l'ai-je arrêtée.

Elle s'est penchée et m'a chuchoté à l'oreille :

—J'allais simplement dire que tu en fais, des ravages, en ce moment, dis donc. Withers, Duncan, Tony…

—55 livres ! a lancé Tony à côté de moi.

Éberluée, je l'ai regardé, puis je me suis tournée vers Debbie, qui souriait jusqu'aux oreilles.

Mon gâteau a atteint la somme aberrante (et flatteuse) de 150 livres sterling. C'est l'un des employés de Maurice, au conseil municipal, qui a remporté l'enchère, pour faire immédiatement don du gâteau à la tente des rafraîchissements. Il serait donc vendu 1 livre la tranche et tous les bénéfices seraient reversés à l'association chargée d'acquérir un nouveau bateau de sauvetage.

—Allez, Tony, c'est pas grave, l'a réconforté Debbie. Je suis sûre que si tu le lui demandes gentiment, Jodie t'en fera un, rien que pour toi.

Il y a eu plusieurs autres ventes de lots d'articles ou de services – j'ai failli me laisser tenter par l'offre d'un peintre du coin de faire le portrait de votre animal de compagnie ; de toute évidence, mon chien étant le plus mignon du monde entier, sa bouille mérite largement de figurer sur une toile, pour la postérité – et enfin, le grand moment est arrivé. Le tableau de Duncan. Sur scène, Maurice a marqué une pause et s'est tourné vers le peintre, qui s'est levé.

—Avant de commencer les enchères pour ce magnifique tableau, l'artiste, qui nous dévoilera son œuvre dans quelques instants, aimerait nous dire quelques mots.

Maurice s'est retiré sur le côté de la scène tandis que Duncan s'avançait au centre, où le tableau avait été installé sur un chevalet.

—Mesdames, messieurs, bonjour, s'est lancé Duncan d'une voix hésitante. Je n'ai pas l'habitude de faire des discours, je vous remercie par avance de votre indulgence. J'aimerais commencer par vous montrer ma dernière toile.

Visiblement nerveux, il a pris une profonde inspiration et a tiré sur le drap, révélant le tableau.

Je l'ai dit, cette toile était déjà magnifique quand je l'avais vue dans son atelier, la veille. Mais achevée, elle était tout bonnement, comme Maurice l'avait décrite, *sublime*. Duncan avait ajouté quelques reflets délicats, et à présent la scène vibrait de chaleur et de vie. Mais ce qui m'a vraiment coupé le souffle, c'était une petite silhouette dans un coin, en bas du tableau. Ce n'était pas moi – je crois que je me serais évanouie si ça avait été le cas –, c'était un petit chien au pelage soyeux et blanc. C'était Germaine.

—Oh la vache… a murmuré Tony.

—Superbe ! s'est enthousiasmée Debbie.

Incapable de parler, j'ai opiné du chef. Et le reste du public était manifestement du même avis puisque les gens se sont mis à applaudir à tout rompre, certaines personnes se sont même levées. Mais pas moi – j'avais les jambes en coton à cet instant.

Duncan, d'abord désarçonné, puis soulagé, a finalement réussi à savourer son succès. Son bonheur faisait plaisir à voir, d'ailleurs, je ne l'avais jamais vu aussi détendu. Enfin, au bout de quelques minutes, il a levé une main pour faire taire l'assemblée et prendre la parole.

—Merci beaucoup. Vous n'avez pas idée de ce que cela représente pour moi. Mais avant que les enchères commencent, j'ai une confession à vous faire.

Il m'a regardée et j'ai su ce qu'il allait dire.

*

Dans un silence total, les gens l'ont écouté parler de son colocataire, Alistair, le véritable artiste qui était derrière la série des tableaux de Penstowan. Duncan a avoué les avoir fait passer pour ses propres tableaux, il a parlé de ses regrets, de son amitié avec sa charmante, mais bientôt ex-femme, et de ses espoirs pour l'avenir.

Lorsqu'il a eu terminé, l'audience est restée comme sidérée, plongée dans un long silence pesant. Maurice, non loin de Duncan, était prostré, bouche bée. Il a cependant vite recouvré ses esprits et s'est avancé vers le centre de la scène pour serrer vigoureusement la main de Duncan. Il devait se demander pourquoi le peintre n'avait pas fait ses révélations *après* la vente aux enchères, mais à mes yeux Duncan avait fait les choses dans le bon ordre. Ses aveux auraient probablement un impact sur la cote de ses tableaux. Maurice s'était arrangé pour avoir plusieurs enchérisseurs en ligne et je voyais bien que ses assistants au téléphone avec d'éventuels acheteurs étaient très agités.

—Et on dit qu'il ne se passe jamais rien à Penstowan ! a ironisé Maurice, ce qui a un peu déridé la foule, encore sous le choc. Alors, sans plus attendre, quelle est votre première offre, mesdames et messieurs ?

Il y a eu un silence, puis un abruti a crié :

—Vingt livres !

L'assemblée s'est gondolée. À côté de moi, Tony a secoué la tête.

—Très drôle, a commenté Debbie avec une pointe de colère. En tout cas, c'est quand même un beau tableau, je trouve.

Le sourire de Maurice commençait à se crisper.

—Allez, mesdames et messieurs, je pense qu'on peut faire mieux que ça !

Tony a levé la main, et je me suis dit que s'il surenchérissait à 21 livres, j'allais lui faire la tête au carré. Mais ça n'a pas été nécessaire puisque…

—Deux mille livres ! a-t-il crié.

Il y a eu des « Oooh », le plus audible ayant été émis par moi. Tony m'a regardée, l'air perdu.

—Ben quoi ? Il vaut bien plus que ça. Regarde, il est carrément magnifique, ce tableau.

Un sourire aux lèvres, je me suis dit que vraiment, ce garçon était l'une des personnes les plus admirables que je connaisse. Sur une impulsion, je me suis rapprochée de lui et je l'ai embrassé sur la joue.

—Merci, Tony.

—De quoi ?

—D'être toi, Tony, dans ce monde de dégénérés.

Ça l'a fait rire.

—Je n'ai jamais été très bon pour être quelqu'un d'autre.

Après cette première offre, les enchères se sont succédé à un rythme soutenu. Tony a enchéri jusqu'à 3 500 livres et s'est arrêté. Il m'a avoué par la suite qu'il était presque heureux de ne pas avoir remporté l'enchère parce qu'il aurait dû vendre un rein pour pouvoir payer. J'espère qu'il plaisantait…

Finalement, le tableau est parti à 8 000 livres, une somme tout à fait rondelette à mes yeux mais encore très éloignée des montants qu'auraient pu atteindre les autres tableaux de la série de Penstowan. Toutefois, c'était largement suffisant pour que la ville puisse faire l'acquisition du nouveau bateau de sauvetage dont elle avait besoin.

Après l'événement, les gens se sont mis à bavarder. Tout le monde voulait parler à Duncan, notamment Jed Millard, le rédacteur-reporter-photographe de la *Penstowan and North Cornwall Gazette*, ravi à n'en pas douter que son petit journal local, composé d'un seul homme, dispose d'un véritable scoop en exclusivité mondiale. À un moment, Duncan a regardé par-dessus les têtes, dans la foule, il m'a vue et m'a souri d'un air résigné. Peu de temps après, un homme à l'air très sérieux s'est approché de lui. Son avocat, probablement. Il l'a emmené loin du festival, loin de moi.

33

— Merci d'être venue, Jodie.

C'était le lendemain matin. Duncan m'avait envoyé un texto la veille pour me demander si je pouvais le retrouver au cottage. Il se tenait dans l'embrasure de la porte, un sourire nerveux aux lèvres. Il a fait un pas en arrière pour me laisser entrer. Une valise ouverte était posée sur la table de la salle manger, une pile de vêtements pliés à la hâte à côté ; il faisait ses bagages.

—Alors tu t'en vas ? lui ai-je demandé devant l'évidence.

Il a hoché la tête.

—Oui, la location pour la semaine du cottage se termine…

Je me suis assise sur le canapé et Duncan est allé s'installer en face de moi, dans un fauteuil.

—Alors, qu'a dit ton avocat ? Tu vas être accusé de tromperie ou de fraude ?

—Je ne sais pas. Lui pense que non. Techniquement, je n'ai pas commis de fraude, et je n'ai pas non plus volé les tableaux d'Alistair – il m'a demandé de les vendre, et il ne m'a pas accusé de vol puisqu'il a disparu de la circulation. Mais apparemment, sa famille envisage déjà d'engager une action en justice contre moi.

—Et ils peuvent porter plainte en son nom ?

Il a haussé les épaules.

—Je ne sais pas. Mais de toute façon ils vont remuer ciel et terre juridiquement, ça risque de durer des années, et je n'y tiens pas spécialement. Je veux qu'on me fiche la paix, maintenant. Sa famille l'a renié quand il a commencé ses études d'art, et ils étaient assez riches pour payer ses dettes de drogue et lui permettre de s'en sortir, mais ils n'ont rien fait pour le sauver. Ils ne méritent pas un centime, si tu veux mon avis, pas davantage que moi. Je vais régler ça à l'amiable et leur donner ce qu'ils veulent.

—Et où vas-tu aller maintenant ? Tu vas retourner à Londres ?

—Mon Dieu, non. J'ai une villa – un terme un peu pompeux pour ce que c'est en réalité ; ni plus ni moins qu'une vieille cabane de plage délabrée – sur une île grecque. Je vais recommencer à zéro, peindre à ma façon cette fois, sans essayer de copier le travail d'un autre. Viens avec moi, Jodie.

Il s'est penché vers moi, a pris mes mains et m'a fixée, l'air grave. Oh, ses yeux bleus perçants allaient me manquer… J'avais du mal à en croire mes oreilles.

—Quoi ?

—En Grèce. Viens vivre avec moi. On se promènera sur la plage et on boira de l'ouzo. On pourra faire l'amour sur le sable. Je pourrai te peindre…

J'ai avalé de travers. Tout cela avait l'air merveilleux, et pendant une demi-seconde, j'ai été tentée.

—Duncan, je ne peux pas partir avec toi.

Il a esquissé un sourire d'une tristesse infinie.

—Je sais bien. Je ne voulais même pas te le demander parce que je savais que tu dirais non, et pourtant…

—Ce serait sûrement génial, et s'il n'y avait eu que moi, j'aurais peut-être dit oui, mais il n'y a pas que moi. Daisy ne te connaît pas. Sa vie est ici. Et ma vie à moi aussi est ici, pour le moment en tout cas.

Il a tendu un bras vers moi et a fait ce truc de repousser mes cheveux derrière mon oreille. Ça allait me manquer, ça aussi.

—Je sais. Je sais tout ça, et je savais ce que tu me répondrais, mais il fallait quand même que je te pose la question. Est-ce que je peux au moins t'écrire ? On peut rester en contact ? Qui sait, un jour tu auras peut-être envie de changer d'air…

J'ai souri.

—Tu as intérêt à m'écrire. Je serais très fâchée si tu ne le faisais pas…

Puis, même si nous savions tous les deux que cela rendrait les choses plus douloureuses encore, nous nous sommes embrassés, lentement, tendrement, pour la dernière fois.

*

Je me suis assise sur le muret derrière la maison pour contempler les prés et, au loin, la mer. C'était mon endroit préféré en fin de journée pour regarder le soleil se coucher et disparaître à l'horizon, comme s'il s'enfonçait dans les vagues. À quoi ressemblait un coucher de soleil depuis une plage grecque ? Je me suis essuyé les yeux encore une fois, même si j'avais déjà trop pleuré à mon goût.

—Un petit thé, ça te dit ?

Je me suis retournée et j'ai vu Tony sur le seuil de la porte, deux tasses de thé à la main, hésitant. J'ai souri ; s'il y avait deux choses sur lesquelles je pouvais compter dans la vie, c'était le thé et Tony Penhaligon.

—Un grand, même, ai-je dit en me déplaçant pour lui faire une place.

Il a souri à son tour et s'est approché, puis il m'a tendu une tasse et s'est hissé sur le muret. Les jambes du côté du pré de moutons, nous avons observé le ciel dans un silence complice pendant un long moment.

—J'ai vu que Lowenna Cottage est à nouveau vide, a-t-il fini par dire.

—Oui.

—Comment tu te sens ?

Je l'ai regardé en arborant ce que j'espérais être un sourire combatif, mais mon maquillage avait coulé sur mes joues et je ressemblais probablement à Ronald McDonald en pleine dépression nerveuse.

—Pas terrible, mais je vais me ressaisir. En attendant, ne sois pas trop gentil avec moi sinon je vais me remettre à pleurnicher.

—Ah, d'accord. Euh… tu sais que t'as vraiment une sale tronche ?

Je lui ai donné un petit coup de poing dans le bras en riant.

—Merci, Morvaunez.

Nous sommes restés silencieux quelque temps.

—Je me suis laissée séduire par Duncan parce que je ne pensais pas que ça prendrait une tournure sérieuse. Au fond de moi, je sens bien que je ne suis pas encore prête à retomber amoureuse. Dans ma tête je ne prenais pas de risque en m'entichant de lui parce qu'il était inaccessible. D'abord, il était marié, et en plus, il venait du monde exotique de la scène artistique londonienne. Alors que moi, je ne suis qu'une mère célibataire sans le sou qui vit dans les Cornouailles.

—Tu es bien plus que ça, Jodie. Mais je comprends ce que tu veux dire.

—Pourtant je me suis trompée sur toute la ligne. Il est parti en Grèce et il m'a demandé de l'accompagner.

Tony a pris un air préoccupé.

—Et tu as dit non ?

—Évidemment que j'ai dit non. Ma mère avait raison : Duncan, c'est Raymond Kwiatkowski, et la saison de la récolte des choux est terminée.

Et qui est Eddie Parker dans ce scénario ? ai-je songé.

Tony a eu un sourire perplexe.

—Tu sais que j'adore ta mère, mais ça remonte à quand, son dernier test de dépistage de démence sénile ?

Il a passé un bras autour de mon épaule et a déposé un baiser furtif sur le sommet de ma tête. Je ne suis pas certaine d'avoir ressenti un picotement – il y avait trop de cheveux entre ses lèvres et ma peau – mais c'était tout de même très agréable.

—Ma mère à moi, a conclu Tony, elle dit que le destin n'en fait qu'à sa tête. On ne peut ni l'orienter, ni l'arrêter. Qui sait ce que l'avenir nous réserve ?

Épilogue

Plusieurs mois avaient passé. Le splendide été était déjà loin, le soleil éclatant désormais remplacé par une épaisse brume qui s'élevait de l'océan et allait envelopper durablement maisons et plage. Tout était gris, humide et tristounet. J'étais installée devant la télévision ce jour-là. Pour une fois, j'avais la maison pour moi toute seule ; Daisy était à l'école et ma mère, chez elle, pour changer. Les derniers mois avaient été bien remplis entre mon travail de restauration et les affaires de crime dans lesquelles j'avais fourré mon nez, de sorte que je n'étais pas mécontente de pouvoir enfin lever le pied et ne rien faire du tout.

Je venais de lancer Netflix et je m'apprêtais à m'empiffrer d'épisodes d'une quelconque série, tasse de thé et paquet de biscuits à portée de main, quand on a sonné à la porte. Flûte. Je n'étais pas d'humeur à avoir de la compagnie. Après avoir coupé le son de la télé, je me suis levée pour regarder discrètement par la fenêtre : sur le pas de la porte se tenait un coursier, un énorme colis dans les bras. J'ai foncé lui ouvrir.

Sur le colis, il y avait un tas de timbres et de cachets étrangers, ainsi qu'une adresse de retour : Villa Eutychia, Agios Ioannis, Lefkada. La villa de Duncan. J'ai pris une profonde inspiration et ai ouvert le paquet avec précaution. Heureusement que j'avais pris une bonne inspiration car ce qui se trouvait à l'intérieur m'a littéralement coupé le souffle.

C'était un tableau de moi, debout au bord de la falaise, le jour où Duncan et moi nous sommes embrassés pour la première fois. J'avais conservé le croquis qu'il avait fait de moi, mais de là à imaginer ça…

Ma gorge s'est serrée, mes yeux se sont embrumés de larmes. Personne n'avait jamais fait un portrait de moi – mais qui possède un tableau de son portrait, de nos jours ? Et ce portrait-là était magnifique. Une feuille a glissé du carton d'emballage, je me suis penchée pour la récupérer.

À ma muse.
Tu as beau être loin, tu es toujours avec moi.
Je t'embrasse bien fort.
Duncan

Les recettes de Jodie, testées et approuvées

Petits pains des Cornouailles au safran

Ces viennoiseries traditionnelles des Cornouailles demandent un peu de temps de préparation mais vos efforts seront largement récompensés lorsque les gens vous complimenteront sur vos « belles petites miches »…

Je déteste les recettes qui indiquent « une pincée » de quelque chose. Quelle est la taille d'une pincée ? Personnellement, j'ai des mains plutôt petites ; cela signifie-t-il que ma « pincée » sera moins importante que celle de Duncan, dont les mains sont grandes, fermes et viriles, ou que celle de Nathan, dont les mains ont la taille idéale pour brandir un mandat d'arrêt sous le nez des criminels ? En ce qui concerne celle de Tony, je ne sais plus trop. Je me souviens juste que, dans un moment d'égarement, à l'adolescence, en 1994, nous nous sommes pris par la main une fois, et elles étaient un peu moites. Mais cela a pu changer depuis.

Et puis, non seulement on peut lire « une pincée » dans certaines recettes, mais on trouve même parfois « une petite pincée », ou « une pincée généreuse » ! Plus vague, tu meurs. On est dans la même ligue que la recette de la soupe de tortue de Mme Beeton : « Commencez par attraper une tortue. » Bah tiens.

Bref.

1. Prenez d'abord une grosse pincée de **safran** (oui, je sais, mais c'est à vous de déterminer la taille de votre « pincée » personnelle. Que voulez-vous que je fasse ? Que je vienne faire les petits pains à votre place ?). Placez les brins de safran dans un petit plat qui va au four et faites-les sécher quelques minutes dans le four à basse température. Vous devez pouvoir les émietter au sortir du four. Versez ensuite 4 cuillères à soupe d'eau bouillante dessus et laissez infuser pendant environ 10 minutes.

2. Dans un bol, mélangez **500 g de farine** et ½ **cuillère à café de sel**, puis incorporez à la main **120 g de beurre** (certaines recettes préconisent moitié saindoux, moitié beurre, mais franchement, je préfère le beurre) jusqu'à ce que le mélange ressemble à une fine chapelure. Ce procédé est très efficace pour vous nettoyer la crasse sous les ongles, donc à moins que vous n'ayez l'habitude de vous les ronger, je vous conseille de bien vous laver les mains avant de vous mettre à malaxer. Incorporez ensuite **90 g de sucre en poudre** et **200 g de raisins secs**. Vous pouvez faire preuve de fantaisie et essayer d'autres fruits secs, comme **des canneberges**, mais si vous le faites, ne vous avisez pas de dire que ces petites brioches sont des Cornouailles, à moins que vous ne vouliez être passé à tabac par un Cornouaillais indigné (mais vos brioches auront bon goût quand même, je vous le garantis).

3. Deux mots sur la levure : si vous utilisez de la levure chimique, vous pouvez ajouter **1 sachet de 7 g** mais si vous utilisez de la levure de boulanger, ajoutez-la à **4 cuillères à café ou environ 100 ml de lait chaud** et

mettez le tout au four pour qu'elle gonfle pendant que vous faites sécher votre safran.

4. Ajoutez le safran infusé et l'eau bouillante au lait chaud (avec ou sans la levure, comme décrit ci-dessus), puis incorporez le mélange de farine, ainsi qu'**un gros œuf**.

5. Mélangez le tout à la main (vous aurez peut-être besoin d'ajouter un peu de lait si la pâte est trop sèche), puis posez-la sur une surface légèrement farinée et pétrissez l'ensemble jusqu'à ce qu'il devienne élastique. Donc la pâte ne doit pas être trop sèche, ni trop molle. Oui, c'est vague, je sais. Alors pétrissez jusqu'à ce que vous trouviez ça bien, quoi.

6. Coupez la pâte en 12 et faites-en des petites balles, placez-les sur une plaque graissée et aplatissez-les légèrement. Couvrez-les d'un film plastique légèrement huilé – cette étape n'est pas du tout aussi simple qu'elle en a l'air, c'est un peu comme essayer de faire avancer des chats à la queue leu leu, mais il faut impérativement huiler la feuille de cellophane – et laissez le tout reposer dans un endroit chaud jusqu'à ce que les mini-miches doublent de volume (normalement, je fais chauffer le four sur la position la plus basse pendant que je les prépare, puis je l'éteins et je les enfourne le temps qu'elles lèvent).

7. Préchauffez le four à 220 °C (retirez d'abord vos petits pains sous cellophane si vous les avez mis dans le four, et enlevez le plastique, évidemment – je peux vous dire par expérience que le plastique fondu, c'est moyennement bon), puis faites cuire vos petits pains au safran dans la partie supérieure du four, jusqu'à ce qu'ils dorent et qu'ils sonnent creux quand vous tapotez le fond.

Normalement, cela prend 10 à 15 minutes, alors ne vous éloignez pas et surveillez-les bien.

8. Mangez-les chauds ou froids. Les puristes diront qu'il faut les déguster nature – et quand ils sont encore chauds –, mais à mon avis, il n'y a rien de tel que de les tartiner de beurre ou de crème fraîche.

Et quand elles commencent à durcir (chez moi, ils n'ont jamais le temps de se dessécher), ces petites brioches sont également très bonnes grillées et avec du beurre.

Voilà donc la recette.

Essayez, vous serez surpris de voir comme les gens se pâmeront devant vos petites miches…

Remerciements

Les remerciements, c'est toujours compliqué. À première vue, écrire est une activité solitaire ; l'écrivain est seul avec son stylo (ou son ordinateur portable) pour coucher une histoire sur papier. Pourtant, l'écriture d'un livre relève d'un véritable processus de collaboration : beaucoup de gens m'ont épaulée dans ce processus, certains en continu, d'autres, de façon plus ponctuelle mais tout aussi cruciale. Résultat : j'ai toujours peur d'oublier quelqu'un.

Donc, comme d'habitude, mes premiers remerciements vont aux pauvres bougres qui ont dû me supporter pendant la période de rédaction de ce livre (et de tous mes autres livres) : ma famille, notamment mon merveilleux mari Dominic et mon adorable fils Lucas. Aussi fière que je sois de mon travail, notre petit trio familial restera à jamais ma plus grande réussite.

Mon deuxième grand merci, et non le moindre, va aux femmes qui m'ont encouragée tout au long de ce parcours. Ce sont toutes d'incroyables écrivaines qui m'ont apporté un soutien indéfectible, m'ont encouragée lorsque j'avais des passages à vide, m'ont serrée dans leurs bras (virtuellement) lorsque j'étais déprimée et m'ont donné leur avis avec tact lorsque je perdais littéralement pied. À mes vieilles copines Carmen Radtke et Jade Bokhari : on retournera hanter les rues de Londres (enfin, il est plus probable qu'on se fasse simplement un petit restau et qu'on se marre un bon coup), et qui sait, un jour on se retrouvera peut-être à Paris, à Venise, ou dans un endroit avec une plage digne de ce nom. Il y a également trois femmes chères à mon cœur que je n'ai jamais vues en chair et en os mais qui m'ont malgré tout aidée à rester (à peu près) saine d'esprit : Sandy Barker, Nina Kaye et Andie Newton. J'ai énormément appris grâce à nos discussions et il me tarde de pouvoir enfin vous rencontrer. Peut-être sur cette plage avec Carmen et Jade ?

Je tiens également à remercier les lecteurs et les blogueurs qui m'ont soutenue sur les réseaux sociaux. J'ai la chance que certains blogueurs aient fait l'éloge de mon travail. Il n'y a rien de plus beau que quelqu'un vous qui vous dit avoir aimé votre livre, et le dit aussi au monde entier ! La charmante Zoé-Lee O'Farrell mériterait d'ailleurs une commission sur mes ventes après toute la publicité qu'elle m'a faite. Maigre compensation : j'ai donné son nom à un personnage dans un livre mais il lui arrive des trucs vraiment atroces dans l'histoire. Malgré ça, elle me parle encore !

Enfin, un grand merci à mon adorable agente Lina Langlee de la North Literary Agency, et à Hannah Todd de One More Chapter. Ce fut un plaisir absolu de travailler sur ce projet avec vous. Non seulement vous comprenez mon écriture, mais vous savez aussi toujours comment l'améliorer.

Et enfin, *enfin*, merci à vous, chers lecteurs. J'espère que ce livre vous a plu !